CIUDAD EN RUINAS

DON WINSLOW
CIUDAD EN RUINAS

Editado por HarperCollins Ibérica, S. A.
Avenida de Burgos, 8B - Planta 18
28036 Madrid

Ciudad en ruinas
Título original: City in Ruins
© 2024 by Samburu, Inc.
© 2024, 2025, 2026 para esta edición HarperCollins Ibérica, S. A.
Publicado por HarperCollins Publishers LLC, New York, U.S.A.
© De la traducción del inglés, Victoria Horrillo Ledesma

Diseño de cubierta: Gregg Kulick
Imagen de cubierta: © Magdalena Russocka/Trevillion Images
Imágenes de interior: Virrage Images/Shutterstock; Miune/Shutterstock; schmaelterphoto/Shutterstock; davemattera/Shutterstock; Martins Vanags/Shutterstock

ISBN: 978-84-1064-405-2
Depósito legal: M-23003-2025
Impreso en España por: BLACK PRINT

MIXTO
Papel
FSC FSC® C159065

A Shane Salerno, que ha cumplido todo lo que dijo.
Menudo viaje, ¿eh? Gracias, hermano.

Y por terminar como empezamos: a Jean y Thomas,
el cómo y el porqué.

¿No podían, pues, morir en las llanuras de Troya?
¿No podían darse por vencidos en la derrota?

Virgilio,
Eneida, Canto VII

Prólogo

Danny Ryan observa cómo se derrumba el edificio.

Parece estremecerse como un animal alcanzado por un disparo, luego se queda perfectamente inmóvil un instante, como si fuera incapaz de reconocer su muerte, y acto seguido se desploma sobre sí mismo. Donde antes se alzaba el viejo casino queda solo una columna de polvo que se alza en el aire como el truco hortera de un mago de salón, a escala gigantesca.

«Implosión», lo llaman, piensa Danny.

Derrumbe desde dentro.

¿Y acaso no lo son todos?

O al menos la mayoría.

El cáncer que mató a su mujer, la depresión que aniquiló a su amor, la podredumbre moral que se adueñó de su alma.

Implosiones, todas ellas; todas desde dentro.

Se apoya en el bastón porque sigue teniendo la pierna débil, rígida aún, dolorida todavía como un eco de...

Del derrumbe.

Observa cómo se levanta el polvo: una nube en forma de hongo, de un marrón grisáceo sucio que contrasta con el azul límpido del cielo del desierto.

Se disipa poco a poco y desaparece.

Hasta que ya no queda nada.

Cómo luché, piensa, lo que di por esta...

Por esta nada.

Por este polvo.

Se vuelve y avanza cojeando por su ciudad.

Su ciudad en ruinas.

PRIMERA PARTE

La fiesta de cumpleaños de Ian

**Las Vegas
Junio de 1997**

*Pero el piadoso Eneas, celebradas las exequias
y erigido el túmulo de tierra,
iza las velas y emprende su viaje…*

Virgilio,
Eneida, Canto VII

1

Danny está insatisfecho.

Se pregunta por qué mientras contempla el Strip de Las Vegas desde la ventana de su despacho.

Hace menos de diez años, piensa, huyó de Rhode Island en un coche viejo, con un hijo de un año y medio, un padre senil y todas sus posesiones metidas en el maletero. Ahora es socio de dos hoteles del Strip, vive en una mansión estupenda, tiene una cabaña en Utah y cada año estrena un coche que paga la empresa.

Que Danny Ryan sea multimillonario le parece tan gracioso como irreal. Nunca soñó —ni él ni nadie que le conociera en su juventud— que algún día tendría más patrimonio que su siguiente paga, y mucho menos que se le consideraría un magnate, una de las grandes figuras de ese gran juego de poder que es Las Vegas.

El que crea que la vida no tiene gracia es que no pilla el chiste, se dice Danny.

No le cuesta nada acordarse de cuando se creía rico por tener veinte pavos en el bolsillo de los vaqueros. Ahora lleva trajes hechos a medida y, en el bolsillo, un clip con mil dólares o más para gastos corrientes. Se acuerda de los tiempos en que para Terri y él era un acontecimiento ir a cenar a un chino un viernes por la noche. Ahora «almuerza» en restaurantes con estrellas Michelin más de lo que le gustaría, lo que explica en parte que esté echando barriga.

Cuando le preguntan si vigila su peso, suele contestar que sí, que vigila cómo le rebosan por encima del cinturón los cinco kilos que ha engordado desde que lleva una vida sedentaria, en un despacho.

Su madre ha intentado que se aficione al tenis, pero se siente como un imbécil persiguiendo una pelotita solo para golpearla y que se la devuelvan, y no juega al golf porque, por un lado, es aburrido de cojones y, por otro, lo tiene asociado a médicos, abogados y corredores de bolsa, y él no es ninguna de esas cosas.

El Danny de antaño se burlaba de tipos así, miraba por encima del hombro a esos hombres de negocios tan relamidos. Se calaba el gorro de lana sobre el pelo desgreñado, se ponía su vieja trenca, agarraba la bolsa marrón de la comida con una mezcla de orgullo y resentimiento y, como un personaje de Springsteen, se iba a trabajar a los muelles de Providence. Ahora escucha *Darkness* en un estéreo Pioneer que le costó un riñón y medio.

Pero sigue prefiriendo una hamburguesa con queso a la ternera de Kobe y un buen *fish and chips* (imposible de conseguir en Las Vegas ni por todo el oro del mundo) a la lubina chilena. Y en las raras ocasiones en que tiene que ir en avión a algún sitio, coge un vuelo regular en vez de usar el *jet* de la empresa.

(Vuela, eso sí, en primera).

Su reticencia para usar el Learjet fastidia un montón a su hijo, y Danny lo entiende: ¿qué niño de diez años no quiere volar en avión privado? Le ha prometido a Ian que la próxima vez que vayan de vacaciones, a la distancia que sea, irán en el *jet*. Pero no dejará de sentirse culpable por ello.

—Dan es contundente como una buena sopa de almejas —dijo una vez su socio, Dom Rinaldi.

Se refería a que es de la vieja Nueva Inglaterra: un tipo recio y práctico (o tacaño, más bien) que recela profundamente de cualquier atisbo de molicie física.

Danny desvió la cuestión.

—Aquí no hay quien consiga una buena sopa de almejas. No eso que sirven, que parece vómito de bebé, sino una sopa de almejas como es debido, con su caldo claro.

—Tienes cinco chefs en nómina —contestó Dom—. Si se lo pides, pueden hacerte hasta una sopa con prepucios de ranas peruanas vírgenes.

Claro que sí, pero Danny no va a pedírselo. Prefiere que sus chefs se dediquen a cocinarles a los clientes lo que ellos quieran.

De ahí es de donde sale el dinero.

Se levanta, se acerca a la ventana —tintada para combatir el sol implacable de Las Vegas— y contempla el hotel Lavinia.

El viejo Lavinia, piensa, el último de los hoteles del *boom* de la construcción de los años cincuenta: una reliquia, un vestigio que aguanta en pie a duras penas. Tuvo su momento de esplendor, ya lejano, en la época del Rat Pack de Sinatra y Sammy Davis Jr., de los mafiosos y las coristas, de las mordidas y los tejemanejes en la sala de recuento y el dinero sucio.

Si esas paredes pudieran hablar, se acogerían a la Quinta Enmienda, piensa Danny.

Ahora el hotel está en venta.

Tara, su empresa, ya es dueña de los dos inmuebles que lindan con el Lavinia por el sur, incluido el edificio en el que se encuentra Danny. Los casinos del lado norte son propiedad de Winegard, un grupo rival. Quien se quede con el Lavinia controlará el tramo más prestigioso que queda en el Strip, y Las Vegas es una ciudad donde el prestigio manda.

Danny sabe que Vern Winegard tiene la compra casi amarrada. Seguramente es lo mejor. Quizá no sea prudente que Tara se expanda tan deprisa. Aun así, es el único hueco libre que queda en el Strip y...

Llama a Gloria por el intercomunicador, al despacho de fuera.

—Me voy al gimnasio.

—¿Quieres que te dé indicaciones?

—Muy graciosa.

—¿Te acuerdas de que hoy has quedado para comer con el señor Winegard y el señor Levine?

—Ahora sí —contesta, aunque desearía no recordarlo—. ¿A qué hora?

—A las doce y media en el club.

Aunque no juega al golf ni al tenis, Danny es socio del Club de Campo de Las Vegas porque, según le enseñó su madre, es casi obligatorio serlo para hacer negocios.

—Te tienen que ver allí —le aseguró Madeleine.

—¿Por qué?

—Porque es el viejo Las Vegas.

—Pero yo no soy del viejo Las Vegas —contestó él.

—Pues yo sí. Y, te guste o no, para hacer negocios en esta ciudad tienes que codearte con la vieja guardia.

De modo que Danny se unió al club.

—Y el castillo hinchable lo llevan a las tres —le dice ahora Gloria.

—¿Qué castillo hinchable?

—El del cumpleaños de Ian. Te acuerdas de que la fiesta es esta tarde, ¿no?

—Claro que me acuerdo, solo que no sabía nada de un castillo hinchable.

—Lo encargué yo —dice Gloria—. En la fiesta de cumpleaños de un niño no puede faltar un castillo hinchable.

—¿Ah, no?

—Es lo que se espera.

Pues entonces, piensa Danny, si es lo que se espera... De pronto le asalta una idea horrible.

—¿Tengo que montarlo yo?

—Lo inflarán los chicos.

—¿Qué chicos?

—Los del castillo hinchable. —Gloria empieza a impacientarse—. De verdad, Dan, lo único que tienes que hacer es aparecer y ser amable con los otros padres.

Danny está seguro de que es así. Gloria, con su eficacia implacable, se ha aliado con su madre, que es igual de metódica, para organizar la fiesta, y entre las dos forman un tándem aterrador. Si Gloria y Madeleine gobernasen el mundo —como ellas creen que debería ser— habría pleno empleo, no habría guerras, hambrunas ni plagas y todo el mundo llegaría siempre a su hora.

En cuanto a lo de ser amable con los invitados, él siempre es amable, simpático, incluso encantador, pero tiene fama (merecida) de escabullirse de las fiestas, hasta de las suyas propias. De repente alguien nota su ausencia y le encuentran solo en una habitación del fondo o deambulando fuera, y más de una vez se ha ido a la cama si la fiesta se ha alargado hasta la madrugada.

Odia las fiestas. No soporta los chismorreos, la cháchara, los canapés, el estar de plantón y todo ese rollo. Es duro, porque socializar es una parte importante de su trabajo. Lo hace, se le da bien, pero no le gusta nada.

Cuando abrieron el Shores hace solo dos años, después de tres años de obras, la empresa celebró una gran fiesta de inauguración y, sin embargo, nadie recuerda haberle visto allí.

No pronunció ningún discurso —y hubo varios— ni apareció en las fotografías, y así surgió la leyenda de que Danny Ryan ni siquiera asistió a la inauguración de su propio hotel.

Sí que asistió, solo que se quedó en segundo plano.

—Ian cumple diez años —dice ahora—. ¿No es muy mayor para un castillo hinchable?

—Nunca se es demasiado mayor para un castillo hinchable —replica Gloria.

Danny corta la comunicación y vuelve a mirar por la ventana.

Has cambiado, se dice.

Y no solo por los kilos de más, ni porque lleves el pelo repeinado a lo Pat Riley, ni porque tus trajes sean ahora de Brioni y no de Sears y lleves gemelos en vez de botones. Antes de llegar a Las Vegas, solo te ponías traje para ir de boda y de entierro. (Teniendo en cuenta la cruda realidad de Nueva Inglaterra en aquellos tiempos, había más de lo segundo que de lo primero). No es solo que lleves fajos de billetes en el bolsillo, que puedas pagar una comida sin preocuparte por la cuenta o que un sastre venga a tu despacho con su cinta métrica y sus muestrarios.

Es el hecho de que todo eso te guste.

Y al mismo tiempo tienes esta sensación de…

Insatisfacción.

¿Por qué?, se pregunta. Tienes más dinero del que puedes gastar. ¿Es simple codicia? ¿Qué es lo que decía el tío ese de aquella película tan tonta, ese que tenía nombre como de lagarto? ¿«La codicia es buena»?

No, qué cojones.

Danny se conoce a sí mismo, con todos sus defectos y sus pecados, que son legión, y la codicia no es uno de ellos. A Terri solía decirle en broma que él podría vivir en el coche y ella le contestaba: «Pues que te aproveche».

Así que, ¿qué es? ¿Qué es lo que quieres?

¿Arraigo? ¿Estabilidad?

Cosas que nunca has tenido.

Pero que ahora tienes.

Danny piensa en el Shores, el precioso hotel que ha construido.

Tal vez sea belleza lo que deseas. Algo de belleza en esta vida. Porque fealdad ya has tenido, y por un tubo.

Una esposa muerta de cáncer, un hijo huérfano de madre.

Amigos asesinados.

Y gente a la que mataste.

Pero lo has conseguido. Has construido algo bello.

O sea que tiene que ser otra cosa, se dice.

Sé sincero contigo mismo: quieres más dinero porque el dinero es poder y el poder da seguridad. Y nunca se está lo bastante seguro.

En este mundo, no.

2

Una vez al mes, Danny come con sus dos principales competidores.

Vern Winegard y Barry Levine.

Fue Barry quien lo propuso y es buena idea. Es dueño de tres megahoteles en el lado este del Strip, frente a los de Tara. Hay otros propietarios de casinos, claro, pero ellos tres forman el gran nexo de poder de Las Vegas. Y, por tanto, tienen intereses y problemas comunes.

Ahora, su mayor problema es una investigación federal inminente.

El Congreso ha creado una Comisión de Estudio del Impacto del Juego con el fin de investigar los efectos de la industria del juego en la sociedad americana.

Danny conoce las cifras.

El sector del juego mueve un billón de dólares, aproximadamente seis veces más que todas las otras formas de entretenimiento juntas. El año anterior, los jugadores perdieron más de dieciséis mil millones de dólares, siete mil de ellos aquí mismo, en Las Vegas.

La idea de que el juego no es solo un hábito, o incluso un

vicio, sino una enfermedad, una adicción, está empezando a cobrar fuerza.

Cuando era ilegal, el juego era el granero del crimen organizado; con diferencia, su mayor fuente de beneficios desde que se acabaron la ley seca y el contrabando de alcohol. Ya fuera a través de las quinielas ilegales que se vendían en cada esquina, de las carreras de caballos, las apuestas deportivas, las partidas de póquer clandestinas o el *blackjack* y la ruleta, la mafia se embolsaba ingentes cantidades de dinero.

Los políticos se dieron cuenta y, cómo no, reclamaron su parte del pastel. Las Administraciones estatales y locales se metieron en el negocio de los juegos de azar lanzando sus propias loterías y, así, lo que antes era un vicio privado se convirtió de pronto en una virtud cívica. Con todo, Nevada era casi el único lugar donde se podía apostar legalmente a juegos de casino o apuestas deportivas, de modo que Las Vegas, Reno y Tahoe formaban casi un monopolio.

Entonces las reservas de nativos americanos se dieron cuenta de que había un vacío legal en sus estatutos y empezaron a abrir sus propios casinos. Los estados —sobre todo Nueva Jersey, con Atlantic City— empezaron a hacer lo mismo y el juego proliferó.

Ahora cualquiera puede coger el coche para ir a jugarse el dinero del alquiler o de la hipoteca. Y como algunos reformadores sociales han empezado a comparar el juego con el *crack*, el Congreso va a abrir una investigación.

Danny descree de sus motivaciones. Sospecha que solo quieren meter el hocico en el pesebre. Algunos demócratas ya han lanzado la idea de un impuesto federal del 4 por ciento sobre los beneficios del juego.

Para él, el impuesto no es lo peor.

Tal y como está concebida, la Comisión dispondrá de plenos poderes de citación para celebrar vistas, llamar a testigos a declarar bajo pena de incurrir en perjurio, exigir registros documentales y declaraciones de impuestos e investigar a empresas fantasma y testaferros.

Como los míos, piensa Danny.

La investigación podría hacer saltar en pedazos el Grupo Tara.

Obligarme a dejar el negocio.

Tal vez incluso llevarme a la cárcel.

Lo perdería todo.

La amenaza de citación no es solo un engorro o un problema más: es una cuestión de supervivencia.

—¿Una «enfermedad»? —dice Vern—. El cáncer es una enfermedad. La polio es una enfermedad.

¿La polio?, piensa Danny. ¿Quién coño se acuerda ya de la polio? Pero dice:

—No puede parecer que nos resistimos. Daría mala imagen.

—Danny tiene razón —dice Barry—. Hay que hacer lo que ha hecho la industria del alcohol, o las tabacaleras…

Vern sigue a lo suyo.

—A ver cuándo le ha dado cáncer a nadie jugar a los dados.

—Podemos hacer algunos anuncios de servicio público para fomentar el juego responsable —propone Barry—. Poner folletos de Jugadores Anónimos en las habitaciones, financiar un par de estudios sobre la ludopatía…

—Vale, podemos entonar el *mea culpa* —dice Danny— e invertir algo de dinero en las cosas que propone Barry, pero no podemos permitir que esa comisión se dedique a husmear en nuestros negocios. Tenemos que impedir que ejerza el poder de citación. Es la raya que hay que marcar, por así decirlo.

Todos están de acuerdo. Danny sabe que ninguno de ellos quiere que se aireen en público sus trapos sucios financieros. No son sábanas muy limpias.

—El problema es —continúa— que solo hemos donado dinero al Partido Republicano...

—Porque está de nuestro lado —dice Vern.

—Exacto. Y por eso los demócratas nos ven como el enemigo. y van a venir a por nosotros con saña.

—O sea, que quieres darles dinero a nuestros enemigos —responde Vern.

—Lo que quiero es que nos cubramos las espaldas —dice Danny—. Seguir financiando a los republicanos, pero darles también algo a los demócratas, discretamente.

—Sobornos —dice Vern.

—Ni se me pasa por la cabeza —contesta Danny—. Me refiero a contribuciones a la campaña.

—¿Crees que podemos convencer a los demócratas de que acepten dinero nuestro? —pregunta Vern.

—¿Crees que puedes convencer a un perro de que acepte un hueso? —replica Barry—. La cuestión es cómo se lo ofrecemos.

Danny duda. Luego dice:

—He invitado a Dave Neal a la fiesta de esta noche.

Dave Neal, una figura importante dentro del Partido Demócrata, no ocupa ningún cargo oficial y, por lo tanto, tiene libertad para maniobrar. Se dice que, para llegar a la cúpula del partido, hay que pasar primero por Neal.

—¿No crees que deberías habérnoslo consultado antes? —pregunta Vern.

No, piensa Danny, porque habríais puesto reparos. Era una

de esas situaciones en las que es mejor pedir perdón que pedir permiso.

—Os lo estoy consultando ahora. Si no creéis que deba planteárselo, no lo haré. Viene a la fiesta, come y bebe y luego se vuelve al hotel.

—A ese nivel, no va a bastar con una invitación a una *suite* y una mamada —dice Barry—. Esos tipos querrán pasta, y a lo grande.

—Pues habrá que pagar, cada uno lo suyo —responde Danny—. Es el precio de hacer negocios.

No hay desacuerdo: los otros dos aceptan poner su parte.

Luego Vern pregunta:

—Dan, ¿las mujeres están invitadas a la fiesta de esta noche?

—Claro.

—No lo sabía y la mía me está dando la lata. Como tú no tienes que preocuparte por eso… Qué suerte tienes, cabrón.

Danny nota que Barry hace una mueca de disgusto.

Ha sido un comentario insensible: todo el mundo sabe que es viudo. Pero no cree que Vern lo haya hecho con mala intención. No ha querido ofenderle; simplemente, él es así.

No le desagrada Vern Winegard, aunque conoce a mucha gente a la que sí. Vern tiene el don de gentes de un pedrusco. Es áspero, desagradable casi siempre y arrogante. Aun así, tiene algo que le gusta. No sabe exactamente qué es: una especie de vulnerabilidad debajo de toda esa pose. Y aunque es un empresario astuto, Danny nunca ha oído que haya engañado a nadie.

Siente, de todos modos, una leve punzada en el pecho. Una vez más, Terri no estará allí para ver el cumpleaños de su hijo.

Pero la reunión ha ido bien, se dice. He conseguido lo que quería, lo que necesitaba.

Si con dinero conseguimos solventar el asunto de las citaciones, estupendo.

Si no, tendré que buscar otra manera.

Echa un vistazo al reloj.

Tiene el tiempo justo de llegar a su próxima cita.

3

Se despierta envuelto en un perfume almizcleño, ve mechones de pelo moreno sobre un cuello esbelto, gotas de sudor sobre unos hombros desnudos pese al ambiente fresco del dormitorio climatizado.

—¿Te has dormido? —pregunta Eden.

—A medias —dice Danny.

«A medias», y unos cojones, piensa mientras empieza a espabilarse. Te has dormido como un tronco: un sueño poscoital breve pero profundo.

—¿Qué hora es?

Eden Landau levanta la muñeca y mira el reloj. Es curioso que sea lo único que nunca se quita.

—Las cuatro y cuarto.

—Mierda.

—¿Qué?

—La fiesta de Ian.

—Pensaba que no era hasta las seis y media.

—Y no es hasta esa hora, pero, ya sabes, hay cosas que hacer.

Ella se da la vuelta para mirarle.

—Tienes derecho a disfrutar un poco, Dan. Incluso a dormir.

Sí, ya se lo han dicho otras veces, otras personas. Es fácil decirlo, incluso es razonable, pero no responde a la realidad de su vida. Tiene a su cargo dos hoteles: cientos de millones de dólares, miles de empleados, decenas de miles de clientes. Y su negocio no tiene precisamente horario de oficina: todo el mundo sabe que en los casinos no hay relojes, y los problemas son constantes, las veinticuatro horas del día, los siete días de la semana.

—Tú sabes mejor que nadie que reservo tiempo para el placer —dice.

Cierto, piensa ella.

Los lunes, miércoles y viernes, a las dos en punto.

En realidad, a ella le viene bien. Encaja perfectamente en su rutina, porque da clases martes y jueves, y los miércoles tiene una clase nocturna. Profesora doctora Eden Landau: Fundamentos de Psicología; Psicología General; Psicología Cognitiva y Psicopatología.

Atiende a sus pacientes por la tarde o a última hora del día y, a veces, se pregunta qué pensarían si supieran que acaba de salir de la cama después de una de estas sesiones de mediodía. Se ríe al pensarlo.

—¿Qué pasa? —pregunta Danny.

—Nada.

—¿Sueles reírte por nada? A lo mejor deberías ir al loquero.

—Ya lo hago —contesta—. Por imperativo profesional. Y «loquero» es un término despectivo. «Terapeuta», mejor.

—¿Seguro que no quieres venir a la fiesta?

—Tengo pacientes esta tarde. Y además…

Deja la frase en suspenso. Ambos conocen los términos de su acuerdo. Es Eden quien quiere mantener su relación en secreto.

—¿Por qué? —le preguntó Danny una vez.

—Porque no me interesa todo eso.

—¿Todo eso? ¿El qué?

—Todo lo que conlleva ser la novia de Dan Ryan. Los focos, la prensa… En primer lugar, la notoriedad me perjudicaría profesionalmente. Mis alumnos no me tomarían tan en serio y mis clientes tampoco. En segundo lugar, soy introvertida. Tú crees que detestas las fiestas, Dan, pero yo las odio con toda mi alma. Cuando tengo que ir a una fiesta de la facultad, llego tarde y me marcho pronto. Y en tercer lugar, y no te ofendas, los casinos me deprimen un montón. Esa sensación de desesperación me deja la moral por los suelos. Creo que hace dos años que no piso el Strip.

A decir verdad, es una de las cosas que más le atraen de ella: que sea el polo opuesto de la mayoría de las mujeres que conoce en Las Vegas. A Eden no le interesan los oropeles, las cenas *gourmet*, las fiestas, los espectáculos, los regalos, el glamur, la fama.

Nada de eso.

Se lo dijo en pocas palabras.

—Lo que quiero es que me traten bien. Buen sexo y buena conversación, con eso me vale.

Dan cumple esos requisitos. Es atento, sensible y tiene un sentido de la caballerosidad algo anticuado que roza el machismo paternalista sin rebasar ese límite. Es bueno en la cama y buen conversador después del coito, aunque no tenga ni idea de libros.

Eden lee mucho. A George Eliot, a las Brontë, a Mary Shelley… Últimamente le ha dado por Jane Austen. De hecho, para sus próximas vacaciones ya ha reservado uno de esos *tours* por el país de Austen, y está encantada de ir sola.

Ha intentado que Dan se interese por la literatura, más allá de los libros de negocios.

—Deberías leer *El gran Gatsby* —le dijo una vez.

—¿Por qué?

Porque es como tú, pensó ella, pero respondió:

—Porque creo que te gustaría.

Eden sabe un poco sobre su pasado, como cualquiera que alguna vez haya hecho cola en la caja de un supermercado: su romance con la estrella de cine Diane Carson fue pasto de la prensa sensacionalista. Y cuando dejó a Diane y ella se suicidó, los medios enloquecieron una temporada. Dijeron que Dan era un gánster, un mafioso, que se sospechaba que había sido narcotraficante, que había matado a gente.

Nada de eso cuadra con el hombre que ella conoce.

El Dan Ryan que ella conoce es amable, tierno y cariñoso.

Pero es lo bastante lúcida y sabe lo suficiente como para darse cuenta de que disfruta de ese estremecimiento de peligro, de esa falta de respetabilidad que conlleva su reputación, sea cierta o no. Se crio en un ambiente absolutamente respetable y convencional, y esa diferencia la atrae.

Se siente un poco culpable por ello, sabe que está coqueteando con la inmoralidad. ¿Y si esas historias sobre Dan son ciertas? ¿Y si hay algo de verdad en ellas? ¿Sigue siendo correcto que literalmente se meta en la cama con él?

Es una incógnita que no está dispuesta a despejar en este momento.

Su aventura con Diane Carson fue hace seis años, pero Eden cree que Danny la amaba de verdad. Incluso ahora tiene cierto aire de tristeza. Sabe, además, que es viudo, así que tal vez se deba a eso.

Se conocieron en una marcha para recaudar fondos contra el cáncer de mama en la que tenían que caminar treinta kilómetros diarios, tres días seguidos. Dan consiguió el patrocinio de sus amigos y colegas ricos, y a saber cuánto dinero recaudó.

Pero caminó, cuando muy bien podría haberse limitado a extender un cheque.

Así se lo dijo.

—Estás muy concienciado.

—Sí —contestó él—. Por mi esposa. Mi... difunta esposa.

Lo que la hizo sentirse fatal.

—¿Y tú? —preguntó él.

—Por mi madre.

—Lo siento.

Dan le preguntó por sí misma.

—Soy un estereotipo andante —contestó Eden—. Una chica judía del Upper West Side que estudió en Barnard y se hizo psicoterapeuta.

—¿Qué hace una psiquiatra de Nueva York...?

—Psicóloga.

—¿Una psicóloga de Nueva York en Las Vegas?

—La universidad me ofreció un puesto de profesora titular. Cuando mis amigos de Nueva York me lo preguntan, les digo que odio la nieve. ¿Y tú? ¿A qué te dedicas?

—Trabajo en el sector del juego.

—¿En Las Vegas? ¡Imposible!

Él levantó la mano.

—Palabra de honor. Por cierto, soy Dan...

—Te estaba tomando el pelo —dijo ella—. Todo el mundo sabe quién es Dan Ryan. Hasta yo, que ni siquiera juego.

Eso fue durante la caminata del primer día. Dan esperó hasta el tercero, cuando llevaban recorridos quince kilómetros, para invitarla a salir.

A ella la sorprendió que se le diera tan mal: que un hombre como él, que había tenido una aventura con una estrella de cine —con una de las mujeres más bellas del mundo—, que era multimillonario y dueño de varios casinos y tenía acceso a toda clase de mujeres bellas, fuera tan increíblemente torpe.

—Estaba pensando que… Bueno, si no te apetece, lo entiendo… No me voy a molestar…, pero he pensado que…, en fin…, quizá podría invitarte a cenar, o algo así, alguna vez.

—No.

—Vale. Entendido. No hay problema. Siento haber…

—No lo sientas —añadió ella—. Es solo que no quiero salir contigo. Pero si quieres venir a casa y traer la cena…

—Puedo pedirle a uno de mis chefs que…

—Comida para llevar. De Boston Market. Me encanta su pastel de carne.

—Boston Market —dijo él—. Pastel de carne.

—El próximo jueves por la noche estoy libre. ¿Y tú?

—Haré hueco.

—Y Dan… Que esto quede entre nosotros, ¿de acuerdo?

—¿Ya te avergüenzas de mí?

—Es solo que no quiero que mi nombre salga en las columnas de cotilleos.

Eden se había atenido a ese principio. Una cena de vez en cuando, bien; sus encuentros de mediodía tres veces por semana, bien. Más allá de eso, nada. Quiere vivir tranquila. Quiere disfrutar de Danny en secreto.

—O sea, que soy básicamente como una mujer objeto —le dijo Danny una tarde.

Ella se rio.

—No se te permite ser la mujer en esta relación. Déjame

33

preguntarte una cosa, ¿te gusta cómo nos lo montamos en la cama?

—Me encanta.

—¿Y mi compañía?

—También.

—Entonces, ¿por qué quieres complicarlo?

—¿Nunca piensas en casarte?

—Ya estuve casada una vez —contestó—. Y no me gustó.

Su exmarido, Frank, era un buen tipo. Fiel y agradable pero muy dependiente. Y esa dependencia le volvía controlador. Le molestaba que pasara las tardes atendiendo a sus pacientes y que quisiera estar a solas con sus libros. Quería que le acompañara continuamente a cenas con sus socios de bufete, cenas en las que ella no tenía nada que decir y aún menos que escuchar.

La oferta de Las Vegas llegó en el momento oportuno.

Una ruptura limpia, una razón para separarse de Frank y dejar Nueva York. Sabía que para él seguramente había sido un alivio, aunque no quisiera reconocerlo. Ella no era la esposa que necesitaba.

Y para su inmensa sorpresa, le gusta Las Vegas. Creía que sería solo una escala, una parada en boxes para recuperarse del fracaso de sus cinco años de matrimonio antes de instalarse en un lugar con un ambiente más culto, pero se ha dado cuenta de que le gustan el sol y el calor, y tumbarse a leer junto a la piscina de su urbanización. Le gusta lo cómoda y fácil que es la vida aquí, comparada con esa competición interminable que es Nueva York: la pugna por el espacio, por los taxis, por un asiento en el metro, por una taza de café, por todo.

Va en coche a su despacho en la universidad y tiene una plaza de aparcamiento reservada. Y lo mismo ocurre en el aparcamiento techado del centro médico donde atiende a sus pacientes. Y en su urbanización.

Es cómodo.

Igual que hacer la compra, que en Nueva York siempre es un fastidio, sobre todo cuando nieva o cae aguanieve. O que ir a la farmacia, a la tintorería y a todos los quehaceres cotidianos que en Nueva York le llevaban tanto tiempo.

Eso le permite centrarse en las cosas importantes.

En sus alumnos y sus pacientes.

Eden se preocupa por sus alumnos: quiere que aprendan, que les vaya bien. Y se preocupa también por sus pacientes: quiere que mejoren, que sean felices. Quiere poner en juego toda su inteligencia, su formación y sus habilidades para lograrlo, y la facilidad de su vida cotidiana le permite reservar energías para hacerlo.

Los estudiantes son más o menos igual y los pacientes también. Las neurosis, las inseguridades, los traumas, el mismo tamborileo constante (¿el mismo latido?) del dolor humano. Hay algunas peculiaridades típicas de Las Vegas, como los ludópatas o las prostitutas caras, pero esas son prácticamente las únicas intrusiones del mundo de los casinos en su vida cotidiana.

Bueno, aparte de Dan.

Sus amigos neoyorquinos le preguntan: «¿Y los museos? ¿Y el teatro?».

Ella les dice que en Las Vegas también hay museos y teatro y que de todos modos, no nos engañemos, a ellos las dificultades de trabajar y vivir en Nueva York les dejan muy poco tiempo para ir a exposiciones y obras de teatro.

«¿No te sientes sola?», le preguntan.

Bueno, ya no, piensa ella.

Su acuerdo (¿puede llamársele «relación»?, se pregunta.

Supongo que sí) es perfecto. Se dan cariño, follan, se hacen compañía, se ríen juntos… ¿Y ahora Dan quiere que vaya a la fiesta de cumpleaños de su hijo, donde estarán todos los peces gordos de Las Vegas? Eso sí que sería tirarse a la piscina…

Aunque, conociendo a Dan, seguramente no quiere que vaya, lo que no quiere es herir mis sentimientos por no invitarme.

—Dan —le dice—, no siento que me estés escondiendo. Yo quiero estar escondida.

—Vale.

—¿Te molesta?

—No.

Danny ha amado a dos mujeres en su vida y ambas murieron jóvenes.

Primero, su esposa, Terri, la madre de Ian. El cáncer de mama fue implacable, tenaz, caprichoso y cruel.

Cuando él se marchó, Terri estaba en coma, muriéndose en el hospital.

No pudo despedirse de ella.

La segunda mujer fue Diane.

En otros tiempos, a Diane Carson la habrían llamado «diosa del celuloide» o algo por el estilo. En su época había sido una estrella de cine, el estereotipo de la *sex symbol*, una mujer deseada por todos, pero que nunca pudo quererse a sí misma.

Danny la amaba.

El suyo fue un idilio apasionado. Exhibieron su amor a ojos del mundo, fue un festín para la prensa sensacionalista, y el chasquido del obturador de las cámaras se convirtió en el *leitmotiv* de su vida juntos.

Fue demasiado.

Sus mundos, tan distintos, los separaron y acabaron por

desgarrarlos. La fama de ella no podía tolerar los secretos que guardaba él, y los secretos de Danny no soportaban su fama. Al final, sin embargo, fue un secreto de Diane, una vergüenza que guardaba en lo más hondo de su ser, lo que acabó con ellos.

Danny se marchó pensando que, al irse, la estaba salvando.

Y ella murió de una sobredosis, un trágico final de Hollywood.

De modo que lo último que quiere Danny ahora es enamorarse, pero siempre ha sido hombre de una sola mujer, no tiene tiempo ni ganas para el «aquí te pillo aquí te mato», ni aunque sea con una profesional, y además necesita una rutina.

Así que las tardes con Eden le encajan a la perfección.

Eden es estupenda.

Guapísima: pelo negro y exuberante, labios carnosos, ojos deslumbrantes y una figura como sacada de una vieja película de cine negro. Es divertida, llena de ingenio y encanto, y en la cama, en fin… Una vez, poco después de que empezaran a acostarse, le ofreció *la spécialité de la maison,* y ya lo creo que fue especial.

Ahora Danny se levanta de un salto y se mete en la ducha. Está dentro un minuto, luego sale y se viste.

Típico de Dan, piensa Eden. Siempre eficiente, nada de perder el tiempo.

—¿Estás segura de lo de la fiesta? —pregunta él.

—Sí.

—Va a haber un puesto de tacos.

—Qué tentador.

—Y un castillo hinchable.

—Una combinación con inmenso potencial, pero…

—Vale, ya te dejo en paz —dice Danny—. ¿El lunes?

—Claro que sí.

La besa y se va.

4

Parece haber venido media ciudad.

Esparcidos por el ancho césped de Madeleine, beben vino, picotean la comida del *catering,* intercambian chismorreos.

Cuando Gloria insistió en que había que invitar a todos los compañeros de clase de Ian y a sus padres, Danny no se dio cuenta de que ello equivalía a invitar a casi toda la plana mayor de Las Vegas.

Debería haberlo sabido, piensa ahora. Ian va a The Meadows, donde todos los peces gordos llevan a sus hijos. Y la mayoría ha aceptado la invitación: unos, por acompañar a sus hijos; otros, porque temían rechazar una invitación de Madeleine McKay y Dan Ryan; y el resto, por curiosidad.

Luego están también algunos amigos, socios y empleados veteranos de Tara, con sus cónyuges y parejas.

Danny no quiere ni saber cuánto va a costar el sarao: el alcohol, la comida, la orquesta y el puñetero castillo hinchable, donde, como predijo Gloria, un montón de críos —entre ellos, Ian— saltan, gritan y ríen.

Se acuerda de los cumpleaños de su infancia, que consistían más que nada en que su padre se olvidaba de que era su cumpleaños. Calcula que fue al cumplir nueve cuando le birló un dólar a Marty del bolsillo, se fue a la tienda del barrio, se compró una Coca-Cola, una chocolatina y dos tebeos y se sentó en la acera a saborearlos.

Fue, se dice ahora, uno de los mejores cumpleaños de su vida.

Madeleine interrumpe su ensoñación. Se acerca a él por detrás y le dice:

—Parece que Ian se lo está pasando bien.

—Sí, ¿verdad?

—¿Y su padre? ¿Cómo se lo está pasando?

—De maravilla —contesta Danny—. Vivo para las fiestas.

—El sarcasmo solo les funciona a los gais y a los monologuistas —responde Madeleine—. A ti no te sienta bien, eres demasiado formal.

A mi madre, piensa Danny, fruto de un parque de caravanas de Barstow, le ha dado últimamente por hacer regios pronunciamientos de ese estilo. *El sarcasmo es cosa de gais, solo los vendedores visten de cuadros, las mujeres de más de treinta años deben llevar siempre sujetador...* Ve demasiado la BBC.

Y tiene un aspecto regio, desde luego, con su vestido blanco suelto, como de diosa griega, el pelo rojo recogido en un moño y el maquillaje perfecto y sutil, como siempre.

—Parece que han venido todas las madres —dice ahora.

Danny, que sabe lo que viene a continuación, intenta atajarlo.

—¿Menos la de Ian?

—Necesita una madre —dice Madeleine.

—No, no la necesita. Te tiene a ti.

Ian era muy pequeño cuando murió Teresa, así que no la recuerda. Ha tenido a su abuela, y Danny opina que la llegada de otra mujer solo serviría para confundirle. Sería una intrusión en una vida que, sorprendentemente, se ha vuelto tan estable. Tiene una figura materna que es literalmente un ángel, piensa Danny. Perfecta en la imaginación del niño. Ninguna mujer de carne y hueso estaría a su altura.

—¿Y tú qué tienes? —pregunta Madeleine.

—Yo estoy bien.

—Tendrás necesidades.

—Si crees que voy a hablar de mi vida sexual con…

—Las monjas se esmeraron contigo —replica ella—. Deberías ir a mezclarte con los invitados.

Por motivos profesionales y personales, se dice Madeleine. Si hay un soltero codiciado en Las Vegas, es su hijo. Rico, triunfador, guapo… Podría tener a la mujer que quisiese. Y un hombre de su edad debería tener una esposa que asumiera parte de sus responsabilidades sociales: participar en comités benéficos, agasajar a socios importantes, ese tipo de cosas.

Pero desde lo de Diane…

Diane era una catástrofe.

Una dulce calamidad, bella, compasiva, maravillosa, un alma rota sin remedio. Y Danny, el dulce y tierno Danny, la amaba con todo su corazón, como no había amado a nadie desde Teresa.

Pobre Danny, tan desgraciado en amores.

5

Danny se mezcla con los invitados.

No le agrada, pero lo hace.

Habla de trabajo y deportes con los directivos de casinos, de los niños y el colegio con las esposas, acepta cumplidos sobre la casa («Bueno, es de mi madre, no mía»), la comida y la fiesta en general.

Hace repaso con Gloria.

—Los malabares empiezan a las siete y media —le informa ella.

Ian, bendito sea, ha dicho que *nada de magos ni de payasos*. Así que en vez de eso habrá malabaristas.

—La tarta, a las ocho —añade Gloria—. Y luego los fuegos artificiales.

—¿Y los elefantes? —pregunta Danny—. ¿Y la lucha de gladiadores y los sacrificios humanos?

—Muy gracioso. Los fuegos artificiales serán la señal para que se marchen los invitados y entonces podrás darle los regalos a Ian.

Danny ha sido tajante al respecto: nada de regalos de los invitados. En vez de regalos, una contribución en nombre de Ian al hospital infantil St. Jude o al Sunrise. Ian lo ha entendido perfectamente («Es una idea genial, papá») y Danny se siente muy orgulloso de él por eso.

A Ian, claro, no le falta de nada. Tiene todo lo que un niño puede querer o necesitar, y el regalo de Danny es una costosa bicicleta de montaña con la que Ian llevaba un tiempo dándole la lata.

Pero eso es bueno. Así dejará un poco los dichosos videojuegos y además podrán usarla en Utah. Ese es su otro regalo. Una semana entera fuera, ellos dos solos. Un viaje en coche, montar en bici y andar por el monte, acampar, comer bazofia en bares de carretera o en restaurantes de comida rápida sin bajarse del coche.

El paraíso para un chaval de diez años.

Y para él también, piensa Danny. Por lo menos, lo de la comida basura.

—Tendrás que encargar otra bici de montaña para mí —dice—. Y una guía de las mejores rutas ciclistas.

—Ya están de camino —contesta Gloria.

Cómo no, piensa Danny.

Ve a Jimmy Mac parado junto a una de las mesas de comida.

Jimmy MacNeese, su amigo de la infancia, su mano derecha, su conductor de toda la vida. Si su antigua banda hubiera sido italiana y no irlandesa, Jimmy habría sido el *consigliere*.

Ahora vive en San Diego, donde es dueño de tres prósperos concesionarios de coches. Tiene más carnosa la cara ancha y pecosa, y el cuerpo un poco más regordete que de costumbre, pero su sonrisa es la misma de siempre: grande, amplia, radiante.

—Bonita fiesta, Danny —dice.

Se abrazan.

—Gracias por mandar el avión —añade Jimmy—. Ha sido una gozada. Los chicos casi se mean de gusto.

—¿Dónde están? —pregunta Danny. Sus hijos deben de tener, ¿qué edad? ¿Catorce y doce años ya?

—Creo que están en la mesa de los tacos. ¿Una mesa de tacos, Danny?

—¿Sabes lo que me gusta de los tacos? Que llevan su propio plato incorporado.

—No hacía falta que mandaras el avión —dice Jimmy—. Podríamos haber venido en coche. ¿Qué son? ¿Cuatro o cinco horas de viaje?

—Pero puede ser un trayecto muy duro.

Danny ha mandado el avión de la empresa a recoger a Jimmy y su familia para traerlos a la fiesta. Y también al viejo Bernie Hughes, que, igual que Jimmy, decidió instalarse en California y no seguirle a Las Vegas.

Mandar el avión ha sido un regalo para Jimmy, pero también obedecía a otros motivos. Los federales vigilan quién entra y sale del aeropuerto internacional McCarran en los vuelos comerciales, y Danny no quería que localizaran a nadie de su antigua banda. Por eso Jimmy, su familia y Bernie han llegado en el Learjet, un coche los ha recogido en la pista de aterrizaje y los ha traído directamente a la fiesta.

—¿Ha venido Angie? —pregunta. Le tiene cariño a la mujer de Jimmy. Se conocen desde el instituto y Angie ha sido una esposa y una madre estupenda. Danny sospecha que fue ella quien quiso que se quedaran en San Diego, pero no se lo reprocha.

Echa de menos a Jimmy: su amistad, su campechanería, sus consejos. Pero tiene derecho a vivir su vida, y las cosas le han ido bien.

—Anda por ahí, en algún sitio —contesta Jimmy—. ¿Estás de broma o qué? ¿Para una vez que puede escaparse de mí y de los niños un rato, beber vino y comer cosas que no ha tenido que preparar ella?

—Os he reservado una *suite* en el Shores. En la planta VIP. Todo incluido.

—No hacía falta.

—Lo sé —dice Danny—. Quedaos todo el tiempo que queráis. Tomáoslo como unas vacaciones.

—Una noche o dos, nada más. Tengo que volver. El negocio, ya sabes.

Danny lo sabe, sí.

—Bueno, si Angie y los niños quieren quedarse más tiempo, luego pueden volver en el avión —dice, aunque Jimmy no va a aceptar: no querrá aprovecharse—. ¿Qué tal el vuelo con Bernie?

Jimmy se ríe.

—No ha parado de quejarse en todo el camino de lo que tenía que estar costando. Pero se ha comido las magdalenas.

—Porque eran gratis —dice Danny.

Se ríen los dos. Bernie, el viejo contable, fue durante mucho tiempo el encargado de manejar el dinero de la mafia irlandesa de Providence, primero para el padre de Danny, luego para John Murphy y después para él. Se fue a California cuando Danny recaló allí y decidió quedarse, en gran parte, piensa Danny, porque le encantan los desayunos gratis del Residence Inn.

Todavía vive allí, en un estudio que paga Danny.

Jimmy y él se miran y hay un instante de reconocimiento: de conciencia de todo lo que han pasado juntos. Su infancia, los trabajos que hicieron, la guerra que libraron, los amigos perdidos, las vidas que quitaron.

Y el gran golpe. El robo a mano armada del alijo de dinero de un cártel: cuarenta millones de dólares.

Danny usó su parte para comprar Tara.

Jimmy se hizo con un concesionario de coches.

Es rico, millonario, pero no tanto como Danny. Su amigo intentó que invirtiera en Tara, pero Jimmy es demasiado precavido.

No es un tipo envidioso, para nada. Es demasiado bueno como para no alegrarse del triunfo de Danny. Jimmy Mac es así; siempre se ha contentado con lo que tenía.

De Angie, Danny no está tan seguro —puede que sí haya una pizca de resentimiento ahí— y toma nota de que tiene que encontrar el momento de sentarse con ellos y ofrecerles (de nuevo) parte de sus acciones en Tara a buen precio.

—Más vale que atienda a los invitados —dice—. Quedaos después de los fuegos artificiales, va a haber una especie de fiesta familiar privada.

—Sí, le hemos traído algo a Ian.

—No había que traer regalos.

—Es poca cosa—dice Jimmy—. Una pistola de agua de esas, de las grandes.

—Seguro que le va a encantar.

—Ve a atender a los invitados.

Danny va en busca de Bernie. No le cuesta localizarle: alto, encorvado, saturnino, la mata de pelo blanco como una capa de nieve recién caída.

Cuentan que Meyer Lansky dijo una vez que Bernie Hughes era el único irlandés que sabía de cuentas y que intentó contratarle, pero que Bernie no quiso dejar Providence.

—Bernie, gracias por venir —le dice Danny.

—Gracias por invitarme.

—¿El viaje bien?

—De maravilla, gracias.

Bernie está más viejo, eso salta a la vista, pero conserva su agudeza y Danny todavía le consulta sobre asuntos de dinero. Sus finanzas son infinitamente más complejas que antaño, pero los fundamentos siguen siendo los mismos.

—Dos más dos son cuatro —suele decir Bernie—. Dos millones más dos millones son cuatro millones. Eso no cambia.

Los socios del Grupo Tara son de una honradez escrupulosa e intachables a la hora de llevar las cuentas, cosa que Bernie agradece, pero aun así, cuando revisa los libros, chasquea la lengua al ver gastos que considera superfluos o estrafalarios. Nunca entenderá Las Vegas ni Danny quiere que la entienda. Necesita esa perspectiva de Nueva Inglaterra, tan frugal y chapada a la antigua. Uno de los dichos favoritos de Bernie es: «Un dólar ahorrado no es un dólar ganado, sino diez, con los intereses». Por eso le horroriza la habitación lujosa que le ha reservado, pero le encanta que le lleven el desayuno a las siete en punto, como ha ordenado Danny.

Danny repite su invitación a la fiesta familiar y ve un destello de preocupación en los ojos de Bernie.

—Será pronto. A las diez, como mucho —dice.

Bernie parece aliviado.

De la antigua banda, solo ellos han venido en el avión.

Los demás viven en Las Vegas.

Danny encuentra al delegado del Partido Demócrata junto a la mesa que sirve canapés de costillas de primera.

—Una fiesta estupenda, Dan —dice Neal—. Gracias por invitarme.

—Gracias por venir.

Dave Neal es un hombre de aspecto agradable, rostro bonachón y pelo castaño. Tiene cuarenta y tantos años, ronda el metro setenta y cinco y es algo corpulento.

—¿Quieres que te enseñe esto? —pregunta Danny.

—Por mí encantado.

Danny le lleva a dar un paseo por los terrenos del rancho.

—Esto antes era de un tal Manny Maniscalco, que era el rey de la lencería barata en los Estados Unidos. Estuvo casado con mi madre unos años y, aunque luego se divorciaron, ella volvió para cuidarle cuando se estaba muriendo y Manny le dejó la casa, además de unos cuantos millones. Lo que fue como llevar agua al mar, porque ella ya era rica de por sí. Por sus inversiones.

Danny le cuenta la historia, aunque tiene la sensación de que Neal ya lo sabe todo sobre Madeleine y sobre sus contactos en las altas esferas de Wall Street y el Capitolio. Parece de los que hacen siempre los deberes.

—Yo me instalé aquí cuando llegué a Las Vegas —continúa—. Pensaba quedarme solo unas semanas, hasta que encontrara casa. De eso hace ya seis años. No sé… Será la inercia, supongo. Y que mi hijo le tiene mucho cariño a su abuela.

—A los dos les viene bien —comenta Neal—. Pero no creo que me hayas apartado de los otros invitados para hablarme de tu situación familiar.

—No —dice Danny—. Estamos muy preocupados por lo de esa Comisión de Estudio del Impacto del Juego.

—No me extraña. Donáis millones al Partido Republicano.

—Porque favorecen el negocio —dice Danny.

—Yo sé quién eres, Dan. Procedes de una ciudad obrera. Puede que ahora seas millonario, pero, por instinto e inclinación, en el

47

fondo sigues siendo un tío de clase trabajadora. Nosotros no somos el enemigo.

—¿Un impuesto del cuatro por ciento?

—¿Cuántos miles de millones se embolsó la industria del juego el año pasado? —pregunta Neal—. Parte de ellos, de gente que no puede permitírselo. ¿No podéis aportar un poco para echarles una mano? Pero el tema es negociable, de todos modos.

Danny entiende que le está abriendo una puerta.

—¿Y el poder de citación? —pregunta—. ¿También es negociable?

—¿Podemos hablar sin tapujos?

—Sí, por favor.

—Sabemos que eres dueño de buena parte de Tara —dice Neal.

—Soy solo un empleado.

Sobre el papel, Tara es propiedad de dos promotores inmobiliarios de Misuri —Dom Rinaldi y Jerry Kush— y él es el director de operaciones.

—Un comité agresivo desenmascarará esa ficción —dice Neal—. La administración Bush hizo la vista gorda. Se dio orden desde arriba de que Dan Ryan era intocable, por no sé qué asunto turbio relacionado con una operación contra un cártel de narcotraficantes que financiaba a guerrillas izquierdistas en Centroamérica. Pero esa protección se acabó, Dan. Tienes enemigos. Hay un par de congresistas que están deseando entrar en el comité para cortarte las alas.

—Vaya, eso sí que es hablar sin tapujos —dice Danny.

Neal se apoya en la valla de un prado y se gira para contemplar la finca.

—Pareces un tipo decente. Tu pasado nos da igual. No queremos perjudicarte.

—Entonces, hablando sin tapujos, ¿cuánto va a costarnos?

—Si la industria del juego de Las Vegas contribuyera con, pongamos por caso, un millón de dólares, sería una señal clara de que no sois nuestros enemigos —contesta Neal.

—Me parece factible —dice Danny.

—Pero hay que hacerlo bien. No podemos aceptar abiertamente una donación importante del sector de los casinos. Y, por supuesto, tiene que ser todo legal.

—Por supuesto. ¿Qué tal si se celebrara una comida para recaudar fondos, organizada por un destacado demócrata local?

—¿Existe tal cosa en Las Vegas?

—Alguno podremos encontrar —responde Danny—. La mitad del dinero podría donarse en esa comida, quizá. ¿Y la otra mitad podrían ser donaciones de particulares al Comité Demócrata Nacional?

—Eso estaría bien.

Danny pasa al siguiente tema espinoso. Es un movimiento arriesgado.

—Tú también tendrás gastos, Dave.

Neal se encoge de hombros.

Pero su gesto es un sí, no un no.

—Esta noche, cuando vuelvas al hotel —añade Danny—, habrá doscientos cincuenta mil dólares en fichas en la caja fuerte de tu habitación. Puedes cogerlas o no. Lo que hagas con ellas es asunto tuyo. Puedes usarlas para jugar o cambiarlas sin más.

—No soy muy aficionado al juego —contesta Neal.

—Si las fichas no están allí por la mañana, entenderé que

tenemos un trato —dice Danny—. Quiero que me des tu palabra. Nada de citaciones.

—Puedes confiar en nosotros.

—No te ofendas —dice Danny—, pero conviene que lo sepas: si me haces alguna putada, habrá consecuencias.

—Siempre las hay.

—Tienes razón. Deberías probar los tacos, están buenísimos.

Lleva a Neal de vuelta a la fiesta y regresa a mezclarse con los invitados.

Vern Winegard se acerca a hablar con él.

—¿Qué tal ha ido?

—Un millón doscientos cincuenta mil.

—¿Por qué será que no me sorprende?

Lo sorprendente es que haya salido tan barato, se dice Danny.

Aun así, quiere asegurarse y toma nota de que debe llamar a Monica Cantrell, la *madame* más exclusiva de la ciudad, para pedirle que mande a una chica a la comida de recaudación de fondos. Además, ya hay una cámara en la habitación de Neal para grabarle sacando las fichas de la caja fuerte.

¿Confiar?

Confiar, confían los niños en que venga Papá Noel.

6

Con un plato de comida en la mano, Danny se acerca a los establos donde se guardaban los purasangres hasta que Madeleine se deshizo de ellos. Parte del edificio es ahora un apartamento de una sola habitación, con una salita de estar con cocina y un cuarto de baño.

Llama a la puerta.

Un minuto después, le abre Ned Egan.

Ver a Ned le hace sonreír: su cuerpo como de boca de riego, sus antebrazos de Popeye, su cara de carlino. Era el guardaespaldas de Marty Ryan y lo parecía, era perfecto para ese papel. Se cuenta que Marty le rescató cuando era niño de un padre maltratador y que Ned volvió del mar para convertirse en su fiel guardaespaldas, un papel que luego siguió desempeñando para Danny.

Ned Egan hacía que todo el hampa de Nueva Inglaterra se cagara de miedo, y con razón se iban de vareta.

Ned era un sicario.

Pero eso fue en tiempos, piensa Danny.

Después de morir Marty, después de que él se retirara de ese mundo, Ned se quedó sin nada que hacer ni sitio adonde ir, y Danny le trajo a Las Vegas y mandó que le construyeran el apartamento. Ned quería irse a algún hotel económico del centro, pero en Las Vegas no había tal cosa. Como temía que se sintiera solo, Danny prácticamente le ordenó mudarse, con la excusa de que Madeleine e Ian necesitaban un guardaespaldas.

—No has venido a la fiesta —le dice al entrar.

Ned se encoge de hombros. Nunca se ha sentido a gusto rodeado de gente y, además, le preocupaba que su presencia diera que hablar. La gente podía preguntar «¿Quién es ese tipo?», y la respuesta podía ser problemática.

—Te traigo un plato —dice Danny.

—Gracias.

Se está haciendo mayor (como todos, piensa Danny), tiene cincuenta y tantos años y ya no es lo que era (¿y quién sí?). Danny le ha puesto tele por satélite para que vea los partidos de los Red Sox, y en verano Ned se pasa casi el día entero viendo el béisbol, como hacía antes con Marty.

Ian va de vez en cuando a visitarle y Madeleine le invita a comer o a cenar una vez por semana, más o menos, aunque para Danny es un misterio de qué hablan. Él se ha ofrecido a llevarle al Strip, pero no tiene ningún interés en ir. También le ha ofrecido compañía femenina y eso tampoco le interesa.

Parece contentarse con llevar una vida tranquila.

Danny no tiene ninguna duda de que, en el hipotético caso de que Ian o Madeleine corrieran peligro, Ned daría su vida por ellos sin vacilar un instante.

—Unas costillas de primera —dice al dejar el plato en la encimera—, pollo a la barbacoa, ensalada de patata y un trozo de tarta.

No le ha traído tacos porque sabe que al viejo zoquete le habría fastidiado. A los oriundos de Nueva Inglaterra les gusta la comida bien separada: la carne por un lado y las patatas por otro.

—Muy amable por tu parte —dice Ned.

Danny oye el murmullo de la televisión.

—¿Van ganando los Sox?

—Hasta que entre el *bullpen* —contesta Ned.

Va en mangas de camisa, pero lleva la 38 en la sobaquera, como siempre. Es un apéndice de su cuerpo, piensa Danny.

—Luego va a haber una fiesta privada en casa —dice—. A Ian le encantaría que vinieras.

—Le he comprado un regalo. Una gorra de los Sox.

—Es hora de que el chaval aprenda las cosas que importan en la vida —comenta Danny.

En Rhode Island hay tres religiones, piensa. El catolicismo irlandés, el catolicismo italiano y los Red Sox de Boston. Y, al igual que el ser católico, poco importa lo viejo que seas o lo lejos que te marches: los Red Sox siempre van contigo. Así que, cuando él vivía en Providence, era fiel seguidor de los Sox. Cuando vivía en Los Ángeles, a la sombra del estadio de los Dodgers, también. Y en Las Vegas, lo mismo.

Ser católico y forofo de los Sox es cuestión de fe y sufrimiento.

De mucho sufrimiento.

Hay que ser muy masoquista para ambas cosas.

Danny solo bromeaba a medias al decir lo de las cosas que importan en la vida, porque la lealtad es una de las cosas más importantes, y siendo de los Sox aprendes a ser leal a base de perder.

Cualquiera que viviera aquel momento horrible de 1986 lo sabe. Danny todavía siente ese dolor, el golpe en las tripas al ver esa pelota…

—¿Ian viene a ver los partidos contigo? —pregunta Danny.

—A veces.

Danny no lo sabía.

—Le va a encantar la gorra. ¿Nos vemos luego?

Ned asiente.

Kevin Coombs vomita en el césped.

A un metro escaso de la mesa donde sirven los crepes de marisco. O sea que las gambas salen casi sin digerir.

—Uy —dice. Sonríe y actúa como si fuera muy gracioso, como si acabara de hacer una broma la mar de divertida.

Pero Danny no se ríe.

Mira a Sean South, el mejor amigo de Kevin, con una expresión que no deja lugar a dudas: «Sácalo de aquí».

Sean le agarra del codo, pero Kevin se aparta de un tirón.

—Déjame, joder.

La gente se da cuenta de lo que pasa. Una invitada se gira como si también fuera a vomitar.

Kevin lleva casi diez años en el oeste, pero nunca ha renunciado a sus raíces de macarra de la Costa Este. Tiene el pelo castaño, largo y desgreñado y lleva una horrenda camisa hawaiana que parece haber sacado directamente del suelo del armario, unos vaqueros rotos y unas Keds de bota. Se habría puesto también la chupa negra de cuero si no fuera porque están en Las Vegas en pleno junio y ni él se atrevería a tal cosa. Se limpia la boca con la mano y al levantar la vista ve a Danny fulminándole con la mirada.

—Vaya —dice sonriendo—. El jefe se ha enfadado conmigo.

—Vamos, Kev —dice Sean.

—«Vamos, Kev», y una mierda… —replica, y vuelve a mirar a Danny—. Lo siento, Danny, ¿te estoy avergonzando?

Sí, y no es la primera vez.

Antes, hace tiempo, Kevin Coombs era muy temido, y con razón. Sean y él, apodados los Monaguillos, formaban un equipo eficaz que lo mismo servía para dar un palo en una tienda que para atracar un camión a mano armada o cancelar una reserva.

Kevin siempre ha sido un cabeza loca, pero cuando había que hacer un trabajo se ponía las pilas y allí estaba, dispuesto a todo.

Ahora es un borrachín.

Cuando no está puesto de coca.

Se ha fundido un millón de dólares, tal cual. El dinero que ganó con el gran golpe se lo ha pulido. El que ganó con la inversión en el cine gracias a Danny, también. Y el de su pedacito de Tara, igual.

En alcohol, droga, juego y mujeres.

El Cuarteto de la Muerte.

Vive en Las Vegas, claro, donde todo eso es ineludible, lo que no quiere decir que uno tenga que caer en ello, solo que esas cosas siempre están ahí si las quieres, y Kevin las quiere siempre.

No es la primera vez que causa problemas: una bronca con un crupier de *blackjack* en el casino, una pelea de borrachos en la acera, o presentarse en el restaurante con tres putas y exigir una mesa.

Por eso no estaba invitado a la fiesta.

Sean es distinto, él es más serio. Con su pelo rojo, parece sacado de un anuncio de desodorante Irish Spring, pero se ha convertido en un hombre de negocios en toda regla. Cogió su dinero y montó una empresa de venta al por mayor de alimentos que abastece a los casinos. Danny le ha hecho ganar cientos de miles de dólares en contratos y él le devuelve el favor sirviéndole buenos productos a un precio justo.

Sean le ha dado a Kevin un trabajo bien pagado, pero Kevin es la piedra de molino que lleva al cuello. Va a arrastrarle con él, porque siempre anda metiéndose en líos que requieren su atención, su ayuda, su dinero.

Y aun así no corta con él.

Son como hermanos.

Y ahora Kev está montando una escena en la fiesta de cumpleaños del hijo de Danny Ryan, delante de la mitad de los mandamases de la ciudad.

—¿Por qué no me has invitado? —berrea—. ¿Es que no estoy a la altura de los fantoches de tus amigos, Danny? ¡¿Te estoy avergonzando?!

—Te estás avergonzando a ti mismo —contesta Danny.

—Conozco a Ian desde que era un bebé —dice con lágrimas de borracho en los ojos—. Desde que huiste de Rhode Island y nos lo llevamos en un puto coche. Yo estaba allí. Lo recuerdo. Pero imagino que tú lo has olvidado, ¿no?

Danny no responde.

Pero esto es un problema.

En otros tiempos, uno podía acabar en el hoyo por hablar así. Qué coño, si Pasco Ferri estuviera allí, Kevin a lo mejor acababa en el hoyo.

—Me acuerdo de muchas cosas —continúa—. Me acuerdo de dónde sacaste la pasta para montar tu puta empresa. Me acuerdo de cuando no tenías casinos y robabas...

Sean le da un puñetazo en la mandíbula y Kev se desploma.

Luego, Sean le levanta.

Danny se acerca y le dice al oído:

—Llévatelo.

—Vale, Danny.

—Digo fuera de la ciudad, Sean.

Dos guardias de seguridad se acercan y le ayudan a llevar a Kevin a rastras hasta su coche.

Danny mira a los atónitos invitados y dice:

—Les pido disculpas. Me temo que los refrescos se le han subido a la cabeza.

Se oyen risitas incómodas.

Vern Winegard, en cambio, suelta una carcajada estruendosa.

—Los refrescos… Esa sí que es buena.

—Es lo que decimos en los hoteles para referirnos diplomáticamente a los borrachos —dice Danny.

—Me gusta, puede que te la robe —dice Vern.

Están a treinta y tantos grados y va todo de negro, como de costumbre: polo y vaqueros negros. Es porque es fan de los Raiders, si a Danny no le falla la memoria. Winegard incluso habla de traer al equipo a Las Vegas algún día.

—¿Quién era ese tío? —pregunta.

—Un exempleado descontento —dice Danny.

Hay un montón de gente alrededor, escuchando con disimulo la conversación entre los dos gigantes.

—¿Sabes qué he aprendido, Dan? —dice Vern—. Que cuando un empleado está descontento, no hay manera de volver a contentarlo.

—Sí, tiene gracia, ¿eh, Vern?

Danny saluda con un gesto a Dawn, una mujer alta y rubia, con las piernas más largas que una carretera solitaria. La gente suele comentar que se casó con Vern más por su dinero que por su físico, a lo que él suele responder: «Cada cual le saca partido a lo que tiene».

—Hola, Dawn.

—Una fiesta preciosa, Dan.

—Lo era hasta hace un minuto.

—Todos tenemos algún amigo así —dice Dawn.

—¿Ha venido Bryce? —pregunta Danny.

—Está echándoles un ojo a las chicas —dice Vern—. Acuérdate de lo que es tener quince años.

—Me acuerdo, sí.

—Le han hecho capitán del equipo de *lacrosse*.

—Qué bien —dice Danny.

¿*Lacrosse*? ¿Se juega al *lacrosse* en Las Vegas? Siempre ha creído que solo jugaban al *lacrosse* los niños bien de colegios privados de Connecticut. No le extraña; aun así. Bryce es un chaval grande y fornido, tan seguro de sí mismo y arrogante como su padre, aunque por suerte físicamente haya salido a su madre. Bryce es el orgullo y la alegría de Vern, la luz de su vida, quizá porque es todo lo que él no pudo ser: el capitán del equipo, el rey del baile de graduación, esa clase de chico.

Vern no está dispuesto a dejar pasar el vergonzoso incidente. Le da una pequeña ventaja sobre Danny y piensa aprovecharla.

—Ese tipo parecía conocerte bastante bien. ¿Ha dicho algo de Ian de bebé? ¿De cuando os fuisteis de Rhode Island o algo así?

Danny se sonroja, a su pesar. Nota que el calor le sube por las mejillas y no puede hacer nada por remediarlo.

Está cabreado.

A Dawn se la nota incómoda. Los hombres son así, claro, juegan duro, pero a los hijos hay que dejarlos aparte.

—Vern…

—No, solo pregunto —dice su marido.

Un perro con un hueso.

—A saber de qué hablan los borrachos —responde Danny.

La gente los está escuchando aunque disimule, aunque finja chapuceramente que no.

Vern debería dejarlo correr.

Es lo que tendría que hacer.

Pero no lo hace. Por alguna razón que nunca podrá explicar, vuelve a reírse, levanta su copa y dice:

—Dan Ryan, el hombre misterioso.

Y lo trae todo de vuelta.

Los rumores, las murmuraciones, las indirectas.

Trae el pasado de Danny a la fiesta de cumpleaños de su hijo.

Danny se aleja.

7

En la cocina, observa a Madeleine poner velas en una tarta. Están en casa, preparándose para la fiesta familiar.

—¿Otra tarta? —pregunta Danny.

—Esa era una tarta pública —contesta Madeleine—. Esta es una tarta privada. Y, además, la he hecho yo.

—¿La has hecho tú? —Lo máximo que ha visto hacer a su madre son tostadas, y solo los días que libra la cocinera.

—Soy una mujer misteriosa.

—¿Has oído eso? —pregunta Danny.

—Lo ha oído todo el mundo. Pero no dejes que te afecte lo que diga Vernon Winegard.

—¿Qué le pasa?

—Que se levanta cada mañana preguntándose por qué le cae mal a la gente —responde Madeleine—. Y te tiene envidia.

—¿Por qué?

—¿En serio me lo preguntas? Porque él es Nixon y tú eres Kennedy.

—No sé qué quieres decir —dice Danny.

—Lo sabes perfectamente. Mira, conozco a Winegard desde que abrió su primera sala de juegos. Le conocí en la época en que esnifaba coca y se tiraba a camareras. No te enfangues con él. Déjalo tranquilo, que se recueza en su tormento. A ti ni te va ni te viene. Quien debería preocuparte es ese tal Kevin Coombs.

—Se ha ido —contesta Danny—. Y voy a hablar con la empresa de seguridad.

—Ya los he despedido —dice Madeleine—. Les he preguntado por qué alguien que no estaba invitado a la fiesta ha entrado en mi casa y no han sabido qué contestar.

Así es Madeleine, piensa Danny. O cumples o no cumples, y, si no cumples, te vas a la calle. Una retahíla de amantes exiliados darían fe de ello.

—De todos modos —dice—, la fiesta ha sido un éxito.

Tiene razón, piensa Danny. A la gente le ha encantado la comida, los malabaristas han estado geniales y los fuegos artificiales han sido fantásticos. Como predijo (¿o planeó?) Gloria, la mayoría de los invitados se ha marchado dócilmente tras la traca final, dejando a la familia y los amigos más íntimos reunidos en el salón.

Danny entra.

Mira a su alrededor.

Su hijo está allí, claro, sudoroso y sobrestimulado después de una tarde entera de castillo hinchable, piscina, azúcar, correteo generalizado y emociones. Jimmy Mac, su mujer y sus hijos, Ned Egan, Bernie Hughes. Gloria también está allí. Y Dom, con su mujer y sus hijos, y Jerry con los suyos. Madeleine aparece detrás de Danny, sostiene la tarta mientras empiezan a cantar *Cumpleaños feliz*.

Esto es lo único que importa de verdad, piensa Danny.

Esta gente, esta vida que hemos construido juntos.

Esta buena vida.

8

No siempre fue así.

Cuando Danny se marchó de Rhode Island en el invierno gris de 1988 (lo de que se marchó es un eufemismo, piensa ahora mientras se prepara para irse a la cama; sería más preciso decir que huyó, que le echaron, que tuvo que escapar para salvar el pellejo), su vida estaba en ruinas.

Terri estaba muerta, o casi.

La mafia irlandesa que había sido el centro de su vida estaba arrasada, sus miembros habían muerto o estaban en prisión, y posibles imputaciones por tráfico de drogas —y asesinato, quizá— pendían sobre su cabeza como la espada de Damocles (un término que entonces no conocía).

Era un fugitivo que huía de la mafia y de los federales, pero sin la ventaja de estar solo. Tenía que cuidar de un hijo pequeño y un padre casi senil. También de su banda, o lo que quedaba de ella: Jimmy Mac, Ned Egan, los Monaguillos y Bernie Hughes.

De modo que emprendió el viaje a California, la migración hacia el oeste, hacia la tierra de los sueños, el país de la reinvención (y si alguien necesitaba reinventarse, se dice ahora, era yo). Arribó a San Diego y allí llevó una vida tranquila regentando un bar y ejerciendo de padre soltero, con todos los rituales cotidianos que ello implicaba.

Aunque no era feliz exactamente, estaba satisfecho.

Pero le encontraron, como hacen siempre.

Un federal (¿del FBI?, ¿de la CIA?) dio con él y en vez de detenerle le hizo la proverbial oferta imposible de rechazar. Asaltar la casa donde un cártel de narcotraficantes guardaba su dinero y repartir las ganancias con el Tío Sam. (Necesitaban el dinero para alguna operación secreta en Centroamérica; Danny nunca preguntó, ni le importaba). Todo le sería perdonado, todo quedaría en el olvido, ve con Dios y no peques más.

Danny y su equipo dieron el golpe.

Su parte fue de unos diez millones.

Dinero suficiente para perderse en el ocaso, para llevarse a su hijo a algún sitio y vivir el sueño americano.

Solo que no fue eso lo que hiciste, piensa al acostarse.

Te fuiste a Hollywood.

Hablando del país de los sueños.

Ocurrió que los Monaguillos estaban chantajeando a los productores de una película sobre la mafia de Nueva Inglaterra y alguien recurrió a Danny para que los pusiera en su sitio.

Danny compró su participación en la película.

Literalmente.

Invirtió ocho millones.

Y se enamoró de la protagonista.

Diane Carson.

Fue una locura, un error nefasto. Lo sabían ambos desde el principio, pero no pudieron evitarlo.

A la gente de sus respectivos mundos no les gustó, sobre todo cuando los tabloides se cebaron con el tema del mafioso y su novia, y su relación se hizo famosa.

Yo tenía mi pasado, piensa Danny, y ella, el suyo.

Yo podía vivir con el mío, pero ella con el suyo, no.

Una noche, en la cama, se sinceró con él, le habló de su hermano, que se le metió en la cama y tuvo relaciones con ella o —mejor dicho— le hizo el amor. El mismo hermano que más tarde mató a su marido (Dios, cómo se refocilaron en eso los tabloides) y estaba cumpliendo cadena perpetua en una prisión de Kansas.

Y amenazaba con hacerlo todo público.

Eso la habría destruido, en lo profesional y en lo personal.

Así que Danny recurrió a gente de su mundo y solventó el problema: el hermano murió apuñalado en el patio de la prisión. Pero el precio que pagó Danny fue muy alto: tuvo que dejar a Diane.

Le mintió, le dijo que no había tenido nada que ver con el asunto, luego volvió a mentirle —le dijo que no la amaba— y la dejó.

Ella tuvo una sobredosis esa misma noche.

Una sobredosis fatal.

Danny tiene que cargar con esa culpa.

No lo llevó bien al principio, pasó semanas saliendo a emborracharse; luego, cuando se le pasó la borrachera, encontró el camino de vuelta a Las Vegas, donde había dejado a Ian con su madre.

Usó lo que había ganado en el cine para invertir en el Grupo Tara.

Extraoficialmente.

Pasco Ferri y algunos de sus «socios», su madre, varios contactos de Madeleine en fondos de cobertura y un par de constructores jóvenes y ávidos —Dom Rinaldi y Jerry Kush— que querían invertir a lo grande juntaron setenta y cinco millones de dólares para comprar un viejo casino a precio de saldo.

El Scheherazade databa de mediados de los años sesenta, de la tercera oleada urbanística.

La primera fue la del Flamingo, claro, en 1946, el sueño que le costó la vida a Bugsy Siegel, que gastó más dinero de la mafia del que debía y seguramente se embolsó parte de los costes de construcción. Cuenta la leyenda que fue Meyer Lansky, viejo amigo de Lucky Luciano y Siegel, quien dio la orden, y Danny ha oído decir que su viejo amigo Pasco Ferri también anduvo metido en ello.

Los mafiosos, aun así, pronto se dieron cuenta de que Siegel había acertado al apostar por Las Vegas. El dinero del hampa entró a raudales durante los años cincuenta y sirvió para financiar el gran *boom* del Sands, el Sahara, el Riviera, el Dunes, el Hacienda, el Tropicana, el Royal Nevada y el Stardust, dando forma al Strip.

Luego, en los sesenta, afluyó el dinero de los sindicatos y se construyeron el Aladdin, el Circus Circus, el Caesars Palace y el Scheherazade.

Cuando el Grupo Tara lo compró, el hotel-casino estaba en números rojos.

Siempre había tenido problemas para salir adelante. Situado en el extremo sur del Strip, había esperado a que la ciudad se desarrollara en esa dirección y, cuando por fin llegó ese momento, el hotel estaba viejo y desfasado y no podía competir con los enormes hoteles temáticos que ofertaban circos, batallas de barcos piratas y erupciones volcánicas.

Además, nadie sabía pronunciar su nombre, Scheherazade, y mucho menos deletrearlo. Tenía una temática hortera de las *Mil y una noches*, con profusión de bailarinas de la danza del vientre y tipos que se paseaban por allí vestidos con lo que a Danny le parecían toallas. Como Tara no tenía capital para remodelarlo por completo, le cambiaron rápidamente el nombre por Casablanca y se pusieron manos a la obra para intentar sacarlo a flote.

La gente de Las Vegas se reía de los forasteros del Grupo Tara por haberse dejado embaucar para comprar aquel sitio.

Danny no se reía. Había invertido todo lo que tenía en el hotel y no podía dejar que se hundiera. Sentó a los otros inversores en el salón de la casa de su madre y les preguntó:

—¿Qué tenemos nosotros que no tienen los megahoteles?

—Nada —contestó Dom Rinaldi.

Él negó con la cabeza.

—Nuestro tamaño.

—Nuestra pequeñez, querrás decir —zdijo Jerry Kush.

—A eso me refiero exactamente —respondió Danny—. Tenemos algo menos de mil habitaciones. Los megahoteles tienen tres mil, de media.

—¿Y eso te parece una ventaja? —preguntó Dom.

—Pensáis que lo nuestro es el negocio del juego —repuso Danny—, pero no es así. Son los servicios, ese es nuestro negocio.

Porque todos los casinos ofrecen prácticamente lo mismo en cuestión de apuestas. Se puede abrir o cerrar un poco la mano en los premios de las tragaperras, claro, o subir y bajar las apuestas de las mesas de juego, pero lo que de verdad marca la diferencia es la calidad del servicio.

—Nosotros podemos ofrecer un servicio mejor —continuó Danny—. Un servicio personalizado. Convertir nuestra presunta debilidad en fortaleza. No eres uno más de los miles de clientes que vienen al Casablanca, eres un huésped exclusivo. No eres un simple grano de trigo en el molino del juego, eres un ser humano.

Danny había hecho cuentas.

Cada año disminuía el porcentaje de beneficios que los casinos obtenían del juego y aumentaba el procedente de las habitaciones y la comida. La gente quería jugar, claro, pero también quería comer opíparamente y tener una habitación bonita a la que regresar.

—Quieren espectáculo —dijo Jerry.

—Pueden bajar la calle, pararse en la acera y ver la batalla de piratas o la erupción del volcán —respondió Danny—. Y luego volver con nosotros: alojarse en nuestras habitaciones, comerse nuestra comida, jugar a nuestros juegos. Que la competencia pague el entretenimiento de nuestros huéspedes.

A sus socios les gustó la idea: chupar rueda de los ricachones. Que los megahoteles gasten millones en parecerse a Disney World, les dijo Danny. Nosotros haremos cosas que nos cuesten poco o nada.

Como, por ejemplo, procurar que el personal llame a cada huésped por su nombre. Que les sonrían, que les pregunten si pueden hacer algo por mejorar su estancia, no solo en el hotel, sino en Las Vegas en general. O si necesitan sugerencias, indicaciones, entradas para espectáculos o reservas para cenar. Tomar la iniciativa.

—¿Cuánto costaría ofrecer un servicio de conserjería a todos los clientes, no solo a los que más apuestan? —preguntó—. ¿Hacer que cada huésped se sienta importante?

En lugar de pagar a «piratas» y acróbatas, contrató más aparcacoches para que los clientes tardaran menos en entrar y más recepcionistas para agilizar la facturación. Contrató más cocineros y camareros para que el desayuno del servicio de habitaciones llegara rápido y caliente, y más limpiadores para que dedicaran más tiempo a cada habitación y la dejaran no solo limpia, sino inmaculada.

Pequeñas cosas que costaban muy poco e importaban mucho. Una nota manuscrita de la camarera de piso dirigiéndose al huésped por su nombre para preguntarle si todo estaba a su gusto. Una rápida llamada telefónica de la misma persona que te atendió en recepción para preguntarte si estabas disfrutando de tu estancia. Un saludo personalizado cada vez que el cliente cruzaba la puerta.

Danny enseñó a los gerentes a pasearse por el comedor a la hora del desayuno y a reconocer a los huéspedes que volvían por segunda o tercera vez, coger la cuenta y decir: «Hoy invita la casa».

—¿Cuánto nos cuestan un par de huevos, unas tostadas y un café? —preguntó Danny—. ¿Un dólar, un dólar cincuenta? ¿Y cuánto ganamos cuando ese tipo vuelve otra vez?

Mantener a un cliente, decía, salía mucho más barato que conseguirlo.

Todos los encargados tenían asignado un pequeño presupuesto para esas cosas: para invitar a un cliente a una copa o regalarle unas fichas para que jugara a las tragaperras o incluso un par de entradas para un espectáculo que estuviera de moda.

Danny y los suyos se deshicieron de los uniformes cutres al estilo de *Mi bella genio* y Madeleine se encargó de supervisar la nueva decoración elegante y retro, inspirada en Bogart y Bergman, así como de reformar del vestíbulo para que se pareciera al Rick's Café Americain.

A los dos años, el Casablanca estaba dando beneficios, lo que sorprendió a todos.

Igual que sorprendió a todos —incluido él mismo— que Danny se volcara en el proyecto. Se suponía que era solo un inversor, un socio silencioso dentro de una empresa encabezada por Rinaldi y Kush, y que su participación financiera, igual que la de Pasco Ferri, quedaría oculta dentro de un laberinto de sociedades interpuestas.

Porque la NGCB, la Junta de Control del Juego de Nevada, no iba a permitir que Danny Ryan fuera dueño de un casino.

Después de pasar años echando a la mafia de Las Vegas, ni los federales, ni las corporaciones ni la Junta iban a dejar que volviera a introducirse en la ciudad, y la Junta dictaminó que Danny tenía «vínculos con conocidos mafiosos».

Como por ejemplo Pasco Ferri, el antiguo jefe del sindicato de Nueva Inglaterra, ahora retirado en Florida.

Los abogados de Danny recurrieron la decisión.

—No hay un solo hecho fehaciente que vincule al señor Ryan con el crimen organizado —argumentó su abogado—. Ni detenciones ni imputaciones, ni mucho menos condenas. Lo único que tienen ustedes son rumores y unos cuantos artículos de la prensa sensacionalista. El señor Ryan asistió a un par de fiestas, de barbacoas, que organizó en la playa el señor Ferri. Si asistir a una fiesta organizada por un mafioso fuera un criterio de descalificación, la mitad de los miembros de esta Junta no podrían formar parte de ella.

Los abogados sabían que no serviría de nada. Para vetar su titularidad como propietario, la Junta solo tenía que alegar la apariencia de incorrección. El recurso fue un intento de mantener a Danny fuera del temido Libro Negro, lo que le habría impedido incluso entrar en un casino.

La táctica funcionó.

Se le denegó el derecho de titularidad, pero no el de empleo. Consiguió la licencia de Empleado Clave, que le permitía trabajar en casinos. Su puesto oficial en el Casablanca era el de director de operaciones hoteleras.

Y ejercía como tal.

Él, que nunca había sido un hombre de negocios, se puso a estudiar por su cuenta. Se quedaba despierto hasta las tantas leyendo libros sobre finanzas, gestión y atención al cliente. Y consultaba a expertos en juego, restauradores, chefs, directores de hotel, corredores de bolsa... A cualquiera que creyera que podía enseñarle algo.

Se convirtió en una presencia constante en el Casablanca. Tenía fama de entrar en una habitación vacía al azar y tomar nota de que el papel higiénico estaba colgando hacia abajo en vez de recogido, como debía; de que había polvo en alguna moldura o de que la temperatura de la habitación no era la adecuada. Pero cuando lo encontraba todo perfecto, también tomaba nota de que debía buscar a la camarera de piso para agradecérselo y darle quizá una propina o ver si podían subirle el sueldo.

Estaba siempre presente en los tres restaurantes del casino, probando la comida, hablando con los clientes, preguntando a los cocineros y a los camareros qué necesitaban para hacer mejor su trabajo. Y también en el casino, vigilando a los jefes de sala, a los crupieres y a las camareras.

Estaba decidido a llevar el negocio con absoluta rectitud. Había sido su condición expresa cuando Pasco invirtió en la compañía.

—No tengo ningún interés en volver a esa mierda de la mafia —dijo.

—Nadie tiene interés —contestó Pasco—. Ahí no hay futuro.

De modo que no había amaños en el Casablanca: de la sala de recuento no salía ni una sola bolsa llena de dinero con destino a los capos de Chicago, Kansas City o Providence. Se podía ganar mucho dinero legalmente, sin necesidad de arriesgarlo todo en chanchullos absurdos.

Danny vetó también la violencia.

Para el crupier al que pillaban robando solo había un castigo y no era destrozarle los dedos de un martillazo, como antaño, sino el despido fulminante, y con malas referencias para que no pudiera volver a trabajar en Las Vegas.

Así pues, Danny se paseaba por su primer casino y, cuando los empleados le veían, sus sonrisas se volvían un poco más alegres, su postura más erguida, el reparto de las cartas más enérgico. Todos sabían que, al margen de lo que dijeran las escrituras de propiedad, aquella era la casa de Dan Ryan. Él estaba al mando y todo lo veía.

Ahora, los detalles son la materia de la que están hechos sus días y se preocupa por ellos constantemente. Sus socios le reprochan que se obsesione con que las servilletas estén bien dobladas cuando tiene propiedades por valor de cientos de millones de dólares de las que preocuparse.

Porque de ahí justo es de donde salen los millones, les contesta él.

Durante los primeros tiempos del Casablanca, cuando intentaban enderezar el rumbo del hotel, a sus socios les preocupaba que Danny estuviera demasiado centrado en esos pormenores, que fuera incapaz de ver más allá.

Pero se equivocaban.

En cuanto el Casablanca empezó a dar beneficios, propuso una maniobra estratégica de gran alcance. El inmueble situado justo al norte, un viejo casino, el Starlight, estaba en franco declive.

—Creo que deberíamos comprarlo —dijo Danny.

—¿Otro proyecto de remodelación? —preguntó Dom. Luego se lo pensó unos segundos y dijo—: No es mala idea.

Pero Danny no quería remodelarlo sin más. Habría sido, pensaba, como esas sesentonas que se ponen en la cara una plasta de maquillaje: por más que atenúen las luces, siguen notándoseles las arrugas. Además, no quería que Tara cosechara fama de ser la «empresa de las remodelaciones». Quería que se la considerara mucho más que eso.

—No quiero remozar el Starlight —dijo—. Quiero demolerlo y construir un hotel nuevo.

—El Casablanca acaba de empezar a dar beneficios —contestó Dom—. Puede que no sea el mejor momento para ampliar el negocio.

—Puede que no tengamos otra ocasión. Si no nos movemos, se lo quedará Winegard.

Danny sabía que Vern Winegard era ambicioso. Quería mandar en Las Vegas, y el Grupo Winegard tenía ya tres grandes hoteles en el Strip. Si Vern compraba el Starlight, solo el viejo Lavinia se interpondría entre sus propiedades y el Casablanca.

—No podríamos expandirnos hacia el norte —alegó Danny.

Dom sonrió.

—No sabía que íbamos a expandirnos hacia el norte.

Danny se encogió de hombros y también sonrió. Estaba seguro de que Dom se subiría al carro. Eran jóvenes con empuje, empresarios capaces, y no se habían metido en aquel negocio para conformarse con cualquier cosa.

Pero también eran precavidos, conservadores.

Su madre enarcó una ceja.

Aquella noche, mientras cenaban en su casa, escuchó la idea de Danny y preguntó:

—¿No te basta con un hotel?

Danny la miró fijamente.

—No. No me basta.

Sabía lo que estaba pensando Madeleine. Que su hijo, al que durante tanto tiempo le había faltado la más mínima ambición, que siempre se había conformado con sobrevivir, ahora quería… más.

Lo que también a él le sorprendía un poco. Nunca se había considerado especialmente ambicioso, era solo un tipo que intentaba sobrevivir en un mundo que solía ponérsele en contra. Ya había ganado mucho más dinero del que nunca había imaginado; los últimos millones, honradamente hasta cierto punto. Podría dejarle dinero en herencia a su hijo y su empresa era legal, que era lo que se había propuesto. Eso tendría que haber sido suficiente.

Pero no lo era.

«Suficiente» es un concepto que no existe en Las Vegas, una ciudad desmesurada donde demasiado nunca es suficiente, donde el éxito equivale a exceso y cuanto más se tiene, mejor.

Tienes un reino, pensó Danny, y quieres un imperio.

—Cuenta conmigo —dijo Madeleine.

Algo sabía Madeleine McKay de edificar imperios. Ella, que se había criado en la indigencia de un parque de caravanas de Barstow, llegó a Las Vegas para ser *showgirl* y se valió de su belleza para labrarse una carrera triunfal como inversora, amasando primero influencia y luego poder.

Sabía lo que era aspirar a más.

Danny convocó a sus socios a una reunión y les presentó su plan para el Shores.

—¿El Shores? —preguntó Jerry—. Pero si estamos en el desierto.*

—Exacto —dijo Danny—. ¿Sabéis lo que suele pasar cuando vas de vacaciones a la playa? Que hace mal tiempo. Se gasta uno mil pavos en pasar una semana en la playa y llueve. En cambio en el desierto siempre hace sol.

—Sol tenemos —dijo Jerry—. Y también arena. Lo que no tenemos es mar.

—Pues lo construimos —respondió Danny.

Les expuso su visión.

—Llegas al hotel —dijo—. ¿Y qué es lo primero que ves delante de ti, antes incluso de entrar? Olas. El mar. Un agua azul, preciosa, meciéndose frente a ti. El aparcacoches se lleva tu coche y tú caminas por una franja de arena bordeada de palmeras que cruza el agua, hasta el vestíbulo decorado en azul y verde, los tonos del mar. Delante de ti hay un acuario gigantesco, peces preciosos de mil colores, y de repente ves…

Hizo una pausa dramática, hasta que Dom preguntó por fin:

—¿Qué? ¿Qué ves?

—Tiburones —dijo Danny.

—¿Animatrónicos, quieres decir? —preguntó Jerry.

---

* *Shore*, «costa», «litoral». (*N. de la T.*)

74

—No, tiburones de verdad. Peligrosos. Excitantes. Impredecibles. Como el juego. Así te pones a tono antes incluso de registrarte en el hotel.

Luego les describe el resto.

Cuatro piscinas en la parte de atrás, rodeadas de arena, como en la playa. Una para relajarse; otra, con olas suaves para los huéspedes con niños; otra, con olas más grandes.

—Habrá tablas de surf. Y monitores. Se podrá aprender a surfear. Y si ya sabes, podrás practicar: olas perfectas que llegarán de cuatro en cuatro, veinticuatro horas al día, siete días por semana. El paraíso para un surfista.

La cuarta piscina, la situada más al fondo, estará dentro de una gruta enorme. Grandes rocas, pequeñas cuevas ocultas tras cascadas. Los niños tendrán prohibido el acceso. Tiempo para mamá y papá.

—Pensadlo —dijo Danny—. El vuelo a Hawái dura seis horas, y eso desde la Costa Oeste. Tahití está a nueve horas. Podemos ofrecerle a la gente esa experiencia con tres horas de avión como máximo, por mucho menos dinero y con buen tiempo garantizado. Y además podrán apostar.

—¿Cuál es el principal problema que tienen los padres cuando vienen a la ciudad? —terció Dom—. Qué hacer con los niños cuando quieren apostar un poco. De este modo podrán dejar a Bobby y a Cindy en la piscina infantil, porque tendremos niñeras y socorristas titulados, e irse a las máquinas y a las mesas de juego.

—Cosa que no pueden hacer en Disney World —remachó Danny.

—¿Cuál es la previsión de costes? —preguntó Jerry.

—Quinientos cincuenta millones.

Después de unos segundos de asombrado silencio, Dom se echó a reír.

—Y nosotros pensando que Dan estaba demasiado centrado en los detalles.

Qué agallas tuviste, piensa Danny ahora.

Le echaste un par de huevos, ¿eh?

¿De dónde coño creías que ibas a sacar quinientos cincuenta millones de dólares?

9

Recuerda su encuentro con Pasco.

Se ofreció a ir a Florida, pero a Pasco le apetecía ir a Las Vegas, «por los viejos tiempos». Como no podía dejarse ver dentro del casino, quedaron en el Piero's, un emblemático restaurante italiano frecuentado por los entendidos de Las Vegas. Resultaba irónico, claro, que Pasco no pudiera pisar un hotel que había ayudado a reflotar, pero no hizo ningún comentario al respecto.

—Así que esta es la «nueva Las Vegas» —comentó—. Casi no la reconozco. Frankie Sinatra, el Rat Pack, Momo Giancana y todos ellos… Ya no están. Esos tiempos se acabaron.

—Me parece que sí.

—No, si es bueno. Tenía que pasar. Pero a tu padre le encantaba la ciudad como era antes. Aquí conoció a tu madre.

Danny sonrió.

—Conozco esas historias.

Madeleine estaba casada en aquel momento con Manny Maniscalco; tenían lo que ahora se llamaría un matrimonio abierto. Marty Ryan fue a la ciudad a cumplir un encargo de Pasco, la conoció en un bar y tuvieron una apasionada aventura matinal. La dejó embarazada y Manny se hartó y echó a su mujer de casa.

Madeleine se fue a Nueva York a tener a Danny y unos meses después se presentó en Providence y lo dejó en los brazos de Marty. «Toma, quédatelo».

En el restaurante, Danny miró a Pasco. El capo había envejecido. Seguía estando muy moreno, pero había adelgazado y su pelo blanco había retrocedido aún más, retirándosele de la frente. Los músculos fibrosos de sus antebrazos aún eran fuertes, pero su piel tenía un aspecto como de papel arrugado.

—El viejo Scheherazade... —dijo—. Yo fui dueño de una parte, ¿sabes?

—No.

—Fue hace mucho tiempo —añadió Pasco—. Unos tíos de Nueva Inglaterra y yo pusimos algún dinero. Y ahora vuelvo a tener una parte. Cómo es la vida, ¿eh? —Dio un sorbo a su té con hielo y comió un bocado de *linguini vongole*—. ¿De qué querías que habláramos, Danny? ¿A qué he venido?

Danny le habló de su idea para el Shores.

Pasco siguió comiendo mientras le escuchaba, sin interrumpirle, y cuando Danny acabó dijo:

—¿Quinientos millones? Nadie que yo conozca tiene tanta pasta.

—Voy a pedírselo a los bancos.

—A los bancos no les gustan los casinos.

—Las cosas están cambiando —repuso Danny—. Creo que puedo proponérselo.

Pasco se quedó mirándole un rato. Con sus famosos ojos pálidos. Unos ojos que, como bien sabía Danny, eran lo último que había visto más de uno.

—Así que quieres recurrir a los bancos y poner el Casablanca como... ¿Cómo lo llaman ahora? Como aval.

Danny asintió.

—Podríamos crear una nueva sociedad para el Shores, pero dudo que los bancos vayan a tragárselo.

—Entonces, si tu proyecto fracasa —dijo Pasco—, tú pierdes tu hotel y yo pierdo mi inversión.

—Sí. Pero no va a fracasar.

—¿Sabes quién dijo eso mismo? Benny Siegel.

—Y tenía razón —contestó Danny—. El Flamingo acabó siendo un gran éxito. Fue el inicio de todo esto.

—Pero él no vivió para verlo.

—Yo sí viviré.

—No te estoy amenazando —dijo Pasco—. Esos tiempos también se acabaron. Si fracasas, será con los bancos con quien tengas problemas, no conmigo.

—Entonces, ¿te parece bien?

Pasco hizo una seña al camarero y trazó un pequeño círculo con el dedo índice para pedir un *espresso*.

—Eso diluirá mi inversión en la compañía.

—Tienes razón —dijo Danny—, aunque tu participación sea más pequeña, ganarás mucho más.

La duda de siempre, pensó. ¿Qué es mejor: tener una parte importante de algo pequeño o una pequeña parte de algo grande?

—Pasco, podemos quedarnos como estamos y seguir siendo pequeños. Todos estamos ganando dinero, las cosas van bien así. Pero ¿queremos ser siempre pequeños, estar siempre al margen mientras la gente de Wall Street está en el centro? Estamos hablando de riqueza hereditaria, de una oportunidad de olvidarnos para siempre de chanchullos ilegales.

—O sea, que ese es tu verdadero motivo — dijo Pasco.

—No te entiendo.

—Quieres librarte del dinero sucio.

Es cierto, pensó Danny. Lo había meditado: el dinero sucio, el dinero de la mafia, el dinero procedente de la delincuencia, constituía una parte importante de la empresa. Pero si recurrían a los bancos para conseguir cientos de millones, se diluiría. Si echas una cucharada de tierra en un vaso de agua, obtienes agua sucia. Si la echas al mar, ni se nota.

—Deja que te diga una cosa, joven Ryan —dijo Pasco—. No hay ni ha habido nunca dinero limpio o sucio. Solo hay dinero. Si crees que el dinero de Wall Street está impecable, te queda mucho por aprender.

Danny sabía que no debía contestar. Conocía a Pasco de toda la vida, ya se trataban cuando aún era el capo de Nueva Inglaterra, antes de que se retirara a Florida. Sabía que aún tenía vínculos con los jefes de todas las familias mafiosas del país, quizá incluso de Sicilia. Sabía, en todo caso, cuándo debía hablar y cuándo callar.

Y en aquel momento se quedó callado.

Les llevaron el *espresso*. Pasco le echó un terrón de azúcar y lo removió. Lo probó, le dio su aprobación y luego dijo:

—Si invertimos contigo fue por una razón, Danny. Para dejar atrás el pasado y adaptarnos a los nuevos tiempos. Si esta es tu forma de hacerlo, entonces *che Dio vi benedica*.

Danny no necesitaba la bendición de Dios, sino la de Pasco. Para recurrir a los bancos y diluir el capital de la mafia.

No fue fácil.

Pasco tenía razón: los bancos de inversión de Nueva York recelaban de la industria del juego. Sobre todo, de la de Las Vegas, desde que había abierto Atlantic City justo al lado y el juego se estaba extendiendo a todas las reservas de nativos americanos.

Antes, la gente tenía que ir en avión a Las Vegas para jugar. Ahora, casi todo el mundo vivía a menos de dos horas en coche de un casino.

Danny argumentaba que aquel sería el primer hotel-casino en el que las habitaciones, la comida y el entretenimiento darían más beneficios que el juego. La gente iría a ver los tiburones, a bañarse en la playa y a hacer surf. Y entremedias jugarían a las tragaperras y se sentarían a las mesas.

No planteaba esos argumentos en persona, sino a través de Dom y Jerry, que eran quienes iban a los bancos. Era demasiado arriesgado que él diera la cara, envuelto como estaba en un tufillo a crimen organizado, aunque ese tufillo fuera más tenue cada año.

Y Dom y Jerry lo hacían de maravilla, con su empaque y su seriedad del Medio Oeste, su sólido historial de éxitos empresariales, su sentido común y esa actitud suya tan poco dada a las tonterías y los tejemanejes.

Madeleine se encargaba de abrirles las puertas, dado que conocía a un sinfín de banqueros, gestores de fondos de alto riesgo y corredores de bolsa, pero, cuando Dom y Jerry entraban por esas puertas, se adueñaban de la sala.

Lo bordaban.

Consiguieron reunir los quinientos millones, en gran parte gracias a la predicción de Danny de que el Shores daría un 22 por ciento de rentabilidad sobre la inversión.

Pero conseguir el capital era una cosa y construir el Shores otra bien distinta.

Danny se involucró en todos los aspectos de la construcción, desde el diseño arquitectónico hasta la forma de los tiradores de los cajones. Tenía que hacerse deprisa, a tiempo y sin salirse del presupuesto, y los propietarios de los demás hoteles lo observaban todo y se reían, esperando a que el Grupo Tara se diera un buen batacazo para así seguir riéndose un poco más.

Nadie había visto nada igual, porque no lo había.

Llegabas al aeropuerto McCarran, en pleno desierto, te subías a un coche y a los diez minutos estabas en la Polinesia.

Sin la humedad ni los bichos.

Sin visado ni pasaporte.

Atravesabas la pasarela de arena que cruzaba el «océano» de la parte delantera. El suave oleaje llegaba hasta ti, refrescándote con su rocío, y entonces entrabas en el vestíbulo con aire acondicionado y veías los tiburones.

Los tiburones de Danny.

Dios, recuerda ahora, ¡lo que costó conseguir el permiso para el tanque de los tiburones! Delante de cuántas comisiones y juntas tuvieron que declarar, y cuántos informes y estudios de impacto medioambiental tuvieron que costear, saltando siempre de aro en aro, de trámite burocrático en trámite burocrático.

Salta, Danny, salta.

Los demás querían darse por vencidos. «Danny, olvídate de los puñeteros tiburones. Buscamos unos peces tropicales bien grandes y se acabó».

Es mi hotel, pensaba Danny, no un restaurante chino. Nadie va a venir a ver peces. Pero vendrán a ver tiburones.

Jerry propuso que contrataran abogados, que les pusieran trajes de neopreno y los hicieran nadar por el tanque.

—¿Y, además, dónde vamos a comprar los tiburones? —preguntó Dom en medio de todo aquello—. ¿Se pueden comprar tiburones? O sea… ¿Hay, no sé, protectoras de tiburones que les busquen un buen hogar?

Resultó que sí las había. Los acuarios públicos tenían un

excedente de tiburones y, a través de ellos y de algunos proveedores privados, Tara consiguió hacerse con cuatro tiburones tigre.

Danny puso nombre a tres —Colmillo, Fauces y Aleta— y dejó que Ian bautizara al cuarto. Su hijo se lo pensó un rato y luego dijo:

—John.

—¿John?

—El tiburón John —contestó Ian como si fuera evidente.

Y con el tiburón John se quedó.

Danny recuerda la noche que se inauguró el Shores.

Estaba tan nervioso que pensó que iba a vomitar.

Pero al final todo salió bien: se desenvolvieron como pez en el agua. Él se quedó discretamente en segundo plano mientras Dom y Jerry hacían discursos y recibían aplausos, y no sintió ningún resquemor, solo orgullo y una serena satisfacción por haber hecho posible todo aquello.

Durante su primer año de existencia, el Shores ganó doscientos millones de dólares. Se llenó, con una ocupación del 98 por ciento, y así sigue desde su apertura.

Los banqueros estaban contentos.

Y Dan Ryan se convirtió en leyenda.

Porque en el negocio del juego toda la gente importante sabía quién estaba detrás de Dom Rinaldi y Jerry Kush; sabía que, por muy competentes que fueran ellos, Danny era la fuerza motriz del Grupo Tara.

Lo sabían los otros dueños de casinos.

Lo sabían los banqueros.

Y lo sabía Vern Winegard.

Qué diablos, seguramente hasta la Junta de Control del Juego lo sabía y hacía la vista gorda porque Danny había creado una enorme máquina de hacer dinero en Nevada, que atraía a miles de turistas y encima era irreprochable.

Sin amaños.

Sin mafiosos rondando por allí.

Y sin violencia.

El Shores era un hotel familiar.

Danny procuraba que el personal de seguridad mantuviera alejadas a las prostitutas, que identificara incluso a las más refinadas y elegantes y las invitara amablemente a marcharse y a no volver. Tenía a empleados vestidos de paisano que se hacían pasar por clientes solitarios y, si se les acercaba una puta, le enseñaban discretamente la salida.

Se corrió la voz: intentar prostituirse en el Shores era un fastidio y una pérdida de tiempo.

A Danny eso le costó algunos clientes que buscaban ese tipo de acción, pero no le importó. Su hotel se estaba llenando de clientes juiciosos, que además se dejaban el dinero en las máquinas y las mesas de juego.

El Shores no daba un 22 por ciento de beneficios.

Daba un 25.

Ya nadie se reía de Dan Ryan y sus tiburones.

Entonces, ¿por qué no soy feliz?, se pregunta ahora, incapaz de dormir.

Sobre la una de la madrugada, se revuelve en la cama, coge el teléfono. Y llama a Dom.

—¿Te he despertado?

—No, ha sonado el teléfono y he tenido que cogerlo —contesta Dom—. ¿Qué pasa?

Danny se lo dice.

—Quiero comprar el Lavinia.

84

10

Providence, Rhode Island
1997

Marie Bouchard contesta al teléfono y oye:

—Le tenemos.

—¿A quién? —pregunta.

—A Peter Moretti Junior.

Casi se le cae el vaso de poliestireno con café rancio que lleva en la mano izquierda.

—¡¿Dónde?!

—En Florida —contesta Elaine—. En Pompano Beach. El *sheriff* del condado de Broward le tiene detenido.

—Dios santo —dice Marie.

Llevan seis años buscando a Peter Junior, desde la noche en que asesinó a su madre y a su padrastro en su casa de Narragansett.

Para Marie, letrada jefe de la oficina del fiscal general de Rho de Island, ha sido un afán constante, una obsesión, una misión casi sagrada. El crimen fue espeluznante. Moretti, un marine recién retornado de Irak, prácticamente decapitó a Vinnie Calfo disparándole con una escopeta, luego subió al dormitorio y le descerrajó a su madre un tiro en el vientre y otro en la cabeza.

—¿Cómo han dado con él?

—Estaba en el aparcamiento de un 7-Eleven, ciego perdido —dice Elaine—. El dependiente llamó a la policía y le pidieron la documentación. Y ¡bingo!

Más vale suerte que maña, piensa Marie.

Se ha tomado el caso muy a pecho.

La ofendía moralmente.

¿Un matricidio?

¿Asesinar a tu propia madre?

Aparte de matar a un hijo —y por desgracia también ha llevado casos así—, no se le ocurre nada peor.

Si en Rhode Island hubiera pena de muerte, la pediría. Tal y como están las cosas, cree que puede conseguir que al joven Peter le caiga cadena perpetua sin posibilidad de libertad condicional, aunque el muy cabrito se merezca algo peor.

Le caerá la perpetua por el asesinato de Celia Moretti, aunque quizá no por el de Calfo, que en el momento de su súbita defunción era el capo de lo que quedaba de la mafia de Nueva Inglaterra, y los jurados suelen ser más indulgentes si la víctima es un mafioso.

Lo consideran gajes del oficio.

En todo caso no importa, se dice Marie.

¿Cuántas cadenas perpetuas pueden cumplirse? Da igual que las penas sean concurrentes o consecutivas, el caso es que Peter Junior va a ir a la cárcel de por vida.

Marie le tiene bien agarrado.

Huellas dactilares, pisadas en las manchas de sangre y ADN por todas partes.

Además de un testigo ocular.

El crimen no fue el acto de un cerebro criminal, que digamos. Peter Junior no solo se identificó ante el guardia de seguridad de la entrada, sino que las cámaras de vigilancia le grabaron acercándose a la casa con una escopeta en la mano.

Y captaron además la matrícula del coche, por lo que, pocas horas después del asesinato, la policía estatal de Rhode Island detuvo a Tim Shea, otro marine, que confesó haber llevado en coche a Peter al lugar de los hechos.

Enfrentado a las pruebas irrefutables y al explicarle Marie que a él también podían imputársele los dos homicidios, Tim se declaró culpable de dos cargos de complicidad que conllevaban una pena de diez años cada uno e ingresó en la ACI, el complejo penitenciario de Rhode Island, un edificio de piedra gris donde aún está internado.

Sin duda, piensa Marie, le guarda rencor a su antiguo amigo por haber escurrido el bulto. Eso, y la posibilidad de que le reduzcan la condena, bastará para que testifique contra Peter Junior. Y su declaración jurada describiendo el crimen consta en el sumario, de todos modos.

Marie Bouchard no pierde ningún juicio.

Eso es un hecho.

Para empezar, tanto por razones éticas como profesionales solo enjuicia casos que sabe que puede ganar.

—Si no estamos seguros de poder convencer al jurado —les dice a sus colaboradores—, es que no estamos seguros de tener razón. Si no estamos seguros de que el sospechoso es culpable, no tiene sentido llevarlo a juicio.

Es, además, muy meticulosa. Antes de empuñar el martillo, quiere que todos los clavos estén apuntados en el ataúd.

Pero cuando por fin lo empuña, cuidado. Sus interrogatorios son tan eficaces como despiadados, como demuestra aquel momento legendario al principio de su carrera, cuando un ladrón de coches al que a partir de entonces se conocería como Vale Vale Johnson se rindió durante su turno de preguntas y gimoteó: «Vale, vale, fui yo».

Y los jurados la adoran.

Quizá porque Rhode Island es un estado profundamente católico y ella antes era monja.

Procede de Woonsocket, una ciudad industrial de mayoría francocanadiense, aunque en la época en que ella vino al mundo casi todas las fábricas se habían trasladado al sur. Creció hablando francés e inglés, y era una niña aplicada y devota que siempre aspiró a algo mejor que ser ama de casa en un hogar lastrado por el paro, la desilusión y la desesperanza. Dados sus limitados recursos, no le quedó otra salida que la Iglesia y, puesto que no podía profesar como sacerdote, ingresó en las Hermanas de la Misericordia.

Quería contribuir a cambiar las cosas y pensó que una monja podía hacerlo.

Tenía razón, hasta cierto punto.

Se matriculó en la Universidad Salve Regina y se sacó el título de Magisterio. Era una profesora estupenda y su influencia fue importante para los alumnos de cinco clases de secundaria.

Lo que estaba muy bien, pero no era suficiente.

De modo que pidió una excedencia y se matriculó en Derecho en la Universidad de Providence, se graduó, aprobó a la primera el examen de acceso a la abogacía y colgó los hábitos.

No porque perdiera la fe —aún profesa sus creencias católicas—, sino porque a la jerarquía eclesiástica —en concreto, a un obispo— le pareció que la toga se le había subido a la cabeza, especialmente en lo tocante al procesamiento de un cura acusado de abusos sexuales.

Ante la disyuntiva de dejar el caso o abandonar la orden, eligió lo segundo.

Era duro formar parte de la oficina del fiscal general, donde los hombres eran mayoría e imperaba la testosterona, pero Marie Bouchard era dura. Sabía que no le venía mal ser menuda y guapa, o sea, tener un aspecto un poco menos amenazador, aunque también fuera sarcástica, divertida y simplemente buena en lo suyo.

A base de esfuerzo, ascendió a letrada jefe.

Los jurados dictaban veredicto tras veredicto a su favor.

Al principio temió suscitar su rechazo por haber dejado la Iglesia, pero parecía caerles bien, confiaban en ella, la creían (¿acaso mentiría una monja?). Tras un juicio muy sonado, un dibujante del *Providence Journal* le hizo una caricatura que aún cuelga en la pared de su despacho en la que aparece interrogando a un testigo con una regla en la mano. Había ganado ya tantos juicios que su sala se conocía como el Tribunal de la Madre Superiora.

Marie Bouchard se hizo famosa en Rhode Island.

Sor Atila, la llamaban.

La Hermana de la Inmisericordia.

Hasta ahora, la única mancha en su historial ha sido su incapacidad de llevar al asesino de Celia Moretti ante la justicia.

Y está a punto de borrarla.

Peter Moretti Junior está sentado en un calabozo.

Hecho mierda, jodido del todo.

Pasar el mono en un centro de rehabilitación de Malibú es una cosa; pasarlo en el suelo de cemento de una celda, otra muy distinta. Tiembla, vomita, le duele todo, y no piensa en su futuro, lo que seguramente es una suerte, porque no tiene ninguno.

Porque es culpable, culpable hasta las trancas.

No de un homicidio, sino de dos.

Lo de haber matado a Vinnie Calfo no le pesa tanto. A fin de cuentas, Calfo mató a su padre, le disparó en la bañera, estando indefenso.

Pero ¿a su madre?

Sí, eso sí que le pesa, aunque su madre diera el visto bueno para el asesinato. Peter se enteró de que llevaba un tiempo tirándose a Vinnie, y además culpaba a su padre del suicidio de su hermana.

Qué puta familia la mía, piensa ahora mientras se abraza el cuerpo y se mece.

Los recuerdos son brutales.

Aunque quizá no sean del todo recuerdos, porque parece como si estuvieran sucediendo ahora mismo, una y otra vez. La cara de mi madre, sus ojos suplicantes, ella viniendo hacia mí. Su vientre desgarrado, el vientre del que salí, donde me llevó, abierto en canal, y las tripas desparramándose mientras cae apoyada en la pared y me mira boquiabierta.

Peter se levanta y empieza a darse cabezazos contra la pared.

Cada vez más fuerte, intentando romperse el cráneo.

Reventarse los sesos.

Los guardias acuden corriendo.

Lo sujetan.

Lo amarran a una silla de inmovilización.

Ojalá lleguen pronto los policías de Rhode Island y se lleven a este tarado.

* * *

—Mentira —dice Marie—. Intenta hacerse pasar por loco.

—Tú no has venido con él en el avión —contesta Elaine—. Ha estado catatónico todo el trayecto.

—Está fingiendo.

Elaine se encoge de hombros y eso hace dudar a Marie. Elaine Wheeler es la mejor investigadora con la que ha trabajado y ella confía en su instinto. Así que es posible que Peter Junior esté, en efecto, mal de la cabeza y que ahora sea un drogadicto.

Antes no lo era.

Era un marine condecorado.

Compos mentis. En pleno uso de sus facultades mentales.

Mira por la ranura de la puerta de la sala de interrogatorios, donde Peter está sentado con las muñecas esposadas a la mesa y grilletes en los tobillos. Lleva puesto el mono naranja de rigor, con el que hasta la madre Teresa parecería culpable.

—¿Lista? —pregunta Elaine.

—Hace seis años que estoy lista.

Marie entra.

Peter Junior rechazó la asistencia de un abogado.

Lo que siempre es un grave error.

Un error de novato que los delincuentes profesionales nunca cometen. Ellos se callan y dejan que hablen sus abogados, para decir básicamente: «Enséñenos qué pruebas tienen y ya nos veremos en el juicio».

Peter empieza así:

—No tenemos nada de que hablar. Quiero confesar.

—Entonces, tenemos que hablar de muchas cosas —contesta Bonnie Dumanis, la agente de homicidios, que le mira desde el otro lado de la mesa—. Tiene que explicárnoslo todo con detalle.

Bonnie es relativamente nueva en el caso, los inspectores que se encargaron de las primeras diligencias ya se han jubilado.

Marie observa, sentada en un rincón de la sala.

—¿Qué quieren que les diga? —pregunta Peter Junior—. Fui yo.

Y eso es todo, piensa Marie. Peter confiesa, se declara culpable y no habrá juicio, solo una vista para dictar sentencia, en la que ella piensa pedir la pena máxima para ambos cargos.

—Cuéntenos qué pasó —dice Bonnie—. Empezando por su llegada en coche a la casa. Fue allí con intención de matar a…

Marie oye gritos en el pasillo y luego golpes en la ventana.

—¡Paren! ¡Paren! ¡No le hagan más preguntas!

Se levanta, abre la puerta y ve justo lo que no quería ver.

A Bruce Bascombe.

Alto y flaco como un palillo, con el pelo blanco peinado con la raya al medio y una larga trenza que le cae por la espalda (cosa que, por la razón que sea, a Marie siempre la ha puesto de los nervios). Viste traje negro, camisa azul con el cuello desabrochado y deportivas blancas.

Bruce Bascombe es el mejor abogado penalista de Rhode Island.

Puede que de toda Nueva Inglaterra.

O incluso del mundo.

—Marie —dice—, no le hagáis más preguntas a mi cliente.

—¿Tu cliente? ¿Desde cuándo?

—Desde ahora mismo.

—Ha rechazo que le represente un abogado —contesta ella.

—No está en condiciones mentales de tomar una decisión informada. Y, en todo caso, me han contratado para representarle.

—¿Quién?

—Eso no tienes derecho a saberlo. Ahora quiero hablar con mi cliente.

—Yo no sé si es tu cliente —replica Marie—. Tiene que decírmelo él.

—Bueno, pues vamos a entrar y que te lo diga.

Entran en la sala.

—Peter —dice Bruce—, me llamo Bruce Bascombe, soy abogado. Me han contratado para representarte. ¿Quieres que sea tu abogado?

—No quiero un abogado —contesta Peter Junior—. Solo quiero que esto se acabe de una vez.

—Hasta otra, Bruce —dice Marie—. Venga, adiós.

Él le sonríe.

—Marie, me sorprende y me horroriza que estés interrogando oficialmente a un sospechoso que se halla en un estado de enajenación tan evidente. Los dos sabemos que cualquier juez tirará lo que saques de aquí a la basura, junto con el periódico de ayer. Te convendría que tuviera un abogado.

—Yo sé lo que me conviene, gracias.

—Quiero hablar un momento con el señor Moretti.

—Peter —pregunta Marie—, ¿quiere usted hablar con el señor Bascombe?

—Vale —contesta.

Mierda, piensa Marie.

—Voy a necesitar una sala —dice Bruce—, sin cámaras ni equipos de grabación. Aunque parezca lo contrario, esto no es la Rusia estalinista.

—Podéis quedaros aquí. Suspenderemos la grabación.

—Me fío de ti, Marie.

—Qué emoción.

Sale con Bonnie.

—Peter es un yonqui que estaba rondando por el aparcamiento de un 7-Eleven —dice Elaine—. ¿De dónde ha sacado dinero para contratar a Bruce Bascombe?

—Su hermana heredó la casa de Narragansett —contesta Bonnie—. Puede que el dinero lo haya puesto ella.

—O puede que Bruce vaya a hacerlo gratis —dice Marie—. El caso va a tener mucha repercusión. Y a Bruce le chiflan las cámaras. Es peor que Jesse Jackson.

—¿Crees que Peter lo aceptará? —pregunta Elaine.

Marie se encoge de hombros.

—Es solo un contratiempo.

Pero está preocupada.

11

Bruce acerca una silla y se sienta junto a Peter.

—Peter, me envía Pasco Ferri. Se siente mal por haberte dejado en la estacada y quiere echarte una mano. ¿Vas a dejar que te ayude?

—Soy culpable —contesta Peter.

—Tú no sabes, literalmente, lo que significa «culpable». Y no quiero volver a oírte decir eso. En fin, no puedo prometerte nada, no hay garantías, pero, si trabajamos codo con codo, hay muchas posibilidades de que te libres de esto algún día. Lo que sí puedo prometerte y te garantizo es que, si no trabajamos juntos, vas a pasar el resto de tu vida entre rejas. Eres joven, Peter. Eso es mucho tiempo.

—¿Te manda el tío Pasco? —pregunta Peter Junior.

—Así es.

—¿Y quién va a pagarte? Porque yo no tengo dinero.

—Ya arreglaremos eso.

Peter duda.

—Pero lo hice yo.

—Te repito —dice Bruce— que, en un sentido jurídico, tú

no sabes lo que hiciste o no hiciste. Y pasara lo que pasase, te mereces la mejor defensa posible, y para eso estoy yo.

—Vale.

—Vale, entonces, ¿te represento?

Peter Junior asiente con la cabeza.

—Necesito oírtelo decir.

—Sí, me representas.

Bruce se levanta.

—Ahora va a pasar lo siguiente. Van a volver a la sala para retomar el interrogatorio. Voy a decirles que no vas a responder a más preguntas. Van a acusarte de dos homicidios, vas a pasar a disposición judicial y van a llevarte a la cárcel. Como ningún juez te va a dejar en libertad provisional, hazte a la idea de que vas a estar en prisión hasta que acabe el juicio. ¿Lo entiendes?

—Sí.

—Lo más importante es esto —continúa Bruce—. A partir de este momento, no hables con nadie más que conmigo. Ni con la policía, ni con la fiscal, ni con tu compañero de celda… Especialmente, con tu compañero de celda. ¿Entendido?

—Entendido.

—Bien. Y, Peter… Todo se va a solucionar.

Peter Junior vuelve a asentir.

Aunque no se lo cree.

—Bueno, cuéntame, ¿qué les has dicho?

Marie se sienta a una mesa frente a Bruce.

—Vale —dice Bruce—, dime qué tienes.

—Para empezar —contesta ella—, tengo una confesión.

—«¿Fui yo?» —pregunta Bruce—. ¿Y qué es lo que hizo?

No lo ha dicho. Podría ser cualquier cosa. ¿Atracó una licorería? ¿Robó un coche? ¿Se vistió de blanco aunque ya no era verano? «Quiero confesar». Repito, ¿qué?

—El asesinato de Vinnie Calfo y Celia Moretti.

—Eso lo dices tú —responde Bruce—. Y aunque consigas de alguna manera venderle al juez esa suposición, haré que la desestime alegando su estado mental. Diré que hubo coacción. En serio, Marie, teniendo en cuenta tu trayectoria personal, esperaba que fueras más compasiva.

—Por eso no puedes fiarte de los estereotipos —replica ella—. Por ejemplo, teniendo en cuenta tu aspecto, yo esperaría que fueras, no sé, cheyene o siux, quizá, no el típico blanco anglosajón y protestante, como eres.

—No quiero que los nativos americanos caigan en el olvido. Y mi cliente no estaba en condiciones de hacer una declaración.

—Solo intentas alegar incapacidad mental como base de tu defensa.

—Hay antecedentes de enfermedad mental en su familia. Su hermana pequeña se cortó las venas. Y, además, no voy a alegar que está loco. Voy a conseguir que le absuelvan.

Marie se ríe.

—Se te ha ido la mano con los cargos —dice Bruce—. ¿Asesinato en primer grado? Venga ya.

—Fue premeditado —contesta Marie—. Peter fue a esa casa con intención de matar.

Timothy Shea testificará que llevó a Peter a la casa en coche, armado con una escopeta, con el propósito expreso de matar a Calfo y Moretti. Declarará, además, que vio a Peter efectuar el disparo que acabó con la vida de Calfo. Y que a continuación oyó otro disparo y vio a Peter bajar corriendo las escaleras, salpicado de sangre, desde la habitación donde murió Celia Moretti.

Declarará que, en el coche, Peter gritó: «¡¿Qué he hecho?! ¡¿Qué he hecho?!». Que destrozaron la escopeta y que la tiraron al mar en el puerto de abrigo antes de irse a…

A Marie le encanta esa parte.

—A la casa de verano de Pasco Ferri. ¿Por qué hicieron eso, Bruce? ¿A qué fueron allí? ¿De qué hablaron Peter y Pasco? ¿Le dijo Peter que acababa de matar a Calfo y a Moretti? Le citaré para preguntárselo. Y tú no puedes representar a Ferri: conflicto de intereses.

Al ver la cara que pone Bruce, comprende que es Pasco quien le ha enviado para que defienda a Peter.

Marie le expone el resto del caso.

El cliente de Bruce estuvo en el lugar de los hechos, huyó de él y ha confesado su culpabilidad; eso es lo que tiene. Tiene huellas dactilares, pisadas y ADN. Tiene al guardia de seguridad, que identificará a Peter. En resumen, tiene a Peter cogido por los huevos.

—Así que, si quieres hacer un trato, Bruce —concluye—, este es el momento.

Marie cree que sí, que quiere hacer un trato. Cree que Ferri le ha mandado para zanjar el asunto cuanto antes. A Bruce no le conviene tener que ir a decirle a Pasco que habrá juicio y que tendrá que declarar.

—¿Vas a hacerme una oferta? —pregunta Bruce.

—Si Peter se declara culpable de los dos cargos, no pediré la cadena perpetua sin posibilidad de libertad condicional.

—¿Y qué más da eso, tratándose de un doble homicidio? —replica Bruce—. Aun así, morirá en prisión.

—Exacto.

—Eso es muy fuerte.

—Matar a tu madre es muy fuerte.

—Pero irrelevante.

—A un jurado no se lo parecerá —contesta Marie.

—Eres muy buena. ¿Por qué no dejas esta máquina de fabricar reincidentes y vienes a trabajar conmigo? Haz algún bien, para variar.

—Me conformo con encerrar a mafiosos, ese es todo el bien que quiero hacer.

—¿De eso se trata? —pregunta Bruce—. Si no fuera la familia Moretti, ¿serías tan estricta? Por amor de Dios, ese chico nunca formó parte del negocio familiar, era un marine.

—Sí, ya, es Al Pacino, ¿no?

—Si rebajas el cargo a asesinato en segundo grado, haré que se declare culpable.

—¿Diez años de condena? —pregunta Marie.

—Por cada cargo. Si cumple veinte, aún podrá vivir un poco.

—¿Igual que ha podido vivir Celia Moretti?

—Mandó matar a su marido —responde Bruce—. Vamos, asesinato en segundo grado y podremos irnos los dos a casa y acabar con esto de una vez.

—Y Pasco Ferri estará encantado.

—Entonces, ¿trato hecho?

—Voy a decirte cuál es el trato —dice Marie—. Tu cliente puede declararse culpable de dos cargos de asesinato en primer grado o podemos ir a juicio.

—Monjas… —dice Bruce.

—Pues sí, vete asumiéndolo.

Hippie revenido, indio de pacotilla, modernito de pastel, mamarracho, tocapelotas con coleta.

12

Cathy Palumbo discute sobre el precio del atún.

—¿Cinco noventa y cinco, medio kilo? —pregunta—. No puedo ganar dinero a cinco noventa y cinco el medio kilo. Pierdo dinero con cada plato que sirvo.

—Pues sube los precios —contesta Gig.

—Si subo los precios, no puedo competir.

—¿Qué quieres que te diga? Es lo que hay, Cathy.

—En Bayside lo tienen a cuatro cincuenta.

—Pues cómpraselo a ellos.

—No van a vendérmelo, ya lo sabes.

John Giglione lo sabe, sí. En el negocio de los suministros a restaurantes, todo el mundo sabe que Chris Palumbo y él tenían un acuerdo exclusivo y nadie va a intentar rebajar su precio.

Igual que todo el mundo sabe que Chris convenció a John y a unos cuantos más de que invirtieran en un cargamento de heroína que acabó requisado por la policía. Todos perdieron su dinero y Chris se largó sin más.

Hay gente que cree que se quedó con diez kilos de droga. Otros dicen que se metió en el Programa de Protección de Testigos. Unos pocos, los más caritativos, opinan que está muerto.

El caso es que se largó sin asumir sus responsabilidades, dejando que Cathy cargara con el muerto. Desde entonces, la mitad de los mafiosos de Nueva Inglaterra se aprovechan de ella para ir recuperando su dinero poco a poco.

Nadie conoce mejor esa realidad que la propia Cathy.

Cuando su marido se dio a la fuga, le dejó el restaurante, un club de *striptease,* una tintorería, un taller mecánico y algo de dinero en préstamos con interés usurario. Algunos excompañeros de Chris se ofrecieron voluntarios para cobrar los préstamos, pero le devolvieron a Cathy solo unos centavos por cada dólar y el resto se lo quedaron.

¿Qué iba a hacer ella?

No tenía ningún poder.

No podía acudir a Peter Moretti porque Chris se la había jugado con el asunto de la heroína y, además, el jefe de la familia también tenía sus problemas. Luego le mataron y a Vinnie, el nuevo jefe, le traía sin cuidado lo que fuera de ella.

Excepto para recuperar su dinero.

—Deja que te explique una cosa, Cathy —le dijo Vinnie—. El inútil de tu marido le levantó un montón de pasta a mucha gente. Así que los negocios que dejó están, como quien dice, hipotecados.

Vinnie no hizo nada por ella.

Así que Cathy se puso a trabajar.

Fue duro. Era la esposa de un mafioso y no sabía hacer casi nada, fuera de arreglarse las uñas y maquillarse, cocinar, atender la casa y «mantener la boca cerrada menos para hacer mamadas», que era como su marido le describía su papel. Tenía que reconocer, en justicia, que le gustaba su vida. No les faltaba el dinero, tenía una casa bonita y Chris cuidaba de su familia.

Su marido tenía amiguitas, claro, pero como todos, y por lo menos él era discreto.

Ahora, en cambio, trabaja.

¿Y, total, para qué?

¿El restaurante? Hay tíos que entran en la marisquería de la playa, piden una barbaridad y luego se van sin pagar. Le cobran de más por todo, desde los manteles a la comida, y ella es una clienta cautiva, no puede irse a otro sitio.

Sabía que parte de ese dinero iba a parar a Vinnie.

Entonces le mataron (mejor: adiós muy buenas), nadie ocupó su puesto y desde entonces ha sido un puro caos.

Un desenfreno.

Todo quisque se cree con derecho a aprovecharse de ella.

¿El club de *striptease*? Olvídate. Los camareros se toman dos copas por cada una que sirven, y el precio del licor es un robo. Las chicas se supone que tienen que entregar la mitad de lo que ganan, pero los porteros se llevan una parte, además de mamadas gratis, y a ella no le dan nada.

¿La tintorería? Sí, tiene algunos clientes normales, pero la mayoría son negocios del mundillo de la mafia que mandan sus toallas y su ropa blanca a que se las limpien a precio rebajado, que juran que negociaron con Chris, y la mitad de las veces ni pagan.

¿El taller mecánico? Le hacen quitar las piezas en buen estado de los coches y cambiarlas por recambios usados. Trafican con vehículos robados y usan el taller para desguazarlos.

Aprovechándose, siempre aprovechándose.

Hay una docena de tipos que dicen que Chris los estafó y que solo se están cobrando lo que se les debe.

Con interés compuesto, los hijos de puta.

Cada día pierdo terreno, se dice Cathy. Cuanto más corro, más me quedo atrás. Por ella lo cerraría todo, echaría el cierre sin más y se buscaría un trabajo normal, pero no la dejan.

Cathy, tienes que pagar.

Y así van a seguir, exprimiendo sus negocios hasta la última gota, solo pararán cuando estén al borde de la bancarrota, para así poder seguir chupando del bote.

Y encima algunos de esos cabrones se hacen otras ideas.

Como John Giglione.

—Cathy, a lo mejor podemos llegar a un acuerdo, tú ya me entiendes.

Cathy le mira fijamente. Sigue siendo una mujer guapa, aún está buena: es una MILF, como dicen ahora los chavales. Sabe que sus ojos azules siguen llamando la atención y que su melena rubia, que le llega a la cintura, es sexi, aunque sea un poco juvenil para su edad. Su cuerpo sigue siendo delgado y esbelto. Sabe lo que le queda por vender.

Pero ¿con John Giglione?

¿Con Gig?

No es que sea mal parecido, si te gustan con el pelo canoso y rizado. Es uno de esos tíos que se llaman a sí mismos «zorro plateado». Pero tiene el carisma de una roca subterránea, alma de usurero y cero sentido del humor.

Digan lo que digan de Chris, era gracioso.

La hacía reír.

—¿Quieres que folle contigo por el atún? —le pregunta a Gig—. ¿Y qué más? ¿Te la chupo por las almejas? ¿Te hago una paja por los calamares? Si quiero pez espada, supongo que tendré que dejar que me des por culo. Pero, oye, ¿por qué no? Es lo que haces, de todos modos.

—Qué boquita tienes —contesta Gig—. No hace falta que te pongas así.

No sé, piensa Cathy. Quizá debería darme por vencida. Tres de estos cenutrios, como mínimo, se han ofrecido a casarse con ella, a cuidarla. Quizá debería ceder y decirle a alguno que sí.

Sí, claro, piensa. Justo lo que me hace falta, otro marido mafioso.

Que te den, Chris, dondequiera que estés.

Suspira.

—¿Qué tal si lo dejamos en cinco cincuenta? A lo mejor eso sirve un poco de lubricante, ya sabes.

—Yo me pongo todo el lubricante que quieras, nena.

Genial.

—Entonces, ¿cinco cincuenta?

Como era de esperar, su hijo Jake se pone hecho una furia cuando ve la factura.

—Joder, mamá, esto es demasiado.

—No me digas.

—¿Cómo has podido aceptarlo?

Es un buen chico, piensa Cathy. Adoraba a su padre y se tomó muy mal que se marchara. Luego se sacudió la pena y tiró para delante. Fue a la Universidad de Rhode Island, pero lo dejó al tercer semestre porque no podían pagar la matrícula y él quería ayudarla. Hace lo que puede, pero no hay gran cosa que pueda hacerse. Los acreedores de Chris van a hundirles los negocios y no hay más que hablar.

—Mamá, no podemos aguantar estos precios —dice—. No podemos cobrar doce pavos por un plato de atún.

—¿Y qué quieres que haga, Jake?

—Si papá estuviera aquí…

Esa es su cantinela, su mantra, últimamente.

Si papá estuviera aquí, si papá estuviera aquí, si papá estuviera aquí...

Se ha olvidado de su dolor y su resentimiento y ha convertido a Chris en una especie de héroe, como si en vez de haberlos abandonado estuviera luchando en la Segunda Guerra Mundial o algo así.

Podría ser peor, piensa Cathy.

Peter Moretti mató a su madre.

Jake sigue erre que erre.

—Si papá estuviera aquí...

—Bueno, pues no está.

—Pero si estuviera...

Cathy estalla. Puede que sea por el machaque cotidiano, por tener que nadar a contracorriente todo el tiempo, o porque hace ocho años que no echa un polvo. O quizá sea por el atún de los cojones. El caso es que estrella el boli contra la mesa y grita:

—¡QUE NO ESTÁ!

Jake parece sorprendido.

Pero ella no ha terminado.

—¿Sabes qué te digo, Jake? Que si tanto echas de menos a tu padre, ¿por qué no te vas a buscarlo?

—Puede que lo haga.

—Por mí adelante.

—¡Ya verás si lo hago!

—¡Pues muy bien!

Él sale del despacho.

Estupendo, piensa Cathy, ahora he perdido a mi marido y a mi hijo.

Cinco noventa y cinco por el atún...

13

Lo que Chris Palumbo odia de Nebraska —en realidad, casi lo único que odia de Nebraska— es el tiempo.

El invierno en Nebraska no está hecho para los seres humanos. Las temperaturas pueden bajar de diecisiete grados bajo cero y apenas hay árboles que frenen el azote del viento que llega del círculo polar ártico.

Chris, instalado en la planta de arriba de una vieja granja, odia salir de la cama las mañanas de invierno, así que no suele hacerlo. Por lo menos, temprano. Se queda bajo las gruesas colchas de retales que confecciona Laura y espera a que ella se levante, suba el termostato y se caliente la casa.

Ha llegado a la conclusión de que el invierno en Nebraska se hizo para los búfalos, no para las personas. Si hasta las puñeteras vacas se mueren en las llanuras en enero y febrero, y encima el invierno en Nebraska es eterno. Lo lógico sería que se acabara en algún momento de marzo, pero no. Marzo no llega como un león y se va como un cordero; llega como un león y se va como un león.

La primavera es preciosa.

La hora y media que dura.

Porque Nebraska suele pasar directamente del invierno al verano. A veces, en una sola tarde. Una vez, Chris pasó una mañana nevada en casa y, cuando salió, hacía veintiocho grados. Se echó una siesta y se perdió la primavera.

Ahora es verano.

El verano es un asco.

¿Cómo es eso que dicen?, piensa sudando a chorros mientras aprieta una tuerca del radiador del Volkswagen Escarabajo de Laura con una llave inglesa. «No es el calor, es la humedad». Es el calor y la humedad, idiota. Van de la mano. Son la sopa y el sándwich, la mantequilla de cacahuete y la mermelada, el Gordo y el Flaco de un mísero día de julio en Malcolm, Nebraska.

Y tampoco puedes meterte en casa para huir del calor, porque la casa es vieja y no tiene aire acondicionado. Laura nunca lo ha visto necesario.

—Para eso está la brisa.

—¿Qué brisa? —respondió Chris.

El viento, que en invierno sopla todo el santo día, en verano se da por vencido de repente, dejando tras de sí una calma chicha que te atonta y te sorbe el aire de los pulmones.

Aun así, Laura se empeña en su rutina de soluciones «orgánicas»: abre y cierra las cortinas y las persianas, las ventanas y las puertas mosquiteras, y tiene una fe conmovedora aunque exasperante en los dos pequeños ventiladores eléctricos que va moviendo estratégicamente de ventana en ventana.

—Hacen que circule el aire —dice.

Sí, piensa Chris, que circule el aire caliente.

Está deseando que llegue el otoño, que puede durar días y hasta semanas antes de que el invierno, ese matón, lo saque de escena a empellones. El otoño en Nebraska es precioso: el aire diáfano y limpio, los colores vívidos y cambiantes de los campos segados, las noches frescas... Un tiempo estupendo para dormir con las ventanas abiertas.

Pero, aparte del tiempo, a Chris le gusta su vida aquí, en pleno campo y en medio de la nada.

¿Quién lo hubiera dicho?

Iba cruzando el interior del país con el coche cargado de dinero después de vender un cargamento de heroína en Minnesota, cuando intervino el destino en forma de pinchazo y le puso en contacto con Laura, que paró y se ofreció a ayudarle.

Se liaron y el lío dura ya...

Madre mía, piensa Chris, ¿es posible que haga ya ocho años?

¿Cómo puede ser?

Siempre ha tenido intención de marcharse, de levantarse y volver a Scottsdale, donde vivía antes, o incluso a Rhode Island, ahora que Peter Moretti y Vinnie Calfo están criando malvas.

Seguramente no pasaría nada si volviera.

Sin Peter ni Vinnie, y con Pasco jugando a la petanca en Florida a la espera de que le dé un ictus, la familia de Nueva Inglaterra es como el proverbial barco sin timón, una canoa sin remo que gira y gira tratando de navegar por un arroyo de mierda.

Sí, ya, pero el caos puede ser peligroso. Sin cadena de mando, los chicos van por libre y hacen cosas absurdas y peligrosas.

Chris se alegra de estar fuera.

Cuando era *consigliere* de Peter solía fantasear con llegar a jefe, pero ¿para qué, con los federales, la ley RICO y todo dios yéndose de la lengua?

No lo echa de menos para nada.

Ni las cenas, ni las juergas, ni las reuniones interminables y tediosas con los chicos, nada de nada.

Es perfectamente feliz bajo la colcha de Laura.

Su mujer, Cathy, era buena en la cama. Buenísima, de hecho. Pero lo de Laura es de otro mundo. Se toma el sexo muy en serio y lo eleva a un nivel que él ni siquiera sabía que existía.

Así que quiere irse, pero no acaba de arrancarse. Es como si el coño de Laura tuviera dentro un imán, como si le hubiera lanzado una especie de hechizo.

Lo que está muy bien, porque el trabajo de Chris consiste básicamente en follar.

No le ha contado a Laura toda la verdad sobre su situación económica; no le ha dicho que tiene cientos de miles de dólares escondidos. Primero los tuvo en el maletero del coche y después en distintas partes de la granja: en el granero, en la caseta de las herramientas, en el desván… No sabe muy bien por qué lo esconde, pero tiene la convicción innata de que, en cuestión de dinero, nunca hay que decir la verdad y de que, si se puede vivir gratis, hay que hacerlo.

A Laura no parece importarle que no tenga ningún interés en buscar trabajo, con tal de que cumpla en la cama.

De modo que viven de la finca que Laura le tiene alquilada al agricultor vecino y de lo que ella gana dando clases de yoga y vendiendo sus colchas, mantas, bufandas, gorros, manoplas y las demás cosillas que cose y teje. A veces —vale, muy rara vez— vende también alguna de sus obras de arte: extraños *collages* hechos con fotos viejas, trozos de hilo, ramitas, piedras y cosas así. Chris no se explica por qué se las compran, pero así es, a veces.

Vete tú a saber.

Él contribuye de otras maneras. Se encarga del mantenimiento de los vehículos, va al pueblo a hacer la compra y cocina casi siempre, aunque eso lo hace en defensa propia, más que nada. Porque, si no, Laura le pondría siempre algún comistrajo orgánico con sabor a césped segado.

Le gusta ir al pueblo, bromear con los dependientes y pegar la hebra con los vecinos tomando café en el bar, aunque el café sea una mierda total, flojo y clarucho comparado con el café negro que hace en casa. Y a los vecinos les cae bien, han dejado de hacerle preguntas sobre quién es y de dónde viene y a qué se dedica. Saben que su trabajo consiste mayormente en follarse a Laura, cuyo apetito sexual es un hecho aceptado y tolerado con leve sorna en este pueblo metodista y puritano.

Hay trabajos peores, se dice Chris cuando le da el último giro a la llave y cierra el capó.

A veces se siente culpable por haber abandonado a Cathy, pero Cathy es una chica lista y dura y, además, le dejó varios negocios boyantes con los que debería irle bastante bien.

Tendrían que bastar para mantener el tren de vida al que está acostumbrada, como suele decirse.

Echa de menos a sus hijos, pero Jill es como su madre y Jake… Jake tiene la cabeza bien plantada sobre los hombros.

No como el pobre Peter Junior.

Eso sí que es jodido, piensa mientras vuelve andando a la casa para almorzar. La detención de Peter, después de tanto tiempo, ha salido hasta en los periódicos de Nebraska, y el chaval tiene un futuro muy negro.

Abre la puerta mosquitera y entra en la cocina. Laura ha preparado té infusionado al sol, sin cocer —lo que nunca es problema en Nebraska en verano—, antes de irse al pueblo a dar su clase, y Chris se sirve un poco en un tarro de mermelada y saca las cosas para hacerse un sándwich de mortadela.

Vinnie se lo tenía merecido, piensa.

Nunca le cayó bien.

Y Celia tampoco.

Era una *strega* materialista y gruñona que le hacía la vida imposible a Peter. Pero esa familia, aun así... La hija pequeña se suicida y el hijo mata a su madre.

Deben de llevarlo en la sangre.

Chris coge dos rebanadas de pan Wonder —el único que tienen en el pequeño supermercado—, las unta con mostaza y les pone dos lonchas de mortadela. Luego se sienta a la mesa a comer.

No, tú has tenido suerte, piensa.

Tus hijos son buenos chicos, con la cabeza bien amueblada.

Seguro que están bien.

Y Cathy también.

Con su físico, lo lista que es y la personalidad que tiene, seguramente ya se habrá buscado a otro.

Entonces siente algo que no esperaba, una repentina punzada de celos, incluso de furia, al pensar que otro tío se esté tirando a su mujer. Sabe que no es justo, pero es lo que siente, y tiene que hacer un esfuerzo por quitarse esa imagen de la cabeza.

Se levanta, deja el plato en el fregadero y decide echarse una siesta.

Luego te va a hacer falta, piensa.

Como arriba hace mucho calor —es un horno—, se va al salón y se echa en el sofá. Si se queda muy quieto y apenas respira, casi no nota el calor.

A los pocos segundos ya se ha dormido.

14

The Dream, «el sueño».

Danny le explica su visión a la junta directiva del Grupo Tara.

—En Las Vegas se han construido réplicas de cosas que existen —dice—. Pirámides, barcos pirata, ferias... El Casablanca, el Shores. Yo quiero construir algo que no exista: un sueño.

Cuando estamos soñando, añade, el sueño parece tan real como la vida misma, con la importante salvedad de que todo es posible. No hay tiempo ni espacio ni continuidad lineal. Vemos a gente que conocemos y a gente que no, a gente que está viva y a gente que está muerta. Vemos cosas que fueron, cosas que son y cosas que no pueden ser. Y, aun así, ahí están. Las vemos, las oleamos y tocamos, las saboreamos y, sin embargo, son efímeras, tan fugaces como una sombra que surca el cielo.

—La mayoría de las veces nos olvidamos de los sueños en cuanto terminan —dice—. Otras, los recordamos toda la vida.

Eso es lo que quiere construir en los terrenos del Lavinia.

Un hotel-casino con tres mil habitaciones, de belleza incomparable y discreta elegancia, moderno y excitante, con colores sutiles, paredes de luz movediza e imágenes cambiantes, habitaciones de lujo refinado, restaurantes de cinco estrellas y un teatro que ofrezca espectáculos audaces e imaginativos.

—Entrarás en un sueño —asegura—, dormirás en un sueño, te despertarás en un sueño, comerás en un sueño, verás un sueño… Cuando te marches, te preguntarás: «¿Esto ha pasado de verdad o lo he soñado?». Y volverás una y otra vez. Habéis tenido sueños así, ¿a que sí? ¿Sueños tan bonitos, tan apacibles o emocionantes, tan sensuales, que deseáis volver a soñarlos? Pues ahora se puede.

Se da cuenta de que los miembros de la junta están nerviosos, indecisos, desconcertados. Pero está convencido de que ha llegado la hora de expandirse.

—¿Cuál sería el tema? —pregunta Jerry.

—No hay tema —contesta Danny—. Solo belleza.

Los hoteles temáticos han funcionado bien durante años, argumenta. El enfoque familiar, la recreación del modelo Disney en Las Vegas fue buena idea. Pero los tiempos han cambiado. La revolución de internet está transformando la economía, los nuevos ricos puntocom ansían lujo y tienen medios para pagarlo.

Exigen una experiencia que satisfaga sus gustos y caprichos. Habitaciones que no tengan arte, sino que sean arte. No quieren comer, quieren degustar, y quieren que sea una aventura. No quieren ir a ver a un cómico o a un cantante interpretar algo que pueden oír en casa en un estéreo JVC, quieren disfrutar de una experiencia inmersiva que no puedan conseguir en ningún otro lugar: un espectáculo que apele a su inteligencia, a esa mentalidad visionaria y emprendedora que les ha hecho amasar dinero y llegar donde están.

—No podemos seguir construyendo sucedáneos —añade—. Es una idea caduca, agotada. ¿Qué vamos a hacer? ¿Pirámides más grandes? ¿Londres en vez de París? ¿Una playa más grande con olas más grandes? Vista una, vistas todas. La gente se aburre de esas cosas. Pero de los sueños nunca te aburres.

—Una cosa —dice Dom—. En ese sueño tuyo, ¿la gente juega?

—Claro que sí —contesta Danny—. Porque en un sueño nada es real, no hay consecuencias. Y los clientes que se sientan atraídos por ese tipo de experiencia y que tengan ingresos para poder permitírselo apostarán a lo grande y jugarán a los juegos con las apuestas más altas. Pero el dinero de verdad, el grueso de los beneficios, vendrá de las habitaciones y las comidas.

Dom y Jerry no son tontos. Son brillantes gerentes estructuralistas que enseguida se dan cuenta de que Danny quiere llevar el modelo Tara hasta su límite y rebasarlo, quizá. La base de clientes exclusivos que propone quizá sea demasiado exclusiva, demasiado reducida para compensar los enormes costes del proyecto.

Pero son chicos de Misuri acostumbrados a que los consideren unos palurdos del interior y tienen en común con Danny el resentimiento del que se sabe menospreciado, así que la idea de desbancar al *establishment* y crear lo mejor de lo mejor los atrae casi irresistiblemente.

Hay un problema serio, aun así. Bueno, hay muchos, pero este es inmediato y los obliga a echar el freno antes de empezar.

—El Grupo Winegard —dice Jerry— ya está ultimando la compra de los terrenos del Lavinia. Es cosa hecha, prácticamente.

—O sea, que aún no está hecho —responde Danny—. No se han casado todavía, solo están prometidos.

—¿Cómo reaccionará Vern si intervenimos? —pregunta Jerry.

—¿Y qué importa eso? —contesta Danny.

—A mí me importa. Y a la ciudad le importará. Si intervenimos y le robamos el Lavinia a Winegard, convertiremos una rivalidad cordial en una guerra.

—Y si no, Vern controlará el Strip y nosotros iniciaremos un largo declive, hasta volvernos irrelevantes. Y no solo eso. El futuro de la ciudad está en juego. Si Vern construye otro casino gigantesco, Las Vegas se convertirá en un parque de atracciones como otro cualquiera. Se irá degradando en pura chabacanería.

Madeleine sonríe, burlona.

—Entonces, ¿te imaginas a ti mismo como una especie de padre de la ciudad? ¿Como un salvador? ¿Dan Ryan al rescate?

—Nada de eso —contesta Danny—. Pero no veo por qué tenemos que resignarnos al segundo puesto, por detrás del Grupo Winegard.

—Solo por especular —dice Jerry—, pongamos por caso que conseguimos convencer a George Stavros de que nos venda a nosotros el hotel, en vez de a Vern. ¿De dónde sacaríamos el dinero? ¿Has calculado cuánto costaría tu sueño?

Dan no pestañea.

—Unos mil millones.

—¿Mil millones? —pregunta Dom—. ¿Mil?

—Sí.

—Eso es una locura —dice Jerry—. Los bancos no van a prestarnos la friolera de mil millones de dólares. Es imposible, Dan.

—A no ser que… —dice Dom.

Ya es mío, piensa Danny. Se lo está pensando.

—¿A no ser que qué, Dom?

—Que salgamos a bolsa.

—No —responde Danny.

Tara es una sociedad limitada. Los presentes en la sala lo deciden todo. Si la empresa saliera a bolsa, la controlarían los accionistas.

—Es la única forma de reunir el capital y convencer a los bancos, si quieres construir ese hotel —argumenta Dom.

—Podríamos perder el control de la empresa —dice Danny.

—Podría ser, sí, aunque lo dudo. Los propietarios actuales conservaríamos acciones suficientes para mantener el equilibrio de poder y procuraríamos vender otra parte importante de las acciones a amigos y aliados para tener mayoría de voto.

—Es arriesgado —dice Danny.

—¿Y construir un hotel de lujo de mil millones de dólares no lo es? —replica Dom—. Si vamos a hacer esto, y aún no estoy en absoluto convencido de que debamos hacerlo, salir a bolsa es la única solución.

—De todos modos, no tiene sentido debatirlo —dice Jerry—. Stavros ya se ha comprometido con Winegard. Y por lo que he oído, su mujer tiene a Vern en un altar.

—Bueno, ese será el primer paso —responde Danny—. Si convencemos a Stavros de que nos lo venda a nosotros, ¿podemos construir mi hotel?

—¿Saldríamos a bolsa? —pregunta Dom.

A Danny no le gusta nada la idea.

Pero los chicos de Misuri saben más que yo, piensa. Si dicen que es la única manera, es que es la única manera.

—Si no queda más remedio…

—¿Quién hablará con Stavros? —pregunta Jerry.

—Yo —contesta Danny.

—¿Seguro que es lo más prudente?

—Es amigo de un amigo. Puedo hablar con él.

—De acuerdo —dice Dom—. Pero el hotel… No me gusta el nombre.

—¿The Dream? —pregunta Danny—. ¿Qué tiene de malo?

—Es demasiado insulso. Poco refinado. No tiene suficiente categoría para lo que estamos imaginando.

—Estoy de acuerdo —dice Madeleine.

—Pero eso es lo que es —responde Danny—. Un sueño.

—Claro —dice Dom—. Pero, no sé, quizá si lo pusiéramos en otro idioma… En francés o italiano…

—¿Cómo se dice «sueño» en italiano? —pregunta Danny.

Nadie lo sabe. Danny llama a Gloria y le pide que lo averigüe. Treinta segundos después, le devuelve la llamada.

—Il Sogno.

Se lo deletrea.

—Pasa lo mismo que con el Scheherazade —comenta Jerry—. Nadie sabrá pronunciarlo. Lo llamarán el Sog-no.

—No —dice Danny—, tendrá cierto atractivo esnob. Los entendidos sí sabrán pronunciarlo.

Prueba a decirlo. *Il So-ño.*

Me encanta —dice.

Y así The Dream se convierte en Il Sogno.

E Il Sogno se convierte en su sueño.

Pero primero tienen que convencer a George Stavros.

15

George Stavros es más griego que el aceite de oliva.

Eso le dice Pasco a Danny por teléfono.

—Yo ya le conocía antes de que llegara a Las Vegas. Su familia es de Lowell, Massachusetts. Hay muchos griegos en esa zona, trabajaban en las fábricas. Mi viejo organizó algunas veladas de boxeo allí, en tiempos. Su padre tenía una cafetería, así que coincidíamos.

Stavros se fue a la Segunda Guerra Mundial, pero no quería volver ni a la fábrica ni a la cafetería. El tren militar en el que viajaba hizo parada en Las Vegas, le gustó lo que vio y, tras sobrevivir a Iwo Jima y Okinawa, decidió establecerse allí.

Abrió un restaurante y luego otro, los hipotecó para comprar un pequeño hotel y tuvo éxito. Cuando llegó el gran *boom* inmobiliario de los años sesenta, Stavros consiguió meter la cabeza.

—¿Tenía contactos? —pregunta Danny.

—No muchos —dice Pasco—. En nuestro mundo no, claro; es griego. Pero todo el mundo quería introducirse en Las Vegas y nosotros necesitábamos testaferros. Stavros era un tipo listo, sabía lo que se hacía.

—¿Tú pusiste dinero?

—Si la memoria no me falla… —dice Pasco—. Y tu padre también.

Como un salmón nadando río arriba, piensa Danny: de vuelta al lugar donde me engendraron.

—Mira —continúa Pasco—, Stavros cooperaba. Toleraba los desfalcos hasta cierto punto, no se quejaba, no abría la boca y dejaba trabajar a las chicas con tal de que fueran discretas. Y por lo que he oído, sigue igual. Esperó el momento oportuno. Y, cuando llegaron los federales y se fue todo al carajo, compró la parte de los socios silenciosos y se hizo con todo. Se forró.

—Ahora quiere retirarse —dice Danny.

—Y yo. Llevo años intentando jubilarme, pero con el lío que hay montado en Providence… Si todos mandan, no manda ninguno, ¿entiendes lo que quiero decir?

Danny lo entiende, pero le trae sin cuidado lo que pase en Providence. Antes, en otra época de su vida, estaba al tanto de cada matiz, por pura supervivencia. Ahora le parece trivial. Lo que le importa es hacerse con el Lavinia.

Se ha informado sobre la historia del hotel.

Construido en 1958, pertenecía a esa generación de hoteles clásicos de Las Vegas que dieron fama a la ciudad. Sinatra y el resto del Rat Pack actuaban y apostaban allí, igual que muchos mafiosos y estrellas de cine. En los años sesenta, si se iba a Las Vegas, el Lavinia era de visita obligada, pero a finales de esa década empezó a decaer. Primero el Caesars Palace y luego el Circus Circus le robaron parte de su brillo, y el Lavinia pasó a considerarse un hotel de segunda, un sitio barato cuyo valor radicaba sobre todo en la nostalgia.

Stavros se resistía a hacer cambios. No quería venderlo —ni siquiera a Howard Hughes cuando se ofreció a comprarlo—, pero tampoco quería invertir en remodelarlo. El hotel ocupaba veinticuatro hectáreas de la franja más valiosa del Strip y se alzaba allí como una anciana señora que se niega a dejar su casa, mientras los hoteles nuevos lo encajonaban por el norte y por el sur.

Danny cree, no obstante, que el viejo Stavros sabía lo que se hacía. Sabía que, aunque el valor del edificio disminuyera, el del solar no dejaría de aumentar a medida que escaseara el suelo en el Strip. Era uno de los últimos hoteles de propiedad individual que quedaban en la ciudad y Stavros se aferraba a él con uñas y dientes.

Pero Winegard le ha ofrecido cien millones de dólares, más de lo que cuesta, y Stavros ha accedido al fin a desprenderse de él.

—¿Cómo se lo planteo a Stavros? —pregunta Danny.

—Con respeto —dice Pasco—. Es de la vieja escuela. Nada de tonterías. Nada de *cazzate*. Adora ese hotel, es como un hijo para él. Sabes de dónde le viene el nombre, ¿no?

—No, aunque siempre me ha parecido un nombre raro.

—Pues deja que te cuente una historia…

Danny se impacienta. No necesita que le cuenten otra historia de los viejos tiempos, lo que necesita es consejo sobre cómo persuadir a Stavros de que le venda el hotel.

Pasco se da cuenta, hasta por teléfono. Así que le dice:

—Vale, ya veo que tienes prisa. Solo te digo una cosa: no vayas a ver a Stavros con las manos vacías.

Vaya, gracias, Pasco.

—¿Qué puedo llevarle mejor que cien millones de dólares?

—Bueno, esa es la historia que iba a contarte y que no quieres oír porque tienes mucho lío —dice Pasco.

Danny escucha la historia.

A George Stavros su mujer le echa la bronca.

—¿Para qué vas a reunirte con Dan Ryan? —le pregunta—. ¿Qué sentido tiene? Ya nos hemos puesto de acuerdo con Vern.

—Es por cortesía. —Stavros vierte agua en el *briki,* lleno ya de café, y echa un vistazo por si Zina está mirando. Como no mira, se pone dos cucharaditas de azúcar para que esté *glyko,* dulce, aunque no debería hacerlo, por la dichosa diabetes—. Ryan ha sido un buen vecino, tengo que escucharle, es lo menos que puedo hacer.

—¿Y qué va a pensar Vern?

—Lo entenderá. —Remueve la mezcla mientras se calienta. Se inclina y baja el gas para ponerlo a fuego lento—. ¿Quién sabe? Quizá Ryan no vaya a hacernos una oferta. Puede que venga por otros motivos.

Deja de remover cuando el café acaba de diluirse. Es el error que comete mucha gente: seguir removiendo. Es cuestión de paciencia, de esperar a que suba la espuma, el *kaimaki.*

Zina no da su brazo a torcer. Claro que no, piensa Stavros, es Zina. En cincuenta y dos años no ha dado nunca su brazo a torcer.

—¿Y si te hace una oferta mejor? —pregunta.

—Pues no la aceptaré —dice Stavros—. Vern nos ofreció un buen precio y hemos dicho que sí. Punto final.

—Muy bien. ¿Le has puesto azúcar al café?

121

—Soy diabético —contesta Stavros, porque no quiere mentirle a su mujer. Vigila el *briki* hasta que el café empieza a hervir y entonces lo retira y apaga el fuego.

Lo sirve en una tacita y bebe un sorbo.

La mezcla de dulce y amargo es exquisita.

Mucha gente llama a esto café turco, piensa, pero eso es absurdo. Esos bárbaros no pudieron inventar ni la rueda, cuanto más un buen café. Casi todas las cosas civilizadas proceden de Grecia.

—¿No podías reunirte con él en la oficina? —pregunta Zina.

—Sí que podía, pero no voy a hacerlo.

—¿Cuándo va a venir?

—En cualquier momento.

—¡¿En cualquier momento?! —exclama Zina—. Y supongo que querrás que os ponga algo de picar.

—No sé.

—No sabes. ¿Ahora qué somos? ¿Animales? Tengo galletas, queso...

—Galletas sin azúcar, no, que saben a tierra.

—¿Sabes lo que de verdad sabe a tierra? La muerte. La muerte sabe a tierra. Habla con ese hombre, dale un par de galletas y que se vaya con viento fresco.

—Eso pensaba hacer.

No tiene intención de venderle el Lavinia a Dan Ryan.

Se lo va a vender a Vern Winegard.

16

Vern Winegard es un hombre grandullón con mal cutis.

Las cicatrices del acné de su juventud aún marcan sus mejillas y, según dicen algunos, también su personalidad, que es al mismo tiempo defensiva y agresiva.

Él se echaría a reír si alguien tuviera el valor de decírselo. Diría que el acné que le atormentó durante sus años escolares fue lo de menos. Que fue mucho peor el cinturón de su padre, o la botella de su madre o la plaga de roya que, el año que nació él, acabó con todas las manzanas de su Apple Valley natal, en California, precipitando la decadencia de la ciudad desértica.

Vern sería el primero en reconocer que no es un hombre guapo, que no fue un joven ni un niño guapo. Tampoco tenía éxito: en el instituto era uno de esos chavales solitarios y empollones que formaban parte del Club Audiovisual, y llevaba vídeos, proyectores de diapositivas y televisores a las aulas mientras los demás chicos se reían de él, las chicas le ignoraban y los profesores le subestimaban.

Como todo el mundo.

Su padre se burlaba de que se pasara las horas muertas

«trasteando» en la caseta del patio de atrás, que era casi todo de tierra.

—¿Qué haces ahí fuera? ¿Pajearte?

—No.

—No, claro —decía su padre—. Solo jugar con tus juguetitos.

Cables, engranajes, placas de circuitos.

—Debería comprarte unas *Playboys* —decía su padre.

Pero su hijo no quería *Playboys*, quería cables, engranajes y placas de circuitos. Quería un destornillador con cabezal Phillips, unos alicates de boca larga, un soldador.

—Si quieres esas chorradas, cómpratelas tú.

Vern se las compraba.

Lo que tenía Vern —lo que todo el mundo debería haber visto y no vio— era una capacidad de concentración feroz y obstinada. Bajaba la cabeza y trabajaba. Primero, cómo no, como repartidor de periódicos; después, como mozo en una cafetería del barrio, y, más tarde, como dependiente de una gasolinera junto a la autopista.

Así se compraba sus herramientas, sus artilugios. Cuando terminó el instituto —su padre no fue a la graduación y Vern hubiera preferido que su madre tampoco hubiera ido—, se pagó la matrícula de una escuela técnica, donde se sacó el título de ingeniero eléctrico aeronáutico.

Él no quería volar, sino hacer que las cosas volasen. Para que, cuando mirara al cielo y viera elevarse una de esas máquinas grandes y hermosas, pudiera pensar: «Eso es gracias a mí».

Yo la hago volar.

Ganaba bastante dinero, además. Se compró un apartamento bonito y un coche, pero siguió siendo el empollón solitario de siempre, el tipo que hacía bien su trabajo y luego se iba a casa a cenar algo congelado, a ver un poco la tele y a seguir «trasteando».

Se abrió camino desde un taller de reparación de aviones hasta una empresa de diseño de ingeniería y, si a alguno de los otros empleados le hubieran preguntado si allí trabajaba un tal Vern Winegard, habría contestado: «Creo que sí».

Lo que ninguno de ellos, ninguno, vio fue que Vern era un puto genio.

Cuando diseñó un circuito eléctrico capaz de abrir y cerrar la puerta de carga de un avión con solo pulsar un botón y lo patentó, lo registró y se lo vendió a todos los grandes fabricantes de aviones cobrando regalías, la gente reaccionó diciendo: «¿Vern? ¿Vern Winegard? ¿Ese tío?». Como cuando la policía encuentra doce cadáveres diseccionados en el congelador de un solterón y los vecinos comentan lo calladito que era.

Cada vez que una puerta de carga se abría o se cerraba, Vern cobraba.

Se compró un avión de carga y luego una flota de aviones de carga, y a los pocos años Winegard Aerocomercial transportaba mercancías por toda Norteamérica. Cuando sus amigos (porque, curiosamente, ahora tenía unos cuantos) le preguntaban si no quería meterse en el negocio de las aerolíneas de pasajeros, respondía:

—¿Estás de broma? Las cajas no necesitan espacio para estirar las piernas, ni café, ni otro *whisky*. No se quejan y no tienes que darles de comer.

Vern siempre había preferido las cosas a las personas.

¿Y por qué no iba a preferirlas?

Hablando de cosas, desarrolló el gusto por las más refinadas: los puros habanos, los vinos buenos, la comida *gourmet*. Él, que antes se contentaba con cenar pavo frío frente a la tele, ahora iba a comer a los mejores restaurantes de Imperial Valley.

Y coches. Se compró Cadillacs y Corvettes, y en uno de estos últimos viajó por primera vez a Las Vegas.

Fue toda una revelación: la I-15 como el camino de Damasco.

Ganaba millones por que la gente presionara un botón. Cada vez que alguien pulsaba el botón de una puerta de carga, el dinero afluía a sus manos. Y cuando llegó a Las Vegas, ¿qué es lo que vio?

A miles de personas pulsando botones y tirando de palancas. Y, cada vez que lo hacían, otras personas ganaban dinero.

Los propietarios de los casinos.

Como ingeniero eléctrico, le maravilló descubrir un sistema diseñado para que la gente realizara una actividad pese a saber que acabaría perdiendo. Observó los hoteles y los casinos y comprendió que no se habían construido porque los clientes ganaran. Perdían y volvían a perder, y seguían pulsando los botones y tirando de las palancas, y él quería participar de aquello, así que cogió algunos de sus millones y compró un garito en Fremont Street, al norte del Strip.

El local era un estercolero: la moqueta estaba sucia y raída, el papel pintado descolorido, la comida era mala (pero barata) y el servicio anodino…, y aun así la gente seguía yendo. Daba igual: los clientes acudían en tropel a apretar los botones, a tirar de las palancas y a perder dinero.

Vern puso más máquinas.

Y vino más gente.

No los grandes apostadores, claro; no los peces gordos que se jugaban millones al bacará ni los asiáticos que llegaban en avión y se alojaban gratis en los hoteles por cortesía de la casa, ni los jeques árabes del petróleo, sino hombres y mujeres corrientes, de clase trabajadora, que iban allí para experimentar una emoción culpable y perversa y tener la oportunidad (aunque solo fuera eso: la oportunidad) de vencer a un sistema que llevaba toda la vida machacándoles. Y cuando perdían, como ocurría casi siempre, casi sentían alivio, porque ello solo confirmaba su visión del mundo, según la cual el juego de la vida estaba trucado y ellos tenían todas las de perder.

Como así era, en efecto.

Vern tuvo una idea genial.

Mejoró sus oportunidades: «aflojó» las máquinas tragaperras para que dieran premios más grandes y con más frecuencia.

Acudió más gente y él ganó más dinero.

Ganó tanto dinero que pudo olvidarse de los cinturonazos de su padre, de la madre que le abandonaba por cualquier fulano y de su triste pueblo de huertos moribundos.

Y de las cicatrices del acné.

Descubrió que, ahora sí, las mujeres querían follar con él. Y no solo las putas (aunque las había a montones), sino mujeres normales y guapas, con piernas largas, grandes tetas y cara de estrella de cine, que se sentían atraídas por el dinero y el poder. Ya no necesitaba revistas, tenía auténticas conejitas de *Playboy* y gatitas de *Penthouse*.

Más adelante reconocería que se volvió un poco loco en aquellos años, cuando todo el mundo se ponía de coca hasta las cejas, y confesaría que follaba con todo lo que se movía y quizá con algunas cosas que ni siquiera se movían.

Pero se hartó.

Se aburrió.

Se casó con Dawn, una modelo de un salón del automóvil, y sentó la cabeza. Tuvieron un hijo al que llamaron Bryce.

Esos fueron también los últimos tiempos de la mafia, cuando Lefty y Tony el Hormiga aún tenían influencia y el dinero desfalcado fluía desde las salas de recuento a Chicago, Kansas City, Detroit y Milwaukee.

Pero no desde el garito de Vern.

Cuando los mafiosos fueron a verle, les propuso un trato. Se olvidarían del juego y a cambio les daría los contratos de suministro de alimentos y ropa blanca.

Sí, vale. Era razonable.

Por parte de Vern, fue una táctica dilatoria. Sabía que la mafia tenía los días contados y que otra maquinaria mucho más grande y mejor diseñada estaba a punto de hacer acto de aparición: el mundo de los bancos de inversión y las corporaciones.

Compró otro casino y luego otro. Reunió a un grupo de inversores para crear el Grupo Winegard y demolió uno de sus hoteles para construir uno nuevo en el extremo norte del Strip. Seguía siendo un salón de juegos corriente, pero más grande y mejor, y estaba ambientando para atraer al americano de a pie.

—¿Qué le gusta a la gente? —les preguntó a sus socios.

Las atracciones, respondió.

Le gustan las atracciones.

Se pasan todo el puto día de pie al sol en Disneyland, Disney World o Six Flags para que les sujeten a un asiento y les den un susto de muerte. Salen temblando y a punto de vomitar y vuelven a ponerse a la cola para repetir.

¿Qué más les gusta a los estadounidenses?

La comida basura.

Cuanta más grasa, cuanta más azúcar, mejor.

Y el juego.

Cualquier cosa en la que puedan ganar algún premio, aunque sea una porquería.

Llamó a su nuevo hotel State Fair y lo llenó de montañas rusas. El vestíbulo parecía una feria de pueblo, con puestos de comida que vendían perritos calientes, algodón de azúcar, tortas de masa frita y palitos dulces fritos. Había también juegos de feria: derribar botellas o hacer avanzar caballos de carreras de juguete disparando pistolas de agua, chorradas de ese estilo. Había tómbolas, zancudos y camareras vestidas como hijas de granjeros, con un aire de provocativa inocencia y un atisbo de promiscuidad.

Y tragaperras.

Muchísimas tragaperras.

Tenía también mesas de póquer, claro, y de *blackjack* y ruleta, todos los juegos clásicos, pero la mayor parte del espacio se dedicó a las máquinas tragaperras para que la gente pudiera entregar su dinero apretando botones y tirando de palancas.

Vern conocía su nicho de mercado.

Por eso, cuando el Grupo Winegard se expandió de nuevo hacia sur del Strip, construyó el Riverboat, que se parecía en todo a un gigantesco barco de vapor de ruedas, con un silbato que sonaba cada hora, música incesante de banjos en la cubierta y actuaciones de *country* y *western* de primera categoría en el auditorio de dos mil localidades que había en el sótano.

América acudía en masa a los hoteles Winegard.

Eran versiones idealizadas de la mejor imagen que el país tenía de sí mismo: Disney World sin las colas y ferias sin sórdidos feriantes. Eran asequibles y estaban pensados para la clase media, sin ningún aliciente sofisticado que pudiera repelerla. La comida era reconocible y barata.

Vern Winegard se estaba convirtiendo rápidamente en el rey de Las Vegas.

Pero justo cuando estaba terminando el Riverboat, llegó el chico nuevo a la ciudad. Dan Ryan y el Grupo Tara convirtieron el decrépito Scheherazade en el triunfal Casablanca. Los recién llegados hicieron un buen trabajo, eso había que reconocerlo. Y luego se movieron más al norte y construyeron el Shores, que se convirtió en un fenómeno.

De modo que, mientras el Grupo Winegard se expandía hacia el sur, el Grupo Tara hacía lo propio hacia el norte, y ahora lo único que se interpone entre ellos es un espacio vacío, el solar del viejo Lavinia.

Más que una simple competición entre dos empresas, su rivalidad era un reflejo de dos visiones enfrentadas.

Aunque sea una generalización, el Grupo Winegard representa a la América media, a los jugadores de poca monta, a los aficionados a las tragaperras que se sienten atraídos por un ambiente cómodo y cordial. El Grupo Tara de Ryan representa a los más adinerados, a los grandes apostadores que vienen por las habitaciones lujosas, la comida refinada y las mesas de juego.

De nuevo, la pregunta de siempre: ¿qué prefieres: más clientes que gasten poco o menos clientes que gasten más? Cada grupo tiene su modelo de negocio y así les va bien.

Dan y Vern coinciden —lo han hablado muchas veces— en que esas dos visiones son, más que opuestas, complementarias, dado que entre las dos abarcan una amplia franja del mercado y atraen a más turistas a la ciudad. A un cliente de un hotel de Tara puede apetecerle cambiar de aires y pasar unas horas en un casino de Winegard; y a un cliente de Winegard puede apetecerle derrochar un poco y entrar en un hotel de Tara.

Vern Winegard y Dom Rinaldi han comparecido juntos en ruedas de prensa y actos promocionales, desmintiendo así un antagonismo que a los medios les encantaría avivar. Con tacto y disciplina, transmiten ambos el mismo mensaje: que hay sitio para los dos. Que ambos son necesarios. Son contrincantes amistosos, socios en la metrópoli de Las Vegas.

Salvo porque Vern está a punto de convertirse en el socio dominante.

Va a comprar el Lavinia.

El Grupo Winegard está a punto de cerrar un acuerdo para hacerse con los terrenos. Levantará un megahotel que impedirá que Tara siga expandiéndose y se convertirá así en el centro de poder del Strip.

17

Marie Bouchard está sentada sola en el bar del hotel Biltmore de Providence, acunando un *whisky* con hielo (le ha dado instrucciones estrictas al camarero de que el hielo no quede flotando).

Le hacía falta una copa, se está preparando para el juicio de Peter Moretti Junior.

El *whisky* le está sentando de maravilla hasta que, de pronto, Tony Sousa se sienta en el taburete contiguo. El abogado es un hombre bajo y delgado, con el pelo blanco rizado y un bigotillo pulcro.

—Marie, Marie…

—Tony.

—Póngame lo mismo que a la señora. Bueno, Marie, ¿qué tal van las cosas por la fiscalía?

Ella sabe a qué ha venido.

—Has visto mi lista de testigos.

—¿Pasco Ferri?

—Peter Junior fue a hablar con él antes y después del asesinato. Tenía que citarle.

—Tu ayudante ya le tomó declaración —responde Tony—. ¿Por qué no se lee en el juicio y se incorpora a la transcripción?

—Porque no es lo mismo —contesta Marie—. Y Bruce querrá interrogarle.

—Puede que no. Puede que esté dispuesto a aceptar los cargos.

—Rhode Island… —Marie sacude la cabeza—. Ferri mandó a Bruce para que el chico llegara a un acuerdo de conformidad con la fiscalía y así él no tuviera que declarar en el juicio. No te molestes en negarlo, Tony, los dos sabemos que eso es lo que pasó. Bruce no llegó a un acuerdo y aun así Ferri va a pagar sus honorarios. ¿Por qué será? ¿Quieres que te cuente mi teoría?

—Soy todo oídos.

—Pasco se siente culpable —dice Marie—. Peter Junior acudió a él. «Vinnie Calfo mató a mi padre. ¿Qué debo hacer?». Pasco se puso en plan vieja escuela y le dio luz verde, y el chaval se pensó que era Michael Corleone y se fue derecho a matar a Vinnie. Con el subidón de adrenalina, se le fue la mano y mató también a su madre. Y ahora Pasco, que está con un pie en la tumba, se siente culpable. Intenta salvar al chico después de haberle dado el empujón.

—Es un anciano —responde Tony—. No está bien de salud. Puedo conseguir un certificado médico de que no está en condiciones de viajar. Podría empantanarte durante semanas y quizá no consigas que testifique.

—Le voy a citar, Tony.

—¿A qué viene ese empeño en buscarte enemigos, Marie? Hay mucha gente que no quiere que indagues demasiado, con Pasco en el estrado. Tienes futuro en la política. O, al menos, podrías tenerlo.

—Sí, si colaboro.

—Si limitas tu campo de investigación. El jurado ya sabrá quién era Vinnie Calfo, no necesitas que Pasco lo corrobore. Limítate a lo que pasó esa noche, que suba y baje en un momento del estrado, y así harás amigos.

—¿Qué te hace pensar que quiero hacer amigos? —pregunta ella.

—Todo el mundo los necesita —responde Tony—. Incluso tú. A Pasco le caes bien, te respeta. Si prometes acotar tu interrogatorio, puedo conseguir que no se resista a declarar. Si no, prepárate.

Marie se termina su copa.

—No tengo intención de revisar cada juicio contra la mafia de Nueva Inglaterra. No pretendo arrinconar a Ferri ni tenderle una trampa para que cometa perjurio. Solo quiero que declare la verdad sobre lo que le dijo Peter Junior.

—¿Tengo tu palabra?

—¿Mentiría una monja?

—En *Sonrisas y lágrimas,* mentía —contesta Tony.

—Pero yo no sé cantar —dice Marie.

Ni tampoco volar.

18

Las galletas —*melomakárona* hechas con miel, aceite de oliva, nueces y azúcar— están deliciosas.

Danny procura comerse dos para demostrar que le gustan. Las aceitunas no le van mucho, pero de todos modos se come una por cortesía.

Stavros está sentado frente a él, al otro lado de la mesa de centro del salón familiar. Zina ha salido a la puerta a saludar a Danny. Él le ha dado el ramo de flores que ha traído, han hablado un minuto y luego ella se ha marchado discretamente.

—Menuda fiesta montaste en casa la otra noche —comenta Stavros.

—Me alegro de que pudierais venir.

—Cómo iba a perdérmelo. —Stavros coge otra galleta—. No se lo digas a Zina.

—Tu secreto está a salvo conmigo.

—Dan, no quiero perder el tiempo ni hacértelo perder a ti. Si vienes a hacerme una oferta por el Lavinia, ya he aceptado la de Vern. Gracias por tu interés, me siento halagado, pero ya está toda la tela cortada.

—¿Y si te hacemos una oferta mejor?

—Repito que te lo agradezco —dice Stavros—, pero no tengo problemas de dinero. Me ha ido bien, gracias a Dios. Cumplir mi palabra me importa más que el dinero. Mi respuesta sigue siendo no.

Así que ahora tengo que tirar por donde no quería, se dice Danny. No, no tienes por qué hacerlo, podrías levantarte sin más, darle la mano y olvidarte del asunto. Seguramente es lo que deberías hacer. Pero, en vez de hacerlo, dice:

—Pasco Ferri me ha pedido que te dé recuerdos.

A Stavros se le ensombrece la cara.

—¿Cómo está?

—Me contó una historia de hace tiempo.

La historia se remonta a finales de los cincuenta, cuando Stavros solo tenía un hotelito. Benny Luna, un gánster de poca monta, intentó chantajearle a cambio de protección.

Stavros le mandó a la mierda.

Zina y él tenían una hija a la que pusieron por nombre Lavinia. Una niña preciosa, con un pelo negro tan espeso que una vez Zina rompió unas tijeras intentando cortárselo.

Era la luz de su vida.

Por aquel entonces vivían en un apartamento muy sencillo, en la parte de atrás del hotel, para ahorrar, y a Lavinia le encantaba estar en la cocina. Tenía siete años y disfrutaba de lo lindo ayudando a su madre a cocinar. A veces se levantaba de la cama cuando sus padres estaban durmiendo e iba a escondidas a la cocina a jugar a ser la mamá.

La bomba incendiaria entró por la ventana de la cocina y prendió el espeso pelo negro de la niña. Cuando Stavros oyó los gritos, olió el humo y logró abrirse paso entre las llamas, era ya demasiado tarde.

—¿Te has fijado en que Stavros nunca lleva manga corta? —le preguntó Pasco a Danny—. Es por eso. Por las cicatrices.

Stavros y Zina nunca lo superaron.

¿Y quién lo superaría?, piensa Danny.

No tuvieron más hijos.

La policía nunca atrapó al pirómano.

Porque Pasco Ferri le atrapó primero.

Marty Ryan y él llevaron a Benny Luna al desierto. Stavros iba con ellos. Obligaron a Benny a cavar su propia tumba. Un hoyo bien hondo. No para echarse, sino para estar de pie. Le ataron y le tiraron dentro. Luego, Marty le roció los pies con gasolina.

Stavros tiró la cerilla.

—No te estoy diciendo esto para chantajearte —dice Danny—. La conversación se acaba aquí. Pero sí te digo que Pasco nunca te ha pedido nada a cambio. Ni te lo va a pedir ahora. Te conoce bien, sabe que harás lo correcto. —Se levanta—. Gracias por tu tiempo. Por favor, agradécele a Zina su hospitalidad. Nuestra oferta es de cien millones, igual que la de Vern. Donaremos otros diez millones para crear la Unidad de Quemados Lavinia Stavros en el Hospital Infantil. No hace falta que me acompañes, conozco el camino.

Danny sale a la desabrida luz del sol del desierto.

Stavros sube las escaleras y encuentra a Zina descansando en el dormitorio.

Le dice que va a venderle el Lavinia a Dan Ryan.

SEGUNDA PARTE

Los poderes del infierno

Las Vegas
1997

Si no puedo persuadir al cielo, levantaré
a los poderes del infierno.

Virgilio,
Eneida, Canto VII

19

Danny empieza a bajar por la empinada ladera rocosa.

Le da pánico, pero no tanto como ver a su hijo de diez años delante de él bajando por la senda a toda velocidad, como si no tuviera ningún miedo.

Puede que por pura ignorancia, piensa.

Los niños no saben nada de la vida, se creen indestructibles.

Pero Danny ha tomado todas las precauciones. El crío va blindado como un caballero medieval, con casco, hombreras, coderas y rodilleras. Se ha quejado un montón, pero él se ha mantenido firme: sin protección, no hay paseo en bici.

Para que su hijo no le acuse con razón de ser un hipócrita, Danny va ataviado igual y se siente ridículo. Pero, sobre todo, tiene calor. Quizá julio no sea el mejor mes para irse de vacaciones a hacer una ruta en bici por el sur de Utah, pero era el único momento que tenía. Y, además, lo divertido de este viaje es eso, sudar y llenarse de polvo. Ian, de hecho, ha estado como loco de contento los tres días que llevan fuera.

Y no solo por montar en bici, que le encanta, claro. También es por estar a solas con su padre, algo de lo que no se cansa.

Está siendo estupendo.

Salieron en coche de Las Vegas, atravesaron el Parque Nacional de Zion y pasaron la primera noche en su cabaña de Duck Creek. Se levantaron temprano, se dieron un atracón de huevos, tortitas y beicon para desayunar y luego fueron en coche hasta Torrey a hacer una ruta en bici por Escalante. Esa noche cenaron hamburguesas grasientas con queso y al día siguiente hicieron lo mismo. Luego fueron por carreteras secundarias hasta Moab para probar las rutas de los alrededores del Parque Nacional de Arches.

No hablan mucho mientras van en las bicis: es mucho esfuerzo y además Ian suele ir por delante de Danny. Pero en los trayectos en coche y en las comidas, Ian ha estado sorprendentemente comunicativo, al menos a ojos de Danny.

Le sorprendió sobre todo que de repente, mientras iban por una carretera al este de Torrey, le preguntara:

—¿Cómo era mamá?

Danny se lo pensó unos segundos y luego dijo:

—Divertida. Dura. Fuerte. Y muy cariñosa.

—No me acuerdo de ella.

—No, claro, no puedes acordarte. Eras un bebé cuando murió.

—De cáncer, ¿verdad?

—Sí.

Ian se quedó callado un minuto y luego preguntó:

—Si estuviera viva, ¿crees que seguiríais casados?

—Sin duda. ¿Por qué?

Se encogió de hombros.

—Porque muchos niños del colegio…, la mayoría de los niños del colegio… Sus padres están divorciados.

—Es una pena.

—Sí, supongo, pero…

142

—¿Por lo menos tienen un padre y una madre? —preguntó Danny.

—Algo así —dijo Ian.

—A ti te tocó la china —contestó Danny—. Eso es verdad.

—¿Alguna vez has pensado en volver a casarte?

—Puede que una vez.

—Pero entonces Diane se murió, ¿verdad?

Danny volvió a sorprenderse. En aquel entonces, Ian tenía apenas edad suficiente para acordarse de Diane.

—Así es.

—¿La querías?

—Sí.

—¿Como a mamá?

—No lo sé. No, de otra forma, supongo. No creo que se pueda querer a dos personas de la misma manera.

Su respuesta pareció satisfacer al chico.

Al día siguiente hicieron un descanso en la ruta para comerse los sándwiches y las barritas de cereales que Danny había metido en una mochila ligera. Estaban sentados en un cerro, ante un despliegue de montes rojizos, profundos cañones y altos picos. Era un vasto espacio abierto, hermoso y sereno, casi espiritual.

Ian dijo:

—Papá, el otro día, en mi fiesta… —Parecía incómodo, vacilante—. Eso que dijo el tío Kevin…

—Tú no estabas allí.

—Me lo ha contado la gente.

—¿Qué gente? ¿Quién? —preguntó Danny notando que se ponía a la defensiva.

—Niños —contestó Ian.

—El tío Kevin bebió demasiado.

Danny llevaba mucho tiempo temiendo ese momento. Abrigaba cierta esperanza de que no llegara nunca, pero ahí estaba, y él quería posponerlo, dejarlo para un poco más adelante.

—Sí, ya lo sé —dijo Ian—. Pero dijo algo de que huimos de Rhode Island y de cómo conseguiste tu dinero… Algunos niños dicen que sus padres dicen que eras una especie de gánster.

Así que aquí está, pensó Danny.

Ha llegado el momento.

Podrías esquivarlo, pero no sería justo para el niño. Ni para mí tampoco.

Todo padre quiere que su hijo (sobre todo si es un chico) le admire. Quieres ser un ejemplo para él, quieres que piense que eres perfecto. Así que duele horrores y da mucho miedo reconocer que no lo eres. No quieres decepcionarle.

Pero si no lo haces, piensa Danny, tarde o temprano se llevará una decepción de todos modos. Y quizá sea peor, porque descubrirá que eres un farsante, un embustero. Y se preguntará si algo de lo que le has dicho es cierto.

Así que contestó:

—Ian, hace mucho tiempo hice cosas de las que no estoy orgulloso. Si eso me convierte en un gánster, entonces sí, supongo que puedes llamarme así. Pero eso era entonces, no ahora.

Pero ¿es así de verdad?, piensa mientras se precipita por la pendiente. ¿Acaso no acabas de resucitarlo todo al servirte de una cosa espantosa que hicieron Pasco y tu padre para convencer a George Stavros de que te venda el hotel?

¿Eso estarías dispuesto a contárselo a tu hijo alguna vez?

Ian pareció aceptar su explicación, pero preguntó:

—¿De verdad huimos de Rhode Island? Quiero decir, ¿por qué?

—Porque había personas que querían matarme.

—¿Todavía quieren matarte?

Parecía preocupado.

—No —respondió Danny—. Esos tiempos ya pasaron, Ian. Te lo prometo. No tienes que preocuparte por nada.

—Vale.

—Si me pasa algo —añadió Danny—, será porque me caiga de la dichosa bici.

Ian se rio.

Ahora Danny agarra con fuerza el manillar y llega al final de la cuesta sin romperse el cuello, derrapa y se para.

Ian se para también, se vuelve y le sonríe.

—¡Lo has conseguido!

—¡¿Es que lo dudabas?!

—¡Sí!

—¡Ya somos dos!

Pasan dos días más pedaleando por Moab, se alojan en un modesto hotel del pueblo (a Danny su falta de lujos le parece estimulante) y comen hamburguesas o tacos en restaurantes locales o en sitios de comida rápida. La última noche, están sentados en el coche comiéndose lo que han comprado en Taco Bell cuando Ian pregunta:

—¿El avión viene mañana?

—Sí. —Danny ha cumplido su promesa. Aunque el vuelo de Moab a Las Vegas es ridículamente corto, le prometió a su hijo un paseo en el *jet* de la empresa.

—¿Podría no venir? —pregunta Ian.

—¿Qué quieres decir?

—Me está gustando bastante ir en coche. A lo mejor podríamos volver a casa así, ¿no?

No es lo ideal.

Danny tiene que volver porque dos días después Tara saldrá a bolsa con una OPV inicial. Un momento crítico que decidirá si puede cumplir su sueño o no.

Las últimas semanas no han ido exactamente como esperaban.

Pero para bien.

La comida que organizó Barry Levine para recaudar fondos salió a pedir de boca: un millón de dólares de recaudación y un discreto *quid pro quo*. La idea del impuesto del cuatro por ciento se desestimó como una metedura de pata prematura de un excolaborador demasiado entusiasta, y no habrá citaciones de la comisión.

Así que Danny pudo respirar un poco más tranquilo.

El mismo efecto surtió el anuncio de George Stavros de que iba a venderle el Lavinia al Grupo Tara.

La reacción de Winegard fue sorprendentemente moderada. A las preguntas de los periodistas, respondió que claro que estaba decepcionado, pero que George Stavros se había ganado con creces el derecho a decidir los términos de su retirada. Le deseó suerte al Grupo Tara y prometió ser un buen vecino.

Danny esperaba esa respuesta en público; lo que no esperaba era cómo reaccionó Vern en privado. Pensaba que montaría en cólera, pero gente que le conocía bien le contó que sobre todo se había llevado un disgusto y que dijo:

—El ala del hospital. Debería habérseme ocurrido.

Así pues, el temor a una guerra con el Grupo Winegard parecía infundado.

Otra grata sorpresa fue la reacción de la opinión pública cuando se supo que Tara iba a salir a bolsa. Aunque Danny y sus socios creían que sería positiva, les sorprendió el entusiasmo que suscitó la noticia.

Los medios especializados en el sector del juego se mostraron especialmente eufóricos. Hablaron del historial de Tara, de la remodelación del Casablanca y el asombroso logro que constituía el Shores, y citaron el inusitado margen de beneficios que había conseguido la empresa en un plazo de tiempo tan corto.

La valoración de los bancos y los fondos de cobertura fue también positiva, y Dom aseguraba que no sería difícil subir el precio de las futuras acciones y al mismo tiempo quedarse con la mayor parte de ellas.

Todo eran buenas noticias, pero, aun así, seguramente no era el mejor momento para que Danny se tomara una semana libre —había sido disciplinado y no había contestado al móvil, ni siquiera en las zonas donde había cobertura— y mucho menos para que alargara las vacaciones un día más.

Pero ¿cuántas veces dice un niño que prefiere pasar el día entero con su padre en el coche, comiendo en sitios de comida rápida y gasolineras, a volar en un *jet* privado?

¿Cuántas veces le apetece a tu hijo hacer un largo viaje por carretera contigo?

—Sí —contesta Danny—, puedo llamar y decir que no venga el avión. Pero ¿estás seguro?

—Sí, estoy seguro.

De vuelta en el motel, llama para cancelar el vuelo. Ian y él pasan un rato viendo telebasura y luego se van a dormir. Por la mañana se levantan, desayunan y se montan en el coche para volver a casa.

Danny toma el camino más largo y lento, la ruta panorámica; unas nueve horas de viaje.

Es uno de los mejores días de su vida.

20

Regina Moneta, subdirectora del FBI para el crimen organizado, vuela a Las Vegas.

No viene a jugar, a beber, a ver un espectáculo o a tumbarse al sol. Ni a una boda, una despedida de soltera o una convención.

Reggie está aquí con un solo propósito.

Acabar con Danny Ryan.

Puede que el Grupo Tara sea la estrella más rutilante del sector del juego y el mundo de las finanzas, puede que el anuncio de la construcción de un ala nueva en un hospital infantil le convierta en un filántropo muy querido en esta ciudad, puede que haya llegado a ser un ídolo local por el éxito de sus casinos, pero para ella no es más que un mafioso, un matón de Nueva Inglaterra que se da muchos aires y que cree haberse desprendido de su pasado como una serpiente muda de piel.

Y puede que así sea, piensa Reggie al subir a un taxi. Porque lo que más la enfurece de Ryan es que haya conseguido salirse con la suya. Quizá sea porque su madre, esa arpía poderosa, ha movido algunos hilos en Wall Street y Washington, o quizá por su turbia relación con el mundillo del espionaje por un favor que les hizo relativo a un cártel de la droga, o tal vez por su infortunado pero innegable carisma, pero el caso es que el mundo parece permitir que Danny Ryan se salga siempre con la suya.

La Junta de Control del Juego de Nevada ha hecho la vista gorda con sus vínculos con la delincuencia organizada. Los mismos periódicos sensacionalistas que le tachaban de gánster y narcotraficante cuando se lio con aquella estrella de cine (que, con deliciosa ironía, murió de sobredosis) han desarrollado una especie de amnesia selectiva y ahora, además, una comisión del Congreso que podría haberle arrancado el manto protector de los hombros va a limitarse a hacer como que investiga.

Pero lo peor de todo es que a su propia agencia parece importarle un bledo que Ryan posiblemente asesinara a uno de sus agentes.

Dicen que eso es agua pasada, historia antigua, pero para ella el asesinato a tiros del agente Phillip Jardine en diciembre de 1988 sigue siendo una herida abierta. Era su amigo y su amante, un buen tipo, aunque el FBI parezca haber aceptado los rumores infundados de que se dejó corromper y estaba implicado en el robo de cuarenta kilos de heroína.

Por eso lo han silenciado, han echado tierra sobre el asunto como si no tuviera ninguna importancia que Ryan dejara muerto a Phil en una playa invernal. Era más importante la preciada reputación de la agencia.

Reggie ha hecho sutiles intentos de que Marie Bouchard reabra el caso, pero la fiscal de Rhode Island, obsesionada con el sensacional juicio de Peter Moretti, ha mostrado poco interés.

Desde que mató a Jardine, Ryan ha ido a más.

Reggie tiene información fidedigna de que él y su banda llevaron a cabo un robo en una casa en la que un cártel escondía dinero y se hicieron con cuarenta millones de dólares en efectivo imposibles de rastrear. Sabe que invirtió parte de ese dinero en una película que fue un éxito de taquilla y con la que sin duda se forró aún más. Su relación con la actriz Diane Carson copó los programas de entretenimiento de la tele y las revistas del corazón. Luego, el bueno de Danny la abandonó, ella murió de sobredosis y Ryan se esfumó una temporada.

Volvió a aparecer tiempo después como socio silencioso de Tara, sin cargo oficial pero al frente de todo, una realidad que la Junta se niega a reconocer y a la que, por supuesto, no va a poner remedio.

Reggie vio con furia como adquiría el viejo Scheherazade y lo convertía en el próspero Casablanca, y se indignó aún más cuando obró un milagro económico con el Shores y se convirtió en el niño bonito de la ciudad.

¿Y ahora esto?

¿Comprar el Lavinia?

¿Para construir un megahotel?

¿Y sacar la empresa a bolsa?

No, piensa Reggie.

No.

No, si yo puedo impedirlo.

El problema es que no puede hacer nada abiertamente. Ryan tiene todavía poderosos defensores en Washington que le han ordenado dejarle en paz.

Ryan, le han dicho, es terreno vedado.

Eso ya lo veremos, piensa.

No le pide al taxista que la lleve a la oficina del FBI, sino a un hotel de Henderson, en el extrarradio.

Jim Connelly ya está en el salón del hotel, sentado en un

sillón junto a la ventana. Se levanta cuando la ve entrar. Son como dos figuras de un estudio de contrastes: ella, bajita, de cuarenta y tantos años, con la cintura engrosada por el paso del tiempo; él, alto y extraordinariamente delgado, un poco encorvado a sus sesenta y pocos años, con el pelo, antes rubio, virado a un tono que solo puede describirse como amarillento.

Tiene los ojos azules inyectados en sangre.

Pero siempre los tiene así, piensa Reggie al sentarse frente a él. Jim Connelly siempre da la impresión de haber pasado una larga noche bebiendo, aunque ese no sea el caso. Ella sabe que padece una especie de síndrome del ojo seco, agravado por sus años en el desierto.

Antes era el jefe de la delegación del FBI en Las Vegas y al jubilarse aceptó un puesto directivo en una empresa de seguridad del sector de los casinos, como hacen muchos agentes del FBI en la ciudad cuando se retiran. Así que ahora Connelly es el jefe de seguridad de los hoteles Winegard, un puesto importante y muy bien remunerado.

Un puesto que le debe a Reggie Moneta.

Ella le consiguió el trabajo de jefe de delegación para facilitarle un buen colchón cuando se jubilara, y se lo recomendó con entusiasmo a la gente de Winegard, aunque la verdad era que, pese a ser competente, en cuanto al crimen organizado Connelly no había hecho una mierda.

Lo que no era nada raro en Las Vegas.

Hasta principios de los años ochenta, la delegación de Las Vegas era una tomadura de pelo, piensa Reggie. Sus jefes se ponían anteojeras en lo tocante a la influencia de la mafia en los casinos, sabedores de que, si de verdad actuaban, solo conseguirían granjearse enemigos en la ciudad y cortar las cuerdas de sus paracaídas de oro. Y lo que era peor aún, los representantes de Nevada en el Congreso y el Senado estaban a sueldo de la industria del juego y se servían de su poder en Washington para atajar cualquier intento de investigar seriamente a los casinos.

Joe Yablonski cambió esa cultura al perseguir a la mafia con contundencia y eficacia. Durante su mandato, prácticamente se expulsó al crimen organizado de la ciudad, con la notable excepción de los locales de *striptease*. Pero Yablonski se ganó muchos enemigos en Las Vegas y, cuando le llegó la hora de jubilarse, nadie le ofreció una alternativa, ni en Las Vegas ni en Washington.

Connelly tomó nota al llegar y decidió no seguir los pasos de Yablonski. Su predecesor había manejado la escoba que barrió de la ciudad a las mafias de Chicago, Kansas City y Detroit; Connelly, en cambio, no sintió la necesidad de empuñarla. Y cuando decidió retirarse, el Grupo Winegard le contrató encantado.

Ahora fija en Reggie sus ojos enrojecidos y pregunta:

—¿A qué debo el placer?

—A Danny Ryan.

—Por Dios, Reggie, ¿es que nunca vas a dejar eso?

—No. —Ella le echa una larga mirada—. Creía que Phil era amigo tuyo.

Por eso escogió a dedo a Connelly y le sacó de la oficina de Boston para llevarle a Las Vegas.

—Y lo era —dice Connelly.

—¿Y vas a dejar que Ryan se salga con la suya?

—¿Qué debería hacer, según tú?

—Azuzar a tu jefe —contesta Reggie—. Por Dios, Ryan acaba de robarle el Lavinia delante de sus narices ¿y Winegard se va a quedar de brazos cruzados?

—Eso parece.

—No.

Connelly se echa a reír.

—¿Cómo que no? Mi jefe es él, no al revés.

—A ti te hará caso.

—¿Sabes a quién hace caso Vern Winegard? —dice Connelly—. A Vern Winegard.

—Pues, si tanto ego tiene, aprovéchalo. También quiero que la Junta de Control del Juego investigue la licencia de Empleado Clave de Ryan.

Cualquiera que ocupe un puesto importante en un casino debe tener una licencia de Empleado Clave que certifique que no tiene antecedentes penales graves, vínculos con la delincuencia organizada o problemas conocidos de drogadicción o ludopatía. Ryan, como director de operaciones hoteleras del Grupo Tara, tiene la licencia.

Dan Ryan tiene mucha mano en esta ciudad, piensa Connelly, igual que el Grupo Tara. Si actúo en su contra y se enteran, a saber qué pasará. ¿Y si intento decirle a Vern lo que tiene que hacer? Me pondrá en la calle.

Connelly se recuesta en el sillón.

—No puedo hacer lo que me pides, Reggie.

—Yo te conseguí este trabajo. ¿Así es como me lo agradeces?

—Pídeme cualquier otra cosa.

—Te estoy pidiendo esto.

Connelly no quiere ser ingrato, pero lo cierto es que ya no trabaja para Reggie Moneta y ella ya no puede hacerle nada. Ni tampoco hacer nada por él.

—Lo siento, Reggie, no puede ser.

—Ya, claro. Tienes una vida muy agradable. Una casa en las afueras con cuatro habitaciones, dos baños y un aseo y piscina…

Él no dice nada. ¿Qué puede decir? Tiene razón.

—Todo eso puede desaparecer —continúa Reggie—. Eres un capullo desagradecido y codicioso, Jim. Pero, además, eres muy descuidado. —Abre su maletín, saca una carpeta delgada y la deja sobre la mesita que tiene delante—. Es una declaración jurada de un jugador profesional llamado Stuart Alcesto. Se ha estado dedicando al conteo de cartas en todos los hoteles Winegard y tú has hecho la vista gorda a cambio de una comisión. Le han pillado con un buen cargamento de coca y ha decidido delatarte.

Connelly no lee la declaración. No le hace falta. Ya sabe lo que contiene.

—Así que —dice Reggie— o vas tú a Winegard y a la Junta para hablarles de Ryan, o voy yo y les hablo de ti. Te despedirán, perderás tu licencia para trabajar en los casinos y tendrás suerte si consigues ganarte la vida chuleando a putas de a veinte pavos en Atlantic City. Adiós, cuatro habitaciones; adiós, dos baños y un aseo; adiós, piscina. Va a ser duro decírselo a tu mujer, ¿verdad? Así que esas son tus opciones. Yo sé cuál elegiría.

—Lo que pueda hacer por ayudarte, Reggie, tú sabes que lo haré —contesta Connelly.

—Claro que lo sé. Gracias, Jimmy.

Reggie vuelve a guardar la carpeta en el maletín y se levanta. Cuanto antes coja un avión y salga de aquí, mejor.

Odia esta ciudad.

21

Jim Connelly es demasiado listo para acudir directamente a Vern y que le alcance una bala dirigida al mensajero. En una ciudad llena de cotilleos, prefiere dejar que los cotilleos hagan su labor. Empieza por el casino State Fair; le dice al jefe de planta:

—Tío, hay que ver las barbaridades que va diciendo Dan Ryan sobre Vern.

—¿Cuáles?

—¿No te has enterado?

—No.

—Me han contado —dice Connelly— que dijo que había dejado a Vern completamente en ridículo. Que le había hecho quedar como un tonto. Ya sabes, por lo de la venta del Lavinia.

Conoce al tipo, sabe que antes de que acabe el turno ya habrá hecho correr la voz por todo el hotel.

En el Riverboat, tira a degüello. Mientras se toma una copa con el director de seguridad, le dice:

—No me puedo creer lo que me han contado de Dan Ryan. ¿Sabes lo que dicen que ha dicho? —Se inclina, mira a su alrededor como si quisiera asegurarse de que nadie le oye y añade—: Me han dicho que dijo que a Vern se le quedó cara de tonto con lo del Lavinia y que era lo que le faltaba, con el careto que tiene ya.

—Joder. ¿Dijo eso?

—Eso me han dicho.

—¿Y Vern lo sabe?

—Espero que no.

Al día siguiente, procura «encontrarse por casualidad» con Zina Stavros cuando ella sale de su reunión del Club de Mujeres. Como se conocen desde hace años, se ponen a charlar. Y entonces le dice:

—Zina, ¿puedo hacerte una pregunta? ¿Qué pasó con la venta del Lavinia? Vern creía que era cosa hecha.

—No lo sé —contesta ella—. George solo me dijo que había cambiado de opinión y que no quería hablar del asunto. Ya sabes cómo es. ¿Por qué?

—Porque la gente anda comentando cosas.

—¿Y qué dicen?

—Vale más que no lo sepas.

—Dímelo, Jim.

Connelly le cuenta de mala gana que en la ciudad se comenta que George se dejó engatusar por Dan Ryan, que traicionó a su buen amigo Vern y que faltó a su palabra.

—Mi marido es un hombre de palabra —responde Zina.

Connelly se encoge de hombros. Por lo visto, no.

Zina se va derecha a casa y le cuenta a su marido lo que anda diciendo la gente.

—Me da igual lo que digan —responde George—. Déjales que hablen.

—Pero se trata de nuestro buen nombre —dice Zina—. Y no te vas a creer lo que dijo Dan de Vern, es horrible. Dijo que

156

se le quedó cara de tonto y que era lo que le faltaba, con esa cara que tiene.

—¿Dónde has oído eso?

—Lo estaban comentando en el Club de Mujeres.

—Eso son paparruchas.

—¿Por qué, George?

—¿Por qué, qué? —pregunta, aunque lo sabe muy bien.

—¿Por qué le has vendido el hotel a Dan Ryan en vez de a Vern?

George se levanta del taburete de la encimera de la cocina y se acerca a la nevera. Mientras busca algo de comer, pregunta:

—¿Cuánto tiempo llevamos casados?

—Cincuenta y siete años, ya lo sabes.

—Y en esos cincuenta y siete años yo me he ocupado de los negocios y tú de la casa y nos ha ido bastante bien así —dice mientras coge medio sándwich de atún envuelto en plástico—. ¿Te pregunté yo por qué compraste un sofá azul en vez de uno rojo? ¿Te pregunté por qué necesitábamos una alfombra nueva para el salón?

—Esto no es cosa de una alfombra o un sofá.

Se vuelve hacia ella.

—Zina, créeme, confía en mí: hay cosas que es mejor que no sepas.

Igual que hay cosas que él desearía no recordar.

Vern lo oye.

Mientras va por el casino del State Fair, oye decir a una camarera:

—… que se le quedó cara de tonto, ¡lo que le hacía falta!

El crupier se ríe.

Vern se para.

—¿Qué has dicho?

—Nada, señor Winegard. —La camarera parece aterrorizada.

—No, era algo gracioso y hoy me vendría bien reírme un poco. ¿Qué estabas diciendo?

Porque ya se ha enterado del comentario de Ryan.

Es la comidilla de la ciudad.

Pero oírlo en el casino de su propio hotel...

—Nada, señor.

—¿Algo sobre mi cara? —pregunta Vern—. Vamos, puedes decírmelo. Tengo un espejo en el baño.

La camarera se le queda mirando, paralizada.

El crupier fija la mirada en la mesa.

Vern se va a su reunión semanal con Jim Connelly.

Ahora está cabreado.

Estaba ya enfadado desde que Stavros le dijo que había cambiado de idea, pero se decía a sí mismo que era solo cuestión de negocios. Aun así, le dolía, hería su pundonor. Perder el Lavinia desbarataba sus planes de expansión y le desbancaba como Rey de Las Vegas. Que esa corona fuera a parar a Dan Ryan no le gustaba ni un pelo.

Es un tópico de la vida americana que nadie supera su etapa en el instituto. O bien es la cima de la vida de una persona (una cima que nunca volverá a alcanzar), en cuyo caso el resto de su existencia le parece un triste declinar, o bien es un calvario penoso que uno quiere olvidar, sin conseguirlo.

Vern es un tipo listo, es consciente de que, en cierto modo, siempre está intentando compensar —quizá en exceso— el hecho de haber sido el chaval del acné, el «cara de piña», el que nunca conseguía a la chica, el que nunca fue candidato, ni de lejos, a rey del baile.

Creía que había dejado todo eso atrás gracias a sus millones y a que muchos de los que antes se mofaban de él (o que, peor aún, le ignoraban) ahora tienen que obedecer sus órdenes; tienen, de hecho, que hacerle la pelota y someterse a todos sus caprichos.

Ahora, sin embargo, ha vuelto todo otra vez.

Dan Ryan —guapo y carismático; el capitán del equipo, el *quarterback,* el ligón por antonomasia— va a quitarle su corona, recordándole así lo que él nunca fue ni será.

Al principio solo le escocía. Ahora, ese resquemor se ha transformado en un dolor sordo que le corroe las entrañas.

Fue a ver a Stavros para intentar convencerle.

—¿Quieres un ala en el hospital? Yo te construyo una. Te construiré un hospital entero, si quieres.

—Ahora que Ryan ya me lo ha ofrecido.

—Teníamos un acuerdo.

—El contrato no estaba firmado —repuso Stavros.

—¿Por qué? Eso es lo que quiero saber.

—Me gusta más lo que piensa hacer Ryan —respondió George.

Claro, cómo no, pensó Vern. Los hoteles de Ryan son bonitos y elegantes. Los míos son hoteluchos para obreros. Los suyos son para gente guapa; los míos, para gente corriente. Entiendo.

—¿El qué? ¿Eso de los sueños? —preguntó—. Venga ya.

Pero no consiguió convencer a ese viejo testarudo. Así que iba a darse por vencido. ¿Qué iba a hacer, si no?

Entonces empezó a oír rumores sobre lo que iba diciendo Ryan, burlándose de él, jactándose de su victoria. Vale, pensó. Si soy sincero, seguramente yo haría lo mismo.

Pero lo de su cara…

Ya había oído todas esas bromitas de mierda otras veces, había tenido que soportarlas desde niño y creía haber desarrollado, por decirlo así, una piel muy gruesa.

Pero que vinieran de Ryan después de lo del Lavinia le jodió.

El puto Ryan y su puto sueño de los cojones.

—¿Te has enterado de las cosas que anda diciendo Ryan? —le pregunta a Connelly.

—Me dan ganas de pegarle un puñetazo en la boca —contesta Connelly. Y, como Vern no contesta, añade—: O de darle donde más le duela.

—¿A qué te refieres?

—A recuperar el Lavinia.

—Eso ya no tiene remedio —contesta Vern.

—Ryan es un gánster. Tardamos diez años en echar a la mafia de Las Vegas ¿y ahora vamos a dejar que vuelvan a apoderarse de esto? Tú eres el único que puede pararles los pies.

—Dan no es un gánster.

Vern ha oído rumores, como todo el mundo. Oyó lo que dijo aquel borracho en la fiesta de Ryan y se arrepiente de haberle lanzado alguna pulla por eso. La verdad es que es difícil para cualquier propietario de un casino (casi todos ellos empresarios honrados) escapar del viejo estigma de la mafia. Ryan siempre ha sido legal, piensa Vern, y el hecho de que me haya quitado el Lavinia no es motivo para contribuir a mancillar su reputación.

—Eres demasiado bueno —le dice Connelly—. Demasiado

caballeroso. Venga ya, tenía tratos con Pasco Ferri. Salió en todos los tabloides hace unos años.

—En los tabloides.

—Aun así, ¿quién sabe cómo habrá presionado a Stavros? Mira, entre tú y yo, los federales le tienen en el punto de mira.

—¿Qué coño estás diciendo?

—Digo que, si decides hacer algo contra él —añade Connelly—, tendrás aliados.

—¿Qué aliados?

—Los federales, quizá.

—Déjate de misterios —dice Vern—. ¿Sabes algo o no?

Sin mencionar nombres, Connelly le habla de su reunión con Reggie Moneta.

Omitiendo algunas cosas.

—No sé —dice Vern.

De todas formas, ya es demasiado tarde, piensa. El Grupo Tara ya es dueño de los terrenos.

Claro que ¿quién es el dueño del Grupo Tara?

22

La cosa podría haber terminado ahí.

Vern habría rumiado un tiempo su malestar y luego se habría olvidado del asunto. Podría haber terminado ahí, de no ser por la subasta benéfica.

Danny no quiere ir.

Por varios motivos.

Primero, porque odia las galas. Son aburridas de narices, además de una pérdida de tiempo. En lugar de pasarse horas sentado pujando por cosas que no quiere ni va a usar, podría limitarse a extender un cheque a nombre de la Fundación Rosa Blumenfeld para la Investigación del Cáncer. De hecho, lo preferiría.

Segundo, porque no entiende qué sentido tienen las subastas benéficas. La gente dona cosas cuando sería mucho más eficaz donar dinero y ya está. ¿De verdad es un acto de caridad comprar algo que deseas? Además, la mayoría de los asistentes pueden permitirse comprar lo que se les antoje. Pero no, piensa Danny, quieren que los demás los vean hacer su donación, quieren convertir su generosidad en una competición, en un concurso filantrópico de a ver quién la tiene más larga, en un ejercicio de «y yo más que tú».

Y tercero y más importante, sabe que Winegard estará allí.

Normalmente no le importaría: ha asistido a decenas de actos de ese tipo con Vern y ambos se han prestado de buen grado a escenificar el juego de la rivalidad amistosa, compitiendo por objetos de los que siempre se acaban deshaciendo. Se ha establecido una especie de ritual entre ellos: dejan alternativamente que el otro gane y se fingen desilusionados. La ciudad espera con ansia ese espectáculo fijo y lo disfruta.

Pero esta vez es otra cosa lo que espera la gente.

Una enemistad real.

Los rumores también han llegado a oídos de Danny.

El otro día, Dom entró en el despacho y preguntó:

—¿Qué coño has dicho de Winegard?

—Nada.

—Pues no es eso lo que me han dicho. Estaba jugando al ráquetbol y todo el gimnasio comentaba que le habías puesto verde.

—¿Te parece que yo haría eso?

—No —dijo Dom—. Por eso me ha extrañado. Bueno, sé que estabas cabreado por lo que dijo en la fiesta...

—Qué va, joder.

—Pero, Danny, ¿burlarte de su cara?

—¿Qué dices?

Dios santo, pensó Danny cuando Dom se lo contó todo. Alguien le dice a otra persona que le han dicho que dije algo sobre la cara de Vern y ahora, a fuerza de repetirlo, se ha convertido en un hecho.

—Hablaré con él.

—Yo que tú no lo haría —dijo Dom—. Podría ser peor. Yo dejaría que se le pasara el cabreo.

Sí, puede ser, Danny piensa ahora.

Quizá debería hablar con Vern directamente para acabar con esto, pero no hace falta que sea delante de un montón de gente que espera una bronca mayúscula.

—Tienes que ir —le dice Gloria.

Ella también ha oído las habladurías. Si hasta su peluquera estaba comentándolo… «¿Qué dijo tu jefe de Vern Winegard?». «Nada. El señor Ryan no dice esas cosas». «Pues por lo que me han dicho…». «Me da igual lo que te hayan dicho».

—Se supone que tengo que quedarme en segundo plano —dice Danny.

Aun así, el asunto es de dominio público, piensa Gloria. Y es un problema. Pero si Dan no va a la gala, solo conseguirá dar más credibilidad a los rumores.

—Eres un directivo del Grupo Tara —alega—. La gala se celebra en uno de tus hoteles. Se espera que asistas y que pujes. Y tienes que ir de etiqueta, Danny.

—Qué maravilla.

—Y mejor aún si llevas a alguien.

—¿Quieres venir conmigo, Gloria? —pregunta Danny.

—¿Qué diría mi marido?

—Se llevaría una alegría, te lo aseguro.

Danny ha coincidido con Trevor varias veces y sabe que estaría encantado de quedarse en casa tomando una cerveza y viendo un partido de béisbol. Pero Tara ha reservado cinco mesas, así que va a tener que ponerse el traje de pingüino y acompañar obedientemente a Gloria a la gala.

—¿Sabes dónde está tu esmoquin? —pregunta ella.

—No, porque tú sí lo sabes.

—Tú no necesitas una cita, necesitas una esposa.

—Quizá esta noche salga una a subasta y pueda pujar por ella.

—No hace falta que pujes. Eres el soltero más codiciado de la ciudad. Puedes tener a la mujer que quieras.

Ya tengo a la mujer que quiero, se dice él.

Y Eden no quiere ni acercarse a la subasta.

—No quiero tener nada que ver con ese tipo de cosas —le dijo cuando él sacó el tema.

—¿Y si subastan una primera edición de Jane Austen?

—¿Van a hacerlo?

—Por supuesto que no.

—Entonces es un no rotundo. Pero, si crees necesario ir acompañado, por mí no te cortes.

—No creo que sea necesario.

—Las mujeres van a ponerse como locas —dijo Eden.

23

La gala es justo eso: Las Vegas en su máxima expresión, en todo su esplendor.

Para empezar, el mago que lleva dos años agotando las entradas en uno de los teatros del Shores hace desaparecer un Lamborghini. El deportivo amarillo brillante, modelo Diablo, valorado en 250 000 dólares, estaba en el escenario debajo de un foco y de pronto ya no está.

Se ha esfumado.

—¿Cómo ha hecho eso? —pregunta Ian.

Se le ve muy incómodo con su esmoquin, aunque esté muy guapo, y en el fondo está orgulloso de ir tan bien vestido y estar entre toda esa gente tan sofisticada.

—Es magia —contesta Danny.

—Mentira.

—Esa lengua —dice Madeleine. Está muy elegante, sentada junto a su acompañante, un hombre respetable de cincuenta y tantos años, gay no declarado. Danny cree que es una especie de político.

En medio de los aplausos, el mago anuncia:

—¡El Lamborghini volverá a aparecer al final de la subasta, cuando algún afortunado haga la puja más alta y se lo lleve!

Sería apropiado describir al público como «deslumbrante», piensa Danny, teniendo en cuenta la abundancia de vestidos de lentejuelas, y hay escotes que bastarían para dar palpitaciones a un batallón de *boy scouts*.

Danny vuelve a concentrarse en su gallina de Cornualles, aunque no entiende por qué se considera un plato exquisito a un pollo minúsculo que no hay forma de cortar. Si sirves pollo, la gente se queja de que sirves pollo, pero, si les sirves un pollo diminuto con nombre inglés, no se sienten maltratados.

—¿Cómo está tu gallina de Cornualles? —le pregunta a Ian.

—Sabe a pollo.

A Danny está empezando a encantarle este chico.

—La próxima cena que organicemos, macarrones con queso.

—Por mí genial —contesta Ian—. Entonces, ¿vas a comprar el Lamborghini?

—No —dice Danny.

Por un lado, a mí todavía me funciona la polla, piensa. Y por otro, el plan es dejar que Vern se lleve el coche. Pujar con él y perder. Winegard tiene que acabar la velada sintiendo que me ha ganado en algo.

—Venga, papá —insiste Ian—, puedes dejarlo en el garaje hasta que yo cumpla dieciséis.

—Sí, claro. Cuando cumplas dieciséis, tendrás un Honda de segunda mano. ¿Sabes qué coche tenía yo a los dieciséis?

Se señala el pulgar.

Ian lo mira extrañado y Danny se acuerda entonces de que ya nadie hace autostop y se siente como un tonto por haber recurrido a la carta del «cuando yo tenía tu edad». Además, por suerte lo de que Ian conduzca todavía queda muy lejos.

—Pensaba que ibas a decir un caballo —dice Ian—. ¿Lo pillas? Ya sabes, por lo viejo que eres.

—Qué graciosillo eres.

—¿Verdad que sí? —Ian sonríe.

Están allí los de siempre: la mayoría de los propietarios de hoteles, los directivos y sus esposas y familias, el evento se celebra por la tarde para que los niños puedan asistir. Barry Levine ha venido con su mujer y sus hijos, Dom y Jerry con sus respectivas familias, y Vern con Dawn y Bryce, que ya casi es tan grande como su padre.

Como solo los separan cuatro mesas, sus ojos se cruzan con los de Vern una o dos veces, pero ambos se apresuran a desviar la mirada.

Esto es absurdo, piensa Danny. Hay que resolverlo de una vez. Cuando Vern se levanta, quizá para ir al baño, él aprovecha la ocasión.

—Vuelvo enseguida.

Alcanza a Winegard en el vestíbulo.

—Vern, ¿podemos hablar?

Vern se vuelve.

—¿No crees que ya has dicho suficiente?

—No sé qué habrás oído. Solo puedo hablar de lo que he oído yo, y te aseguro, Vern, que no he dicho ninguna de esas cosas.

—Me lo ha dicho gente que lo sabe de buena tinta.

—Tú conoces esta ciudad. Es como un teléfono escacharrado constante y…

—Primero me haces la cama con lo del Lavinia…

—Eso son negocios.

Sí, eran negocios, piensa Danny. Pero sé sincero contigo mismo: jugaste sucio.

—¿Y luego vas por ahí diciéndole a la gente que me dejaste en ridículo? ¿Que me has humillado? —pregunta Vern.

—Yo nunca he dicho…

—¿Qué has dicho, entonces?

—Nada.

Vern no responde. Danny ve que se lo está pensando, que quizá esté dispuesto a creerle.

—Siento el máximo respeto por ti —añade—. Como empresario, como padre, como rival y también como compañero.

A Vern se le relaja el semblante.

Y entonces Danny la caga.

—Y siento que… —Se detiene al ver por la cara que pone Vern que ha sido un error disculparse.

—¿Qué es lo que sientes?

—Que hayas tenido que oír esas cosas tan desagradables.

—Que te den, Ryan —contesta Vern—. Por lo menos ten huevos y llámame feo a la cara, a esta cara de piña.

—Vern…

—No te acerques a mí a partir de ahora. No tenemos nada de que hablar.

Y se marcha.

Varias personas vuelven la cabeza, pero Danny sabe que lo han visto y oído todo. Diez minutos después lo sabrá todo el salón. Dan Ryan ha intentado disculparse con Vern Winegard y el tiro le ha salido por la culata.

Genial.

Vuelve a la mesa y se sienta.

—¿Qué tal en el baño? ¿Ha salido todo bien? —pregunta Ian.

Niños de diez años, piensa Danny.

Qué grandes cómicos son.

24

Comienza la subasta.

Objetos caros y prestigiosos: un reloj Patek Philippe, un collar Buccellati, un bolso Hermès, un viaje de esquí a Aspen, un crucero en velero de Tahití a Bora Bora, una moto acuática Kawasaki, una moto *vintage* MV Agusta de 750 que Barry Levine se lleva por 175 000 dólares.

El Grupo Tara cumple con su parte: Madeleine compra un bolso, Dom un viaje de esquí, Danny consigue un bate firmado por Carl Yastrzemski que piensa regalarle a Ned.

La velada es un gran éxito y se recauda un montón de dinero para la investigación contra el cáncer.

Y entonces llega el Lamborghini.

Para darle más suspense a la gran reaparición y caldear el ambiente, los presentadores hacen volver al mago al escenario. No es que el público lo necesite. Ya se ha corrido la voz del enfrentamiento en el vestíbulo entre Ryan y Winegard, y su competición ritual por el objeto más valioso de la velada no necesita más bombo.

Todo el mundo la espera con ansia.

El subastador lee la descripción: un Lamborghini VT Roadster de 1997, de los que se fabricaron solo doscientas unidades, con motor V12 de 5,7 litros, 485 caballos y transmisión de cinco velocidades, capaz de alcanzar los 325 kilómetros por hora.

A Danny en realidad le trae sin cuidado, no es muy amante de los coches. Pero Vern sí: es ingeniero, le entusiasma la aeronáutica y tiene una colección de coches clásicos, así que va a querer hacerse con ese vehículo que es, en resumidas cuentas, un avión terrestre.

Pero ahora Danny también lo quiere.

No porque le interese de verdad el coche —no sabe qué narices haría con él—, sino porque tiene una idea.

Para avivar el fuego, el subastador abre la puja en 50 000 dólares, un precio ridículo.

Danny levanta su cartel.

Sesenta mil.

Vern levanta el suyo.

Setenta mil.

Se oye un murmullo de satisfacción entre la multitud.

Esto ya ha empezado.

Danny y Vern siguen así, uno tras otro. No puja nadie más: el público conoce el juego, sabe que el resto de los presentes son espectadores en un partido de tenis, moviendo la cabeza de un lado a otro entre los dos contendientes.

El peloteo es rápido: respuestas inmediatas, sin titubeos.

Ochenta mil, noventa mil, cien mil.

En realidad, solo están calentando: todo el mundo sabe que el partido se decide en el último set.

Ciento veinte mil para Ryan, ciento cuarenta mil para Winegard.

—¿He oído ciento cincuenta mil?

Danny levanta su cartel.

Vern no espera.

—¡Ciento sesenta!

Danny asiente con la cabeza a la pregunta tácita.

—Ciento setenta mil, ¿oigo…?

—¡Ciento ochenta! —grita Vern.

Continúan así, avanzando rápidamente hacia los 250 000 dólares, el valor real del coche, la oferta ganadora de Vern. Ahí debería acabarse la puja, si no fuera porque Danny vuelve a levantar su cartel y dice:

—¡Doscientos setenta y cinco mil!

«¡Ooooh!», exclamaba el público.

Dom se inclina hacia Danny.

—¿Qué haces?

—Ya lo verás.

—Creía que queríamos paz —dice Dom—. Querías que ganara Winegard.

—¡Trescientos mil! —grita Vern. Mira a Danny desde el otro lado de la sala. No finge, no intenta disimular su odio.

Danny le devuelve la mirada y dice:

—Trescientos veinticinco mil.

—¡Trescientos cincuenta!

Cien de los grandes por encima del valor real del coche.

Danny sabe que todo el mundo le está mirando. Sonríe, se encoge de hombros y dice como si nada:

—Cuatrocientos mil.

—Dan, ¿qué estás haciendo? —pregunta Dom.

Ian mira boquiabierto a su padre.

Madeleine le observa desde el otro lado de la mesa con una sonrisa tensa y disciplinada, pero no dice nada.

Vern levanta su cartel.

—Cuatrocientos veinticinco mil.

A nadie se le escapa que Winegard ha subido la puja menos que Danny. El peloteo se ralentiza a medida que el partido se acerca a su fin.

Lo que Danny debería hacer —lo que sabe que le tocaría hacer conforme a las reglas implícitas del juego— es subir otros veinticinco mil, dejar que Vern ofrezca cuatrocientos setenta y cinco y luego retirarse.

Vern gana, Vern es quien la tiene más grande.

Danny nota cientos de ojos clavados en él. Mira a Vern a través de la sala, levanta su cartel y dice:

—Quinientos mil.

La sala queda completamente en silencio. Todos los ojos se vuelven hacia Vern. Tiene la cara congestionada, la mandíbula tensa, los labios crispados en una mueca de furia.

Mira fijamente a Danny.

Y deja su cartel sobre la mesa.

—¡Y el Lamborghini VT Roadster es para Dan Ryan del Grupo Tara! —exclama el subastador—. ¡Por quinientos mil dólares! ¡Qué despliegue de generosidad! ¡Qué gran día para la investigación contra el cáncer!

Vern se vuelve hacia su mujer.

—Qué pardillo. Acabo de hacerle pagar medio millón por un coche que no va a usar.

Un redoble de tambor y entonces...

El mago hace reaparecer el coche.

—¡Dan Ryan, al escenario! ¡A recoger su premio!

Danny sube entre aplausos. El subastador le entrega las llaves del coche y le pide que pronuncie un discurso.

—Solo quiero dar las gracias a todos por venir —dice

Danny—. Gracias por su generosidad. Juntos encontraremos la cura. Gracias.

Baja del escenario.

El público se levanta y empieza a marcharse.

—Dan, ¿qué coño has hecho? —pregunta Dom—. Has humillado a ese tipo.

—Ya verás.

Danny se abre paso entre la multitud y se acerca a Vern, que se dirige a la puerta con su familia.

—Vern, espera.

—¿Qué quieres?

Dawn y Bryce miran a Danny con odio.

Danny le pone la llave en la mano.

—Quiero que te quedes con el coche. Como regalo. Por cualquier ofensa que pueda haberte causado. Considéralo una ofrenda de paz.

Vern tira la llave al suelo.

—Tu paz me la suda.

Le da la espalda, se marcha y deja a Danny allí plantado.

Con cara de tonto.

—No sé cómo se te ha ocurrido —dice Madeleine más tarde, sentada en el cuarto de estar.

—Era una ofrenda de paz —responde Danny.

—Solo le has dado más motivos para que piense que de verdad dijiste esas cosas. Como si tuvieras mala conciencia.

Soy católico irlandés, piensa Danny, siempre tengo mala conciencia, pero estuvo mal cómo convencí a Stavros para que me vendiera el hotel. Hice mal al quitárselo a Vern.

Típico de ti, piensa. Le quitas a un tío una propiedad de mil millones de dólares e intentas compensarle con un coche de 250 000. No me extraña que te haya tirado las llaves a la cara. O a los pies, mejor dicho.

Danny sabe que toda la ciudad lo comenta.

El enfrentamiento en el vestíbulo.

La subasta.

El rechazo de Vern a su oferta de paz.

—Si antes ya te tenía envidia —dice Madeleine—, ahora te odia.

—Es muy reconfortante que digas eso. Gracias.

—¿Preferirías que te mintiera? Querías nadar y guardar la ropa. Querías hacer las paces con Vern, pero, si eres sincero contigo mismo, reconocerás que también querías derrotarle. Así que has intentado hacer las dos cosas y no te ha salido bien.

Tiene razón, piensa Danny.

—Has cambiado —añade ella—. Antes siempre estabas dispuesto a quedar segundo o más abajo aún. Pero ya no. Ahora quieres ganar, y yo, por mi parte, estoy orgullosa de ti. No tienes por qué avergonzarte de ganar, Danny. ¿O debería llamarte Dan?

Dios mío, piensa Danny.

—No necesitas que Vern Winegard te quiera, ni siquiera necesitas caerle bien —prosigue su madre—. El Lavinia ya es propiedad de Tara. Construye tu hotel. Construye Il Sogno.

Eso es lo que hace Danny.

Vende el Lamborghini y dona el dinero a la fundación contra el cáncer.

Y luego se pone a trabajar para cumplir su sueño.

25

Jake Palumbo es la combinación perfecta de sus padres.

Su padre es, cosa rara, un italiano pelirrojo y su madre es rubia. El pelo de Jake es una mezcla de los dos; tira a amarillo o a rojo según el tiempo que pase al sol. Tiene los ojos verdes de Chris y la nariz aguileña y los labios finos de Cathy.

Es un joven guapo, que entrena con regularidad y está en forma, y además es sensible por naturaleza, un rasgo que la dureza de su vida enseñó a reprimir a sus padres. Jake, en cambio, aún no se ha curtido; siente las cosas intensamente.

Es así desde niño.

Tenía unos doce años cuando empezó a darse cuenta de que su padre no era un empresario normal, sino un miembro de la mafia. Algunos hijos de mafiosos se vuelven pendencieros y arrogantes al descubrirlo. En Jake tuvo el efecto contrario: se volvió reservado, cautelosamente educado, y tuvo buen cuidado de no aprovecharse del estatus de su padre.

No quería ser ese tipo de persona.

En eso se parecía mucho a su amigo Peter Junior: modesto, discreto, buen estudiante y con éxito entre las chicas, aunque no se las llevara de calle.

A Peter, aun así, se le fue la olla.

Jake entendía (a duras penas) que hubiera matado a Vinnie, pero ¿a su propia madre? Ahora le van a juzgar y seguramente irá a prisión para el resto de su vida.

Es triste.

Jake lo siente por él.

Los dos crecieron sabiendo que con el tiempo entrarían en el negocio familiar. Peter Junior quería ingresar primero en los marines, pero Jake no tenía ese impulso. Él solo quería sacarse el título, ponerse a trabajar con su padre y tomar el relevo algún día.

Pero entonces su padre desapareció.

Se fue sin más.

Los abandonó.

Eso le partió el corazón porque idolatraba a su padre. Era fuerte, inteligente, divertido y, si era un mafioso, pues bueno, pues muy bien, es lo que hacía la gente de su generación, pero Chris se había sentado a hablar con él cuando pensó que tenía edad suficiente para entenderlo y le había explicado que todo ese asunto de la mafia era como un dinosaurio: que se extinguiría dejando atrás otras cosas.

Entre esas otras cosas estaban los negocios familiares. Los habían creado gracias al dinero y el poder de la mafia, claro, pero con el tiempo serían legales. Y si de vez en cuando la familia tenía que utilizar parte de su antigua fuerza para proteger sus intereses, pues… En fin, así era la vida.

A Jake no le parecía mal.

Sigue sin parecérselo.

Solo que ahora la familia está con el agua al cuello y no tiene ninguna fuerza para enderezar las cosas. Los tipos como

John Giglione los están desvalijando, les faltan al respeto y él no puede hacer nada por evitarlo.

Su padre sí podría.

Pero su padre no está.

Así que Jake se propone encontrarle, lo que le lleva a verse cara a cara con el hombre sentado al otro lado del cristal, en la sala de visitas de la prisión. No sabía por dónde empezar. Los otros amigos de su padre no van a ayudarle a resolver el problema, porque el problema son ellos.

Por eso ha venido a ver a Joe Narducci, al que recuerda de cuando era niño. Narducci lleva cumplidos diez años de un condena de veinticinco y, a sus ochenta y un años, nunca saldrá de aquí.

Por lo menos, en vertical.

—¿Tu padre? —dice—. Claro que le conocía.

A ojos del joven Jake parece tan antiguo como el tiempo, o como uno de esos viejos edificios de Providence, abandonado, decrépito, a punto de venirse abajo.

—¿Puede decirme algo de él? —pregunta.

Narducci sonríe enseñando sus dientes pequeños y amarillos.

—Puedo contarte muchas cosas. Tu padre, en aquellos tiempos, era todo un personaje. Luchamos juntos contra los irlandeses. Fue una pena lo que le pasó.

—¿A qué se refiere? —pregunta Jake con el corazón acelerado. ¿Sabe algo, Narducci?

—A que le mataran así, en la bañera. Vendido por su propia mujer.

Jake se da cuenta de que está hablando de Peter Moretti padre.

—Señor Narducci, soy Jake Palumbo, el hijo de Chris Palumbo.

—Ya lo sé —contesta el viejo—. ¿Cómo está tu padre? Dale recuerdos de mi parte.

Jake comprende que ha ido allí en vano.

—Se los daré.

Pero de pronto la mirada de Narducci se afila, se vuelve astuta.

—Me han dicho que hay gente que le está dando problemas a tu madre. ¿Qué vas a hacer al respecto?

—Estoy intentando localizar a mi padre.

—¿Qué estás, en el parvulario? Ya eres un hombre. El cabeza de familia. Depende de ti hacer algo.

Pero yo no sé qué puedo hacer, piensa Jake.

¿Matar a John Giglione? Nunca me he peleado de verdad, y menos aún he matado a nadie. Y aunque no fuera así, hay media docena más y todos tienen sus secuaces.

—Mira a Peter Junior —dice Narducci—. Hizo lo que tenía que hacer. De casta le viene al galgo.

—Peter es un buen chico.

—Tú eres un buen chico. Te oigo hablar y es como si estuviera oyendo a tu padre. Tienes que hacer que se sienta orgulloso de ti.

—Señor Narducci, ¿usted sabe dónde está?

—Está por ahí, rodando con el viento. —Narducci agita la mano—. Como una hoja.

—Algunos dicen que se metió en el programa.

—Tu padre, no. Es de la vieja escuela. Pero ¿has hablado con Paulie Moretti?

—¿Por qué? —pregunta Jake.

Narducci entorna los ojos.

—Me han dicho que... que a lo mejor le han contado algo.

—No creo que quiera hablar conmigo.

179

—No lo sabrás hasta que lo intentes. —Se endereza para hacerle ver que la conversación está a punto de acabar—. Te educaron bien, así que sabrás que no se puede venir aquí con las manos vacías.

—Le he traído *prosciutto* —dice Jake—. Se lo he dado al guardia para usted.

—Ya decía yo que eras un buen chico.

Sí, piensa Jake, soy un buen chico.

Quizá ese sea el problema.

26

Pam Moretti le abre la puerta.

Hace años que Jake no la ve. Cuando era un adolescente, Pam estaba para mojar pan, era la tía más buena que habían visto nunca. Solía fantasear con ella.

Era, además, una leyenda, la mujer que había iniciado la guerra entre italianos e irlandeses al dejar plantado a Paulie Moretti para irse con Liam Murphy. Luego, Liam murió y ella volvió con Paulie.

Ahora da la impresión de que tendría que dedicar un poco de tiempo a correr en la cinta para perder unos kilitos. Tiene los párpados caídos y, aunque solo son las dos de la tarde, salta a la vista que ha estado bebiendo.

U otra cosa.

Para su sorpresa, Pam le reconoce.

—¿Eres Jake Palumbo?

—Sí, señora.

—Señora... —dice—. Haces que me sienta más vieja de lo que soy. Eres clavadito a tu padre. Me alegro de verte, Jake.

—Lo mismo digo. ¿Está el señor Moretti?

Ella baja la voz.

—Creo que se acaba de levantar de la siesta. Voy a ver. Pasa.

Pam le conduce al cuarto de estar y se va a buscar a su marido. Jake se sienta en el sofá. La habitación no tiene nada de especial, igual que la casa: un rancho corriente, de una sola planta, a diez manzanas de la playa de Fort Lauderdale. Hay un sofá, un par de sillones reclinables y un televisor de pantalla grande.

Jake esperaba más de Paulie Moretti, el hermano pequeño del antiguo jefe. Pero Paulie no es nadie desde que mataron a Peter, solo un mafiosillo más dentro de una familia sin líder.

Paulie entra en el cuarto de estar, desaliñado, con el pelo revuelto y los ojos hinchados por el sueño. Viste camiseta negra, vaqueros y calcetines negros, y va descalzo. Se deja caer en uno de los sillones reclinables y lo gira para que mire hacia Jake en vez de a la tele.

—El hijo de Chris Palumbo.

—Sí, señor.

—¿Cómo está tu viejo? —pregunta Paulie—. Ah, claro, no lo sabes, nadie lo sabe. No llama ni escribe…

Está borracho, piensa Jake. Borracho o drogado.

—Yo quería a tu padre, ¿sabes? —continúa—. Quería a ese hombre.

Jake piensa que va a echarse a llorar.

—Incluso después de que nos hiciera esa putada… —Su voz se apaga, se disipa como una voluta de humo, arrastrada por el pasado.

—¿Usted sabe lo que pasó? —pregunta Jake.

Paulie le cuenta la historia.

Chris convenció a la familia de que comprara cuarenta kilos de heroína a los mexicanos, pero, como Chris era como era, le dio una vuelta de tuerca al asunto y mandó a un tipo, Frankie Vecchio, a hablar con los irlandeses para convencerlos de que robaran el cargamento. Y luego se puso de acuerdo con los federales para que detuvieran a los irlandeses; de ese modo acabarían con ellos de una vez por todas y ganarían la guerra. El federal, un tal Jardine, era un policía corrupto, de modo que todo el caballo volvería a la familia, pero Danny Ryan se guardó diez kilos que los federales no consiguieron encontrar.

—Tu viejo sí los encontró —dice Paulie—. Fue a la casa donde los tenían escondidos para llevárselos, pero apareció Ryan. No pasaba nada, Chris tenía a su gente esperando afuera, pero...

—¿Pero qué, señor?

—Ryan también tenía a su gente montando guardia delante de vuestra casa, con órdenes de mataros a ti, a tu hermana y a tu madre si no salía de allí con la heroína. ¿Qué iba a hacer tu padre?

—Dejó marchar a Ryan —dice Jake.

—Porque os quería. Veo que eso lo recuerdas. El caso es que Jardine apareció muerto en una playa, tu viejo se largó y un montón de gente perdió dinero, y eso es todo.

Pam vuelve a aparecer.

Jake ya sabía que mucha gente perdió dinero. Se lo han estado sacando a su madre y a él desde entonces. Lo que no sabía es que su padre entregó la droga para salvarles la vida, y de pronto siente un arrebato de cariño por su viejo.

—Hablé con Joc Narducci. Me dijo que a lo mejor usted sabía algo. Sobre dónde puede estar mi padre.

—Vamos a tomar un trago —dice Paulie—. ¿Quieres un trago, hijo?

—Tengo que conducir.

—No, esta noche te quedas con nosotros —dice Pam—. Tenemos una habitación libre. Tómate una copa, así la vida es más dulce.

—A Pam no le gusta Florida —explica Paulie—. Yo, una mañana me levanté en Providence, me puse a raspar el hielo del puto parabrisas y decidí que ya estaba harto, que no iba a volver a quitar nieve con una pala. Y nos vinimos aquí.

—Yo quería ir a Miami o a West Palm —dice ella—. Pero Paulie dijo que era demasiado caro.

—Esta es una señoritinga —añade Paulie.

—¿Sabes por qué la gente mayor se muda a Florida? —pregunta Pam—. Porque así les importa menos morirse.

Prepara tres *gin-tonics* bien cargados y le da uno a Jake. Luego la ve abrir un frasco de pastillas y echar una en su bebida y otra en la de Paulie. Le ofrece una a él, arqueando las cejas inquisitivamente.

—Valium. Ponte una en la bebida y pasarás mejor el jueves.

Solo que es viernes, piensa Jake. Pero no quiere ofenderlos, necesita que Paulie le dé la información que tenga, y allá donde fueres…

—Vale.

Ella le echa el Valium en el vaso.

—Dulces sueños, joven Jake.

27

Cuando se despierta, Jake no está seguro de si Pam Moretti ha ido de verdad a su cama o si lo ha soñado. Tiene la cabeza embotada y la boca como rellena de algodón. Se levanta, se lava los dientes, se echa un poco de agua en la cara y va a la cocina.

Paulie está medio recostado en un taburete, junto a la barra del desayuno.

—Hay café en la cafetera. Si quieres desayunar, el desayuno se sirve sobre las once, cuando se levanta Su Majestad. ¿Has dormido bien?

Jake no sabe si la pregunta va con segundas.

—Sí. ¿Y usted?

—Como un tronco. He soñado con mi hermano. Seguro que te acuerdas de él.

—Yo era bastante pequeño, pero sí, claro.

—Ese cabrón de Vinnie le mató en la bañera, ¿te lo puedes creer? Pero mi sobrino se portó, ¿eh?

—Solo que ahora va a pasar el resto de su vida en la cárcel —responde Jake.

—No sé —dice Paulie—. Tiene un abogado bastante bueno. Ese *hippie* de la coleta.

—Bruce Bascombe —dice Jake—. ¿Cómo va a pagarle Peter Junior?

—No te engañes. Ya se sabe quién va a apoquinar: el de Pompano.

Pasco Ferri, piensa Jake.

Pues muy bien, se alegra por él.

Pam aparece en la puerta vestida con una bata de seda azul ceñida flojamente a la cintura.

—Buenos días, Jake.

—¡Madre mía, pero si se ha levantado! —exclama Paulie—. Un poco pronto para ti, ¿no?

—He dormido bien —contesta Pam sonriendo a Jake.

Jake mira a Paulie. Si lo sabe (si hay algo que debiera saber), no se le nota en la cara.

—Ayer le comenté que Joe Narducci me dijo que a lo mejor usted sabía algo.

—Dicen que Narducci tiene Alzheimer.

—Señor Moretti —dice Jake—, necesito su ayuda. John Giglione y los demás nos están desangrando. No sé cuánto tiempo más podrá aguantar mi madre. Necesito encontrar a mi padre. ¿Usted sabe dónde está? ¿Sabe si está vivo?

—Cuéntale a Jake lo que sabes —dice Pam.

Paulie suspira.

—¿Te acuerdas de Joe Petrone, el que tenía una pescadería a las afueras de Goshen? Era buen amigo de tu padre.

—No.

—No, claro, Joe es más viejo que Matusalén —dice Paulie—. El caso es que tenía una de esas autocaravanas y viajaba con ella por todo el país, vete tú a saber por qué. Un día se pasó por aquí y me dijo que había visto a tu padre.

A Jake se le acelera el corazón.

—¿Cuándo fue eso? —pregunta.

—Hace un par de meses. Joe me dijo que había visto a tu viejo en un bar en no sé qué sitio de Nebraska, en el quinto coño. O en el sexto, qué sé yo…

—¿Habló con él?

—No —contesta Paulie—. No te acercas a un tipo que ha huido y se está escondiendo, porque a lo mejor no lo cuentas. El caso es que Joe le vio marcharse y preguntó por él. Resulta que el tío aquel, que Joe juraba que era tu padre, vivía con una mujer a tomar por culo. Los del pueblo se reían porque decían que se ganaba la vida follándosela. No es mal trabajo, si lo consigues.

—O si eres capaz de hacerlo —añade Pam.

Paulie no reacciona.

—¿Cómo se enteró Narducci? —pregunta Jake.

—Puede que yo le dijera algo por teléfono —dice Paulie—. O no sé, a lo mejor se lo dijo Phil. Nunca se le dio bien mantener la boca cerrada.

—¿Cree usted que hablaría conmigo? —pregunta Jake.

—Si te buscas una de esas…, ¿cómo se llaman? Una médium. Phil la palmó hace dos semanas. Un infarto fulminante. Iba conduciendo. Menos mal que no se estrelló con ningún coche ni mató a nadie.

Entonces, piensa Jake, si el tal Phil era un bocazas, ya lo sabrá todo el mundo.

— Tengo que irme.

—Quédate un par de días —dice Pam—. Disfruta de la playa.

—El chico ha dicho que tiene que irse.

—Voy a preparar un *bloody*. —Pam mira a Jake—. ¿Quieres uno?

—No, de verdad, tengo que irme.

—Pues entonces vete —contesta ella enfadada.

Jake sube a su coche y se va.

¿Qué se supone que tengo que hacer ahora?, piensa. ¿Recorrer todo Nebraska hasta toparme con mi padre?

Ni siquiera está muy seguro de dónde queda Nebraska, pero tiene la sensación de que es muy grande. Claro que cualquier estado es grande comparado con Rhode Island. Una cosa está clara: Giglione y los demás ya estarán peinando Nebraska en busca de Chris Palumbo. Y no para hablar de los viejos tiempos, eso seguro.

Le estarán buscando para matarle.

28

Pasco Ferri sabe exactamente dónde está el quinto coño.

El nombre del pueblo se lo dijo el viejo Joe Petrone, antes de que estrellara su autocaravana contra un poste de la luz.

Y menos mal que me lo dijo, piensa Pasco.

Malcolm es un pueblecito situado unos kilómetros al noroeste de Lincoln, Nebraska. Si lo que contaba Petrone es verdad, no debería ser muy difícil dar con Chris.

Le encarga el trabajo a Johnny Marks.

Johnny es de los que van por libre: no pertenece a ninguna familia en concreto, pero hace trabajos de alto nivel para todas. Es un profesional, discreto y disciplinado; se limita a hacer su trabajo sin aspavientos ni complicaciones. La última vez que Pasco recurrió a él fue para que hablara con Danny Ryan y le dijera de su parte que dejara a esa actriz de Hollywood.

Cosa que Danny hizo.

Ahora necesita que encuentre a Chris Palumbo.

Para resolver ese lío de una vez por todas.

Porque Nueva Inglaterra está hecha una mierda.

Está así desde la mañana en que Chris se dio a la fuga.

El vacío de poder ha sido horrible.

Desde la muerte de Vinnie, nadie ha tomado de verdad las riendas. La mayoría de los hombres no quieren ocupar el puesto, por la historia de sus predecesores y porque es prácticamente como invitar a los federales a que te jodan vivo usando la ley RICO.

Pasco ocupaba antes el trono, pero se retiró y se lo dejó a Peter.

O intentó retirarse, piensa ahora.

Porque no para de haber líos y las otras familias, las grandes familias de Nueva York y Chicago, siguen recurriendo a mí para que apague el fuego.

Nadie quiere ver esas cosas en los titulares.

Es malo para el negocio, o para lo que queda de él.

Y ahora las familias, sobre todo la de Nueva York, le están presionando para que ponga orden en Nueva Inglaterra. Es un puto caos, un circo, un montón de payasos salidos de un coche dando tumbos por la pista.

Como John Giglione, que ahora se cree que puede ocupar el despacho de dirección, pero que no tiene ni la inteligencia ni la fuerza necesarias para lograrlo.

Aun así, Pasco opina que es mejor eso que nada, y estaba a punto de ungir a Giglione cuando llegó la noticia de que habían encontrado al desaparecido Chris Palumbo. Y de que Giglione y los otros payasos van a «ocuparse del asunto».

Pero seguro que la cagarán, piensa Pasco. Puede que lo consigan, sí, pero lo harán de tal manera que habrá más titulares. Y eso, junto con el juicio de Peter Junior, sería una catástrofe.

De ahí que las grandes familias hayan tomado cartas en el asunto.

Tienes que volver, Pasco, y poner orden.

Arreglar lo de Nueva Inglaterra.

Que es lo último que quiere Pasco. Los médicos le han dado tres o cuatro años de vida, como mucho, y no quiere pasarlos arreglando nada: ni tejados ni tuberías ni una familia mafiosa decrépita. Pero ¿qué remedio le queda? Si quiere disfrutar de esos tres o cuatro años, tiene que hacer algo.

Y qué desastre va a ser el juicio de Moretti, piensa mientras mira a Johnny Marks al otro lado de la mesa. Es muy posible que abra un montón de cajas que deberían permanecer cerradas.

Le había ordenado a Bascombe que evitara por todos los medios que hubiera juicio, que llegara a un acuerdo con la fiscalía, el que fuese, y que Peter se declarara culpable para que el asunto se disipara tras un día o dos de atención mediática y nadie —y menos él mismo— tuviera que testificar.

Pero Bascombe le llevó la contraria pensando que quizá pudiera conseguir que el chico saliera absuelto. De un doble homicidio y con una confesión de por medio. Pasco no ve cómo, pero ha dejado que el abogado siga adelante.

Quizá sea por lo que me han dicho los médicos, piensa. Puede que esté pensando ya en el momento en que me encuentre cara a cara con san Pedro y tenga que rendir cuentas de lo que he hecho en esta vida. Los curas, claro, dicen que eso se arregla con la extremaunción, pero ¿y si se equivocan? He hecho cosas terribles, casi siempre porque tenía que hacerlas, pero terribles de todos modos.

Una de ellas fue lo que le hice a esa chica, Cassandra. Era muy jovencita. Claro que en la tierra de donde venimos había novias todavía más jóvenes, pero aun así era muy joven y nunca lo superó, con todos esos problemas que tuvo con las drogas y el alcohol. Y encima murió joven, tiroteada en la misma bañera que Peter Moretti padre. En este mundo no le contó a nadie lo que le hice, pero puede que en el otro mundo sí lo haya contado y que esas acusaciones me estén esperando cuando llegue allí.

Y luego está lo de Peter Junior. Vino a preguntarme qué debía hacer respecto a que Vinnie y su madre se hubieran cargado a su padre, y yo prácticamente le empujé a hacer lo que hizo. Y cuando vino a verme después, le puse de patitas en la calle.

Así que algo le debo al chico.

Por lo menos, la oportunidad de vivir un poco.

Paso a paso, se dice Pasco, cada cosa a su tiempo.

Todo esto empezó con Chris, así que quizá termine con Chris.

—Necesito que encuentres a nuestro amigo antes de que lo encuentren los demás.

—No creo que haya problema —contesta Marks.

No, piensa Pasco, con Johnny Marks no debería haberlo.

Marks solventa problemas.

29

Chris Palumbo no ha sobrevivido tanto tiempo en este mundo por ser estúpido o descuidado.

Vio a Joe Petrone en el bar.

Esperó el tiempo suficiente para que no se notara y luego se fue.

Ahora está preocupado.

No es que crea que el carcamal de Joe Petrone es un sicario que le está buscando, es que Phil es un bocazas. No sabe si le reconoció, pero ¿puede permitirse correr ese riesgo?

No deberías, se dice mientras baja por el campo de milo segado hacia la hilera de álamos y el riachuelo.

No sabía lo que era el milo hasta que llegó a Nebraska. Conocía el maíz y quizá el trigo, pero no sabía que existía el milo ni que era una variedad de sorgo, aunque a saber qué cojones es eso.

Lo más sensato es largarse.

Enseguida.

Pero el otoño en Nebraska es precioso. El aire fresco es un alivio después de la humedad sofocante del verano. Teme el invierno, pero le parece una pena tener que irse en otoño.

Y luego está Laura. ¿Qué voy a decirle? ¿O no le digo nada? Quizá se despierte una mañana y yo me haya ido, como en una canción folk de las malas. Lo entenderá y se buscará a otro tío.

Pero se ha portado muy bien contigo, piensa Chris.

Te ha dado una buena vida.

Al llegar a la alameda, se sienta.

Pero…

Siempre hay un pero, piensa.

Te estás cansando de ella.

Por muy buena que sea en la cama, estás un poco harto de follar a destajo. Te vendría bien un descanso, un pequeño cambio. Di la verdad, alguien nuevo. Allá en Rhode Island tenía a Cathy, pero también tenía amiguitas, porque en la variedad está el gusto y todo ese rollo. Laura tiene un montón de ases en la manga, pero siempre es la misma baraja, y ahora hay veces que él tiene que echar mano de su imaginación para cumplir.

Y poder dormir.

Últimamente tiene unos sueños raros de cojones.

Pequeñas visitas a la muerte.

Una noche tuvo una conversación con su madre.

—Estoy muerta, ¿sabes? —le dijo ella.

—No, no lo sabía —contestó—. ¿Qué te pasó?

—Fuiste tú. Me rompiste el corazón.

—Vaya, lo siento. ¿Cómo está Cathy? ¿La ves?

—Tiene problemas, como todos.

—¿Está con otro? —preguntó Chris.

—No, que yo sepa.

—Ah.

Otra noche soñó que estaba sentado con Peter Moretti en la terraza del Liffy, el bar de la playa donde quedaban en verano.

194

—Si vuelves a casa, ten cuidado —le dijo Peter.

—¿Sí? ¿Por qué?

—Las putas mujeres —dijo Peter—, no te puedes fiar de ellas. ¿Te enteraste de lo que me hizo mi Celia? Se lo di todo a esa zorra y mandó a Vinnie a matarme. En la puta bañera, Chris.

—Tenía entendido que estabas con Cassie Murphy.

—Bueno, ¿y qué le iba a hacer, eh? —Peter dio un largo trago a su cerveza y miró hacia el mar—. Tú vigila a Cathy, hazme caso.

—No, ella no es así.

Peter se inclinó sobre la mesa.

—Todas son así.

Entonces se despertó y sintió a Laura a su lado.

Otra noche habló con otro muerto.

Sal Antonucci.

A Sal, un sicario curtido y fuerte, lo mataron a tiros cuando salía del piso de su novio. En el sueño, estaba sentado abajo, en la mesa de la cocina, comiendo dónuts.

De Dunkin' Donuts.

Glaseados.

Tenía azúcar alrededor de los labios.

—Los echaba de menos —dijo.

—Y ellos a ti —contestó Chris—. Pero, oye, tuviste un funeral precioso.

Sal sonrió.

—¿Sí? ¿Fue mucha gente?

—¿Estás de coña? —preguntó Chris—. Aquello estaba de bote en bote. Solo había sitio de pie.

Entonces Sal frunció el ceño.

—¿Alguien dijo algo de que soy un *finocchio*?

—No. No salió el tema.

—Mejor.

—Pero, claro, te enterraron boca abajo.

Sal se levantó de la mesa.

—Es broma —dijo Chris—. Solo te estaba tocando un poco las pelotas. Venga, hombre, Sal, siéntate y disfruta de los dónuts.

—Yo cuando jugaba al béisbol lanzaba las pelotas, no las recogía —contestó.

—¿Y a quién le importa eso ya?

Pero Sal se fue.

Unos sueños raros de cojones, piensa Chris.

Quizá intentan decirme que debería volver.

Y reconócelo, también tienes un poco de morriña.

¿Quién lo iba a pensar?

Pero es verdad: echas de menos el mar, las playas, la comida… Si alguien en Nebraska hace unos *cannoli* decentes, a mí nadie me lo ha dicho, piensa. ¿Y buñuelos de almejas? Olvídate. ¿Y sopa de marisco? Otro tanto.

Sí, ya, ni que pudieras volver, piensa.

Si te preocupa que te encuentren aquí, imagínate allí. A los quince minutos ya se habría corrido la voz y a la media hora estarías muerto.

Pero se pregunta qué tal les irá a su mujer y a sus hijos.

¿Cómo estará Cathy?

¿Cómo estará Jill?

¿Y Jake?

Recuerda cómo se rio Cathy de él, con esa mirada socarrona suya, cuando le dijo que, si tenían un niño, quería ponerle Jacob.

—¿Jake y Jill? —preguntó—. ¿Y qué harán, subir la colina y bajar tropezando? ¿Y él se romperá la coronilla?

—Pero ¿qué dices, joder? ¿Qué coronilla?

—Es una canción infantil. *Jack y Jill.*

Chris no lo sabía.

Pero Cathy cedió y pusieron al niño Jacob y ahora es un buen chico. Inteligente, educado. Chris se siente mal por lo que le hizo, por haberle abandonado. Pero ¿qué iba a hacer, si no?

¿Qué voy a hacer ahora?, se pregunta.

¿Abandonar a otra persona?

Quizá.

¿Volver a casa? ¿Dar la cara?

Puede que sí.

O puede que no.

Tal vez me quede aquí todo el otoño. Puedo tener aún más cuidado, estar aún más atento, llevar siempre una pipa debajo de la chaqueta.

Esperar a que empiece a nevar y entonces decidir.

30

Laura siempre dice que tiene intuición.

Que presiente las cosas.

Que es bruja.

Puede que sea eso o puede que sea solo lo que intuye o sabe una mujer, pero el caso es que nota que Chris se le está escapando.

Lo nota en la cama cuando está encima de ella y cierra los ojos, y se da cuenta de que está evocando el recuerdo de otra mujer y desearía que él se lo dijera porque no le molesta, ella podría ser esa mujer, lo entiende, ella también tiene sus recuerdos y sus fantasías.

Quizá eso reavivara un poco las cosas.

Quizá entonces él se quedaría.

Porque ella sabe que está pensando en marcharse.

Como los gansos en otoño.

Y quizá sea ya hora.

Pero le echará de menos, va a sentirse sola.

Como eso la entristece, después de dar su clase de yoga no se va derecha a casa, sino que se pasa por el bar a tomarse una cerveza o tal vez dos. Y entonces el universo le manda otro mensaje, porque un tío intenta ligar con ella.

Y además es mono.

Un poco mayor, quizá; debe de tener algo más de sesenta años, pero todavía conserva una buena mata de pelo rizado y medio canoso, está delgado, mide en torno a un metro setenta y viste bien: chaqueta de ante marrón claro, camisa de sarga azul, pantalones chinos y unos botines con cordones con pinta de ser caros.

No es de por aquí, pero por la ropa tampoco parece un cazador de faisanes.

Tiene una sonrisa bonita, además, de dientes limpios y rectos.

Ella le devuelve la sonrisa y, antes de que se dé cuenta, están sentados a una mesa y, tres cervezas después, ella se lo está contando todo. El tío es casi como, no sé, un cura sexi o algo así.

Con un poco de suerte, será uno de esos curas que follan.

—¿Quieres saber lo que pienso? —le pregunta él cuando ella termina de contarle lo de Chris—. Que tienes que confiar en tu instinto. Pareces muy intuitiva. Si crees que quiere irse, seguramente tienes razón.

Él lo entiende, piensa Laura. Me entiende.

—¿Tú crees que debería intentar convencerle de que se quede?

—Ya sabes la respuesta a esa pregunta.

Tiene razón, piensa ella. La sé. Si hubiera un motel en la ciudad, se le llevaría allí ahora mismo.

—Debería dejar que se marche.

El tipo se limita a asentir.

Resulta que está en Lincoln por trabajo, tenía la tarde libre y ha decidido dar una vuelta en coche por el campo.

—¿Cuánto tiempo vas a estar por aquí? —le pregunta Laura.

—Solo esta noche, pero voy a volver muchas veces en los próximos meses. ¿Puedo encontrarte aquí, Laura?

Le contesta que seguramente no, que no es muy bebedora. Pero le dice dónde está su granja.

Chris lo presiente antes de verlo u oírlo.

La presencia del otro.

Todas las presas tienen esa intuición. A veces las salva; otras veces es demasiado tarde: la conciencia fugaz de que la vida ha terminado. Chris lo intuye cuando se sienta al volante del coche para ir al pueblo a hacer la compra.

Mete la mano en la chaqueta para sacar la pistola, pero es demasiado tarde.

El cañón del arma se le clava en la nuca, justo debajo del cráneo, y comprende que es hombre muerto.

—Tranquilo, Chris —le dice Johnny Marks—. Arranca.

A medio camino del pueblo, le ordena parar.

—Puedes darte la vuelta —dice.

Chris se gira y ve a Johnny Marks. Siente que se va a mear encima. En las películas, los tipos duros tienen pinta de serlo, pero esto no es una película. Aun así, no pierde los nervios.

Por los pelos.

—El de Pompano te manda saludos —le dice Marks.

—Hazlo de una vez. Por favor. —Chris está temblando. No puede dominarse mucho más tiempo.

—Si fuera a matarte, ¿estaríamos hablando? Tú sabes que esto no funciona así.

Chris lo sabe, sí. El terror remite un poco y entonces puede pensar.

—Vives bien aquí —continúa Marks—. Tienes una buena mujer. Es una lástima que tengas que marcharte. Tus viejos amigos de Providence saben dónde estás.

—¿Por qué me avisa Pasco?

—Porque necesita que le hagas un favor —contesta Marks.

Esa noche, Chris y Laura echan un polvo de despedida. Ambos saben que es el último, así que no habría hecho falta que él dijera:

—Me voy por la mañana, a primera hora.

—Ya lo sé.

—Eres fantástica y esto ha sido genial, pero tengo que irme a casa.

—Después de tanto tiempo —dice Laura—, ¿qué tiene ella que no tenga yo? ¿Es más guapa? ¿Más lista?

—No. Pero tengo responsabilidades.

Por la mañana, antes de que salga el sol, Laura le prepara unos sándwiches de jamón, un par de manzanas y una botella de mosto.

—Para el camino —dice.

—Qué buenas eres conmigo —contesta Chris.

—Te quiero.

Laura le ve alejarse en el coche.

Nunca vuelve a tener noticias del guaperas del bar.

31

La primera batalla del juicio por homicidio contra Peter Moretti Junior se libra sin él.

Un mano a mano entre Bruce Bascombe y Marie Bouchard en una vista preliminar sobre la admisibilidad de la confesión de Peter Junior.

—En primer lugar —dice Bascombe—, mi cliente no estaba representado por un abogado en el momento de hacer esa confesión espuria.

—A Moretti se le leyeron sus derechos y renunció a que le representara un abogado —replica Marie.

—No estaba en condiciones mentales de comprender sus derechos —alega Bruce—, y mucho menos de tomar una decisión informada. Sufría síndrome de abstinencia agudo, para el que no recibió tratamiento, por cierto, y trastorno de estrés postraumático.

—¿Causado por? —pregunta Marie.

—Por haber presenciado la muerte de su madre.

Ella se echa a reír.

—Señoría, el letrado de la defensa acaba de contar literalmente el viejo chiste del niño que mata a sus padres y luego pide clemencia alegando que es huérfano.

—Continúen —dice el juez Frank Faella, que los conoce bien a ambos por haberlos tenido muchas veces en su sala. Luego se pasa los dedos por el pelo entrecano y se reclina en la silla para ver el espectáculo.

—Respecto a la validez, o la falta de validez, de la presunta confesión propiamente dicha —prosigue Bruce—, a mi cliente no le quedó claro, y a nosotros tampoco hasta ahora, qué estaba confesando.

—¿Y eso? —pregunta Faella.

—Vayamos a la cinta de vídeo —dice Bruce.

—Mejor vamos a la transcripción —responde Faella.

—Bien —dice Bruce—. Consta de dos declaraciones. Primero: «No tenemos nada de que hablar. Quiero confesar». Como ya le he señalado a la señora Bouchard, ¿confesar qué? Era un joven desorientado. Que él supiera, podían haberle detenido por posesión de drogas, por robo, por merodeo…

—Le dejamos muy claro que…

—¿Ah, sí? —pregunta Bruce—. Porque en la grabación solo se ve a la inspectora Dumanis diciendo: «Entonces, tenemos que hablar de muchas cosas. Tiene que explicárnoslo todo con detalle». ¿Todo? ¿El qué?

—Los homicidios, evidentemente —dice Marie.

—Puede que sea evidente para usted, pero ¿lo era para Peter? Dudo que lo sea para un jurado. Luego está la otra declaración, la única restante: «¿Qué quieren que les diga? Fui yo». El mismo argumento, señoría, el mismo problema de base. Son vaguedades.

—Estábamos a punto de entrar en detalles cuando llegó el señor Bascombe y puso fin al interrogatorio —dice Marie.

—Y menos mal que lo hice —responde Bruce—. Si no, le habrían hecho confesar hasta el asesinato de Kennedy.

—¿De cuál de ellos? —pregunta Marie.

—De los dos, seguramente. Señoría, esta presunta confesión es extremadamente vaga, se obtuvo mediante coacciones...

—¡¿Qué coacciones?! —pregunta Marie.

—Un joven confundido que probablemente sufría alucinaciones debido a la abstinencia de heroína, al que se dejó sin un abogado en una salita con varios agentes y una fiscal que le intimidaban...

—Oh, por favor... —dice Marie.

—Señoría, incluso si admite usted esta «confesión» como prueba, la desacreditaré ante el jurado. Llamaré a declarar a expertos en derecho constitucional, a peritos médicos...

—Nosotros también tenemos expertos a los que llamar —replica Marie.

—Y el juicio se alargará meses. Vamos a juzgar este caso conforme a los hechos. Marie, si estás tan segura de que tienes pruebas, no necesitas esta porquería.

—Me inclino a darle la razón —dice Faella—. Marie, ¿un último intento?

—La confesión es válida —responde ella, sabedora de que su argumento suena muy débil.

—No voy a admitirla —concluye Faella—. La confesión no se presentará como prueba y, Marie, no toleraré ningún intento de referirse a ella solapadamente y colarla por la puerta de atrás. Bruce pediría la nulidad del juicio y yo la concedería.

Fuera de la sala, Marie dice:

—Primer asalto, Bruce. Solo ha sido el primer asalto.

—Pero ya vas perdiendo por los puntos —responde él.

* * *

Sentado a la mesa de la salita de reuniones de la cárcel, Peter Junior espera a que entre su abogado.

Ha cambiado en los meses transcurridos desde su detención.

Para empezar, pasó el mono tumbado en posición fetal en el suelo de cemento de su celda. Fue una pesadilla, pero ahora está limpio por primera vez desde hacía años. Y por primera vez desde hacía años, desde que apretó el gatillo para matar a Vinnie y a su madre, tiene la cabeza despejada.

Se abre la puerta y Bruce Bascombe entra y se sienta.

—El juez ha desestimado tu confesión —dice.

—¿Qué significa eso? —pregunta Peter Junior.

—Significa que es como si no existiera. O sea, que no existe.

Peter Junior suelta un suspiro de alivio.

—¿Crees que tengo alguna posibilidad?

—¿Eres religioso, Peter?

—Soy católico.

—Pues olvídate de todo eso —le dice Bruce—. A partir de ahora solo crees en una cosa: en mí. «Yo soy el camino, la verdad y la vida: nadie viene al Padre, sino por mí». O sea que, si haces todo lo que yo te diga y no haces nada que yo no te diga, puede que tengas una posibilidad. Si no, el resto de tu vida se va a parecer mucho a como es ahora. ¿Entiendes?

Peter lo entiende, sí.

Ha pensado mucho, sentado en una celda. Sabe lo que hizo. Sabe que lo que hizo fue horrible y malvado y que merece un castigo.

Pero no quiere pasar el resto de su vida en una celda.

Antes prefiere matarse.

Pero no quiero, piensa.

Peter Moretti Junior quiere vivir.

32

Danny está viviendo su sueño.

Il Sogno.

Tara ha montado una oficina independiente en una nave industrial anodina a las afueras de la ciudad para planificar y diseñar el hotel, y él pasa allí la mayor parte de sus horas de trabajo.

Sacando de quicio a arquitectos, diseñadores e ingenieros.

Quiere que el vestíbulo principal esté construido con paredes de vídeo LED en las que se proyecten imágenes que nunca sean las mismas, que nunca se repitan dos veces. Quiere que los ascensores a las habitaciones estén bañados en una luz que cambie constantemente. Quiere que las tres torres residenciales del hotel partan del edificio central formando una elegante curva y se eleven hacia el cielo.

—¿Qué es lo que quiere? ¿Oz? —le preguntó un arquitecto exasperado.

—No —contestó Danny—. Oz ya se ha hecho. Quiero algo que no se haya hecho aún.

La cantinela «Dan, eso no es posible» suele recibir como respuesta: «Todo es posible». A la frase tantas veces repetida «No sabemos cómo hacerlo», él contesta: «No sabemos cómo hacerlo todavía».

Todos piensan que está loco, pero lo que es una verdadera locura es que casi siempre encuentren la forma de superar los retos que les plantea y que además, en el fondo, empiecen a disfrutarlo. Por lo menos los que se quedan, porque unos cuantos se van, a lo que Danny responde: «Estamos mejor sin ellos».

Los que se quedan —los Supervivientes, como los llama Jerry— trabajan en el edificio como monjes iluminando manuscritos. Idean un diseño tras otro solo para que Danny los rechace con el mantra: «Podemos hacerlo mejor».

Y lo hacen, en efecto.

El proyecto sigue avanzando.

Para Danny es quizá el momento más feliz de su vida. Está ocupado, volcado en el trabajo, inmerso en la creación de algo bello. Con los pecios de una vida que ha conocido demasiada destrucción, está construyendo algo nuevo.

Y encontrando el equilibrio.

Trabaja muchas horas, pero todas las noches, sin excepción, procura estar en casa para cenar. Cuando Ian se va a la cama, él vuelve al trabajo, pero se toma los fines de semana libres. Los sábados, Ian elige lo que quiere que hagan juntos: una ruta en bici, ir al cine, comer, lo que sea. A veces solo quiere salir a dar una vuelta, y a Danny le encantó que le pidiera ir a la nave a ver una de las muchas maquetas de arcilla de Il Sogno.

—Es muy chulo, papá.

—¿Tú crees?

—Sí. Chulísimo.

Los sábados por la noche suele haber sesión de cine. Danny, Ian y Madeleine —y a veces un amigo íntimo o dos, o a veces Ned— se sientan en la sala de proyección de la casa y ven una película, comen palomitas y preparan copas de helado, por lo que Danny tiene que pasar más tiempo en la cinta de correr, pero no le importa.

Echa de menos a Eden los fines de semana. Han hablado de que vaya a las sesiones de cine, pero ninguno de los dos lo tiene claro.

—Es un terreno muy resbaladizo, Dan —dijo ella—. En cuanto nos descuidemos, iremos de cabeza a una relación.

—¿Y tan malo sería eso?

Ella se encogió de hombros.

—Supongo que estoy pensando sobre todo en Ian.

—Yo también.

—A su edad, me cogería cariño. Ya sabes lo encantadora y adorable que soy. Y eso no sería justo si no…

—¿Si no qué?

—Si no pasamos al siguiente nivel, sea cual sea. Y creo que los dos estamos bien en el nivel en el que estamos ahora mismo.

Él también lo cree, de hecho.

Está contento con lo que tienen.

Así que está viviendo un sueño.

Y entonces, de pronto, llega el golpe.

33

Danny está en la nave industrial, mirando los planos del auditorio de mil ochocientas localidades, cuando entra Dom.

—Está pasando algo con las acciones —dice—. Hay movimiento. Alguien las está comprando en cantidad.

—¿Y eso no es bueno? —pregunta Danny.

—Podría serlo, pero también podría ser malo. Depende de quién las esté comprando.

La respuesta llega con rapidez brutal.

Vern Winegard.

Vern y varios de sus aliados —particulares, fondos de cobertura, bancos— están acaparando acciones de Tara.

Una opa hostil.

Dom lo expone sin ambages.

—Como Winegard no pudo comprar el Lavinia, intenta comprar la empresa dueña del hotel. O sea, nosotros. Cuando controle la mayoría de las acciones, controlará la junta. Y nos expulsará.

—¿Puede hacer eso? —pregunta Danny.

—Lo está haciendo ya. Somos una empresa que cotiza en bolsa. Cualquiera puede comprar acciones.

Danny se esfuerza por reprimir una arrebato de furia, lucha contra el impulso de gritar «¡Te lo dije! ¡Por eso no quería que saliéramos a bolsa!». Pero no serviría de nada, se da cuenta de que Dom ya está angustiado.

—Tendremos que comprar más acciones —dice.

—No tenemos capital suficiente —contesta Dom—. La opa está haciendo que suba el precio. La única forma de conseguir dinero para comprar es vender acciones, lo que es absurdo. Algunos de nuestros socios ya están vendiendo para recoger beneficios.

—Vamos a perder Tara —dice Danny.

—Eso parece.

Es una realidad desoladora. No solo perderán el solar del Lavinia, sino también el Casablanca y el Shores. Todo lo que han conseguido con tanto esfuerzo desaparecerá porque quisieron abarcar demasiado y salieron a bolsa.

El sueño ha terminado, piensa Danny.

Antes siquiera de empezar.

Esa noche, se sienta en el salón con Madeleine.

—No sé qué hacer —le dice—. Dom cree que deberíamos retirarnos ya. Vender nuestras acciones y recuperar el dinero.

—Ondear la bandera blanca —contesta Madeleine—. ¿Eso es lo que quieres?

—Claro que no, pero no sé si tengo alternativa. Necesitaríamos decenas de millones, puede que cientos, y nadie nos los va a prestar. Nadie va a invertir en contra de Winegard, por lo menos ahora.

Madeleine mira a su hijo, sentado allí, con la cabeza literalmente entre las manos. Se acuerda de la primera vez que le vio de adulto: un matón de la mafia tendido en una cama de hospital, con la cadera destrozada por un balazo.

Puede que esté más hundido ahora, piensa.

Conseguiste que saliera a flote entonces, se dice: los mejores médicos, los mejores cirujanos y fisioterapeutas. Tienes que conseguir que salga a flote ahora.

—En primer lugar —dice—, debes tener claro que quieres seguir luchando porque quieres construir algo, no por simple inquina hacia Vern Winegard. No vale la pena que luches solo para que no gane él.

—Quiero conservar mi empresa —responde Danny—. Quiero construir mi hotel.

—En segundo lugar —continúa su madre—, tienes razón: ninguna fuente de financiación tradicional va a acudir en tu auxilio.

—Si estás pensando en Pasco y esa gente, olvídalo. Ni siquiera ellos tienen tanto dinero.

—Claro que no —dice Madeleine—. Tienes que hablar con Abe Stern.

Danny se queda atónito.

¿Abe Stern?

El viejo Abe, el jefe de la Compañía Stern, es dueño de varios casinos en el lago Tahoe, de numerosos casinos flotantes en una docena de estados y de una gigantesca cadena hotelera con cientos de inmuebles repartidos por todo el mundo.

Es varias veces milmillonario.

Todo el mundo sabe que es casi un ermitaño.

Igual que todo el mundo sabe que Abe Stern odia Las Vegas.

Se niega rotundamente a hacer negocios en la ciudad. Tenía un hotel allí en los años sesenta, lo vendió y juró no volver jamás.

—¿Abe Stern? —pregunta Danny—. ¿Estás loca?

—Conozco bien a Abe —contesta Madeleine.

Cómo no, piensa Danny. Tú conoces a todo el mundo.

—Puedo conseguir que se reúna contigo.

—Habría que actuar deprisa.

Madeleine se levanta y sale. Cuando vuelve, cinco minutos después, dice:

—Te recibirá esta noche. Te aconsejo que cojas el avión de la empresa.

34

Danny asiste a la cena del *sabbat*.

Se siente incómodo, es la primera vez que va a una.

Josh, el nieto de Abe, ha ido a recogerle personalmente a la pista de aterrizaje, lo que a Danny le ha parecido buena señal, igual que la energía que desprende Josh: cordial, abierto, entusiasta.

Se ha estado informando durante el corto trayecto en avión y ha descubierto que Josh se graduó en Harvard e hizo un máster en administración de empresas en Wharton. Volvió al lago Tahoe hace dos años para ayudar a su abuelo a llevar el negocio y se le considera una especie de niño prodigio por la finura con que utiliza la recopilación de datos para tomar decisiones empresariales.

Alto, atlético y guapo, Josh está llamado a dirigir la empresa familiar cuando Abe decida pasar el testigo. Danny se ha enterado también de que su padre —otro Daniel— murió joven, de cáncer, cuando Josh tenía solo diez años, y fue Abe quien le crio.

Josh se ha acercado a él casi dando saltos, ha cogido su bolsa y la ha metido en la parte de atrás del Land Rover. Al salir del aeropuerto, han ido directamente a la casa junto al lago en la que vive la familia desde los años sesenta, pasado el pueblo.

—Debe de ser un invitado especial —le ha dicho Josh—, para venir a la cena del *sabbat*.

—No sabía que lo era.

—Es viernes. Y somos judíos. —Josh se ha sacado una kipá del bolsillo de los vaqueros y se la ha dado a Danny—. Le va a hacer falta.

—Si ha venido a recogerme en persona, será por alguna razón —ha dicho Danny.

—Claro que sí. Quería hablar unos minutos a solas con usted. Mire, señor Ryan…

—Dan.

—Dan —ha dicho Josh—. Es evidente por qué ha venido: necesita un inversor para resistir a la opa hostil de Winegard. Hemos estado observando el movimiento de las acciones con mucho interés.

—Muy bien.

—A Abe le impresionó su remodelación del Casablanca —ha añadido Josh—. Esa es la base de nuestro modelo de negocio: eficiencia, uso inteligente de los recursos y un servicio impecable al cliente. Mi abuelo tiene muy buena opinión del Grupo Tara.

—Me alegra saberlo.

—Pero le advierto que Abe solo va a recibirle por respeto a su madre. No quiere tener presencia en Las Vegas. Va a invitarle a cenar, después se reunirá con usted en privado y acto seguido le dirá que no.

Bueno, pues ya está, ha pensado Danny. Adiós a mi única oportunidad de salvar la empresa.

Entonces Josh ha añadido:

—Pero yo estoy a favor. Estoy absolutamente convencido de que deberíamos tener presencia, y una presencia importante, en el Strip. Los datos me respaldan. Creo que puedo argumentarlo, pero no sé si podré convencer a mi abuelo. Le quiero mucho, pero es un viejo testarudo.

Ahora, Danny está sentado a la mesa de la cena, en una habitación suavemente iluminada por la luz de las velas. La larga mesa está llena: hijos adultos, nietos, sobrinas y sobrinos.

Danny es el único invitado ajeno a la familia.

Ve que Abe Stern levanta dos hogazas de pan y pronuncia una bendición.

Tiene una voz sonora.

Fuerte.

Danny no entiende lo que dice, pero intuye que son palabras muy antiguas, de un sentir hondo, cuya trascendencia solo alcanza a adivinar.

—*Baruj atá, Adonai, Eloheinu Melej ha-olam...*

Abe tiene la cara alargada, la frente alta, los ojos hundidos, la mandíbula recia. Su pelo ralo es de un blanco puro, igual que su barba incipiente. Aparenta los noventa y tres años que tiene, día por día.

—*... hamotzi lejem min ha'aretz.*

Espolvorea sal sobre el pan y luego las hogazas van circulando por ambos lados de la mesa y cada persona arranca un pedazo.

Danny imita lo que ve.

Tras compartir el pan, llega el resto de la cena: un plato que Danny aprende que es *gefilte fish* y seguidamente pollo asado y un espeso estofado de carne, patatas, judías y verduras varias.

La conversación es vivaz y relajada, y los sobrinos y sobrinas interrogan alegremente a Danny: quién es, de dónde viene, a qué se dedica. ¿Está casado? ¿Tiene hijos? ¿Qué opina del presidente Clinton? ¿Y de Oriente Medio? ¿Es proisraelí? ¿Pro-palestino? ¿Qué piensa del movimiento de los colonos? ¿Es fan de los Yankees o de los Dodgers, o de los Red Sox?

Entre pregunta y pregunta hay encarnizados debates sobre cada tema y, mientras tanto, Abe permanece recostado en su silla, sin hablar apenas. Danny sabe que el anciano le está observando, que quiere ver cómo se desenvuelve y contesta a la preguntas, y cómo es con los niños.

Tras el postre de *rugelach* de chocolate —Danny toma nota de que tiene que conseguir la receta para servirlo en sus restaurantes—, Abe le invita a pasar a su despacho.

Josh los acompaña.

Abe se sienta detrás del escritorio; Danny y Josh, en los sillones.

Danny se fija en que las paredes están forradas de libros. Al echar una ojeada a los lomos, ve que son en su mayoría de historia y filosofía.

—Normalmente no hago negocios en *sabbat* —dice Abe—, pero entiendo que el caso reviste cierta urgencia.

—Le agradezco que haya hecho una excepción —responde Danny.

—Conozco a tu gente desde hace mucho tiempo. Tu padre, Marty, y tu suegro, John Murphy, eran viejos amigos y socios míos.

Danny se lleva una sorpresa

—No lo sabía.

—Entonces no aireábamos nuestros contactos, pero en aquellos tiempos era necesario tener… embajadores ante los sindicatos. Y ante el sector servicios. Hubo momentos en que no se podía ni comprar una servilleta sin la cooperación de personas a las que ahora se consideraría indeseables. Nunca vi así a tu gente. Para mí, solo eran empresarios.

—Yo no soy como mi padre —contesta Danny.

—Eso tengo entendido. En cuanto a tu madre, Madeleine y yo nos conocemos desde hace siglos. Hemos intercambiado consejos y soplos para operar en bolsa, ese tipo de cosas. Hasta ahí llega nuestra relación, que conste.

—Entiendo.

—Así que, cuando me pidió que me reuniera con su hijo —prosigue Abe—, acepté a pesar de ser *sabbat*. Me caes bien. Eres bienvenido en mi casa cuando quieras, pero me temo que eso es todo. No puedo ayudarte en tu guerra con Winegard.

—Con todo respeto, señor —dice Danny—, sí que puede. Lo que quiere decir es que no va a hacerlo.

—Sí, eso es más preciso. No voy a hacerlo. Mi nieto no está de acuerdo y, a juzgar por cómo mueve el pie, creo que está a punto de decirnos por qué. ¿Joshua?

Josh expone sus argumentos.

El Grupo Tara tiene un historial magnífico. Da grandes beneficios. Con la captura de datos adecuada, los rendimientos de Il Sogno, su nuevo proyecto, podrían ser astronómicos. Además, la Compañía Stern necesita tener presencia en el Strip de Las Vegas, en una ubicación privilegiada. Es cuestión de prestigio. Aunque sean extremadamente rentables y tengan buena fama, los hoteles de la cadena Stern también se consideran algo vulgares, muy de clase media. Su asociación con un hotel exclusivo y elegante como Il Sogno daría lustre a toda la empresa y a sus activos.

—Esa clase media a la que menosprecias… —dice Abe.

—Yo no la menosprecio —contesta Josh.

—Nos ha hecho ricos. Nunca olvides que el uno por ciento existe gracias al noventa y nueve por ciento restante. Yo tendría mucho cuidado con cambiar nuestras señas de identidad si al hacerlo esas personas van a sentirse excluidas.

Josh tiene sus datos a mano.

Cita una serie de cadenas hoteleras que se han quedado estancadas en un *branding* y un grupo demográfico de clase media y que ahora se encuentran en franco declive y son consideradas de segunda categoría. Enumera los beneficios que se pueden obtener con menos clientes que gasten más dinero. Menciona las ventajas de la integración vertical desde la base hasta la cúspide de la posible clientela.

—No digo que le cerremos la puerta a nuestra clientela actual —asegura—. Solo estoy sugiriendo que se la abramos a nuevos clientes.

Abe mira a Danny.

—Ese es el inconveniente de darle a tu prole una buena educación. Que utilizan en tu contra los conocimientos adquiridos.

—Pero tiene razón —contesta Danny—. En Tara lo sabemos por experiencia.

—Y ahora estás a punto de perder la compañía —responde Abe—. Y recurres a mí para que te saque del apuro. Nosotros nunca hubiéramos salido a bolsa, ni lo haremos. Fue un terrible error, Daniel.

—Estoy de acuerdo.

—¿Sí?

—Sí.

Abe parece meditarlo.

—*Zaide* —insiste Josh—, es una gran oportunidad. La sinergia entre nuestras dos empresas...

218

—Sinergia —dice Abe mirando a Danny—. ¿Sabes lo que significa eso?

—No.

—Yo tampoco, pero Josh sí. Conoce toda clase de palabras que yo no entiendo. Pero reconozco que nos ha hecho ganar mucho dinero. ¿En la cena has dicho que tienes un hijo?

—Sí.

—Pues te deseo buena suerte. —Abe se levanta—. Te deseo buena suerte en todo lo que emprendas, pero no puedo ayudarte. Sencillamente, no quiero invertir en Las Vegas. Josh te acompañará a la casa de invitados y por la mañana te llevará al aeropuerto. *Shalom Shabat*.

Se acabó, piensa Danny. Se levanta, le estrecha la mano y le agradece su tiempo y su hospitalidad.

Josh le acompaña a una casita de invitados junto al lago.

—Lo siento, Dan. Lo he intentado.

—Te lo agradezco.

Esa noche, Danny no consigue pegar ojo. Se sienta en una silla y mira la luna por la ventana.

He perdido, se dice.

He perdido Il Sogno, el Shores, el Casablanca, todo lo que he construido.

Quizá sea lo mejor. Vende tus acciones, coge el dinero y jubílate joven. Deja de compadecerte, eres multimillonario. Antes no tenías nada.

Eso se dice a sí mismo, pero sabe que tiene roto el corazón.

Entonces ve una figura alta y encorvada a la luz de la luna.

Es Abe Stern.

35

—Los viejos dormimos poco —dice—. Quizá porque sabemos que pronto nos tocará dormir demasiado.

Están sentados en sendas sillas Adirondack en el jardín trasero de la casa de invitados, frente al lago.

—Tú tampoco duermes mucho —añade Abe.

—Tengo muchas cosas en la cabeza.

—He amasado fortunas y las he perdido. Y las he vuelto a amasar. Lo mismo harás tú. Hiciste una tontería y Winegard te ha dado un escarmiento. Ahora mismo, lo que más te duele es el orgullo.

—Pero ¿cuánto vale mi orgullo? —pregunta Danny.

—¿La dignidad? Todo. El orgullo… —Abe deja la frase en suspenso, como si la respuesta fuera irrelevante.

Una brisa suave riza el agua en la orilla.

—Qué tranquilidad —dice—. No como en Las Vegas.

—Usted no se fue de allí por el ruido del tráfico —responde Danny.

—No. ¿Te ha hablado Joshua de sus tíos abuelos, Julius y Nathan?

—No.

—No, claro, ¿por qué iba a hacerlo? —dice, hablando más para sí mismo que para Danny—. Solo sabe que a uno lo mataron y que el otro murió en un manicomio, mucho antes de que él naciera. ¿Tienes tiempo para que un viejo te cuente una historia?

—Claro.

Eran mediados de los sesenta, le cuenta Abe. Él tenía su hotel en Fremont Street y las cosas le iba bien.

Tenía también dos hermanos menores.

Julius y Nathan.

Eran muy inteligentes; genios, posiblemente. Ese era el problema: que eran demasiado listos. Arrogantes. Pensaban que podían salirse siempre con la suya, y así era, por lo general.

Como cuando hacían trampa jugando a las cartas.

Actuaban sin prisa, a largo plazo.

Julius conseguía trabajo como crupier. Jugaba limpio unos meses. Luego, metía un espejito en el zapato de crupier, de modo que pudiera ver cuál sería la siguiente carta en salir. Nathan iba a jugar. Perdía un poco, ganaba otro poco sin hacer trampas y dejaba las fichas sobre la mesa. Cuando la ganancia acumulada les parecía lo bastante grande, Julius le indicaba mediante parpadeos cuál era la siguiente carta.

Si ganaban mucho, Julius esperaba un par de semanas y luego se despedía. Después se trasladaban a Reno, o aquí, a Tahoe, y repetían la operación.

Y al cabo de un tiempo volvían a Las Vegas.

Se alternaban en los papeles de crupier y jugador. Usaban otros nombres, documentación falsa, disfraces…

Ganaban dinero a manos llenas.

El problema era que también les gustaba gastarlo.

221

Alcohol, mujeres, coches, trajes, ropa.

A Julius en particular le encantaba la ropa. Los trajes a medida, las camisas de seda, los zapatos caros. Le chiflaban también las mujeres de gustos caros; las colmaba de regalos y las exhibía agarradas del brazo.

Eso llamaba la atención, daba de qué hablar.

Abe intentó advertirlos, tanto de los peligros de hacer trampas como de la ostentación, pero no le hicieron caso.

Eran muy listos, demasiado.

Por aquel entonces había un joven capo de Detroit llamado Alfred *Allie Boy* Licata al que mandaron a vigilar los intereses de la familia; en concreto, su participación silenciosa en el Moonglow, un viejo hotel. La familia de Detroit sacaba dinero de allí a espuertas y quería tener el monopolio del latrocinio en aquel garito.

Julius y Nathan no estaban de acuerdo.

A Julius le encantaba el Moonglow.

Le tenía querencia a aquel sitio.

Quizá fuera porque odiaba a Allie Boy y le encantaba tocarle las narices en su propio terreno. Se enfadaron por una mujer, tuvieron unas palabras y ya sabes cómo son esas cosas: a veces no hace falta más para que surja una enemistad eterna.

Danny lo sabe muy bien, sí.

Los hermanos consiguieron cincuenta de los grandes en el Moonglow con su estafa del espejito y se fueron de rositas.

No deberían haber vuelto por allí.

Pero Julius no podía refrenarse.

Volvió disfrazado a las mesas de *blackjack* y usó un truco que sabía para contar las cartas.

La gente no era tonta, se dio cuenta y Licata en persona le acompañó a la salida y le invitó a no volver nunca más.

Pero Julius no pudo morderse la lengua. Puso verde a Licata, le dedicó todos los insultos habituales y unos cuantos más de su cosecha. Le insultó en inglés, en yidis, en hebreo y un poco en italiano, incluso mientras le molían a palos.

Le escupió sangre en la cara a Licata.

Y Licata fue a ver a Abe.

—Eres buena gente —le dijo—. Todo el mundo te respeta. Te pido que hables con tus hermanos, que les digas que paren de una vez.

De nuevo, Abe trató de advertirlos. Les dijo que pusieran tierra de por medio. Que Licata era un mal bicho, un psicópata sádico.

—No me da miedo ese *macarroni* —dijo Julius.

—Pues debería dártelo —contestó Abe.

—Que le den.

Hasta Nate le dijo a Julius que no volviera, pero no, Julius era demasiado listo, demasiado pagado de sí mismo.

Volvió con otro disfraz.

Y volvieron a pillarle.

Licata acudió de nuevo a Abe: diles a tus hermanos que, si vuelven a pisar alguno de nuestros hoteles, los mataremos.

Abe transmitió el mensaje.

—Pues entonces van a tener que matarnos, joder —respondió Julius.

—¿Por qué? —preguntó Abe—. ¿Por qué hacéis esto?

Julius sonrió.

—Porque sí.

Volvió, claro.

Dio un palo y otra vez se salió con la suya. Pero cuando llegó a su piso, Nathan no estaba allí. Sonó el teléfono.

—Si quieres a tu hermano, ven a…

Julius se subió de un salto al coche y fue a un almacén de las afueras de la ciudad. Sabía que era una misión suicida, que estaban usando a su hermano como cebo para atraparle, pero no le importó.

Estaba dispuesto a morir por él.

Entró en el puto edificio y allí estaba Nathan, desnudo y con las muñecas encadenadas, colgando de una viga de hierro. Los dedos de sus pies rozaban apenas el suelo de cemento.

Pero estaba vivo.

—Suéltale —le dijo Julius a Licata—. Es a mí es a quien quieres, ¿no?

—Claro —contestó Licata.

Sonrió, levantó el arma y disparó a Nathan en la frente.

—Dios mío —dice Danny.

Pero eso no fue lo peor.

Julius notó un golpe en la cabeza y, cuando volvió en sí, estaba desnudo y encadenado frente a su hermano muerto, cara a cara con él.

Le dejaron allí tres días mientras el cuerpo de Nathan se hinchaba y se descomponía, se iba pudriendo. Cada pocas horas, alguien iba a obligarle a beber agua, y a veces llegaba Licata, se sentaba en un taburete y se fumaba un pitillo mientras Julius suplicaba morir.

—Por favor, mátame.

—No, creo que no.

Al cabo de tres días, le desencadenaron y le dejaron tirado en el callejón de detrás del hotel de Abe. Le encontró un camarero que salió a tirar la basura.

224

Para entonces, Julius Stern se había vuelto loco.

Era un psicótico babeante, con los ojos desencajados, que farfullaba que estaba encadenado a su hermano muerto, un despojo patético e incoherente al que nadie creería si declaraba en un juicio.

Abe tardó semanas en sonsacarle lo ocurrido y reconstruir la historia a partir de los retazos de sus pesadillas vociferantes y sus soliloquios deslavazados.

Julius nunca se recuperó.

Abe le llevó a distintos médicos, probó con terapia de electroshock, con fármacos y todo tipo de cosas, pero al final tuvo que internarle en un psiquiátrico y abandonarle a la muerte en vida de los tranquilizantes más potentes, hasta que finalmente, pasados veinte años, falleció.

Nunca encontraron el cuerpo de Nathan.

Licata le hizo una última visita a Abe.

—Creemos que sería conveniente que vendieras tu hotel y te fueras de la ciudad.

Abe estuvo de acuerdo.

No quería volver a ver Las Vegas.

Ahora Danny entiende su negativa.

—Te doy mi más sincero pésame.

—Fue hace mucho tiempo —dice Abe.

—¿Qué fue de Licata?

—Llegó a ser un pez gordo en Las Vegas, hasta finales de los ochenta, cuando los federales echaron de allí a la mafia. Pero ¿sabes a quién ayudó a entrar en el negocio de los casinos?

Danny niega con la cabeza.

—A Vernon Winegard —dice Abe.

—Vern está limpio.

225

—Puede que lo esté ahora, pero sigue pagándole su cuota a Licata.

Santo cielo, piensa Danny.

Se quedan callados unos instantes.

Luego Abe dice:

—Cuando rechacé tu propuesta, lo aceptaste con elegancia. Y con dignidad. No intentaste conmigo ninguna treta de mafioso. El nombre de Pasco Ferri no salió de tus labios. Si no, no estaríamos teniendo esta conversación.

Danny mantiene la boca cerrada, pero nota que se le acelera el corazón.

—Nunca he pensado que quisiera venganza —continúa Abe—. Pensaba que sería inmoral, indigno de mí. Quería, sobre todo, proteger a mi familia de toda esa brutalidad, de toda esa violencia, de toda esa fealdad. Y así sigue siendo, ¿entiendes?

—Sí.

—El lunes, cuando abra la bolsa, el grupo Stern comprará suficientes acciones de Tara para impedir la opa. Tendrás los votos necesarios para controlar Tara y tú y yo seremos socios.

—Gracias, señor Stern.

—Una cosa más. Joshua irá contigo. Se mudará a Las Vegas para supervisar nuestros intereses. Es un chico listo, más listo que tú y que yo. Te hará ganar dinero.

—Lo sé.

Abe se levanta de la silla con esfuerzo.

—Lo más tonto que hacemos es envejecer. Ese hotel que vamos a construir, ese sueño tuyo, seguramente no viviré para verlo.

Danny también se levanta.

—Estoy seguro de que sí.

—Prométeme una cosa —dice Abe—. Que cuidarás de mi nieto.

—Se lo prometo. Como si fuera de mi familia.

Se dan la mano.

36

El asunto acapara la atención de los medios.

¿Y cómo iba a ser de otro modo?

La noticia de que la Compañía Stern se ha aliado con el Grupo Tara es un punto de inflexión, un desplazamiento tectónico en la geografía del mundo del juego.

Puede que haya sido una maniobra hostil, pero al final no ha habido absorción, reza un artículo, *y, con el fracaso de la tentativa de Vern Winegard, el Grupo Tara sale fortalecido.*

En otro se lee: *Esta vez no ha sido un Lamborghini ni tampoco el Lavinia, sino algo mucho más valioso, pero Winegard se ha quedado corto en su puja por absorber el Grupo Tara.*

Otros le dan un enfoque distinto.

El regreso de Stern.

La Compañía Stern, el gigante de la hostelería y el juego, llegó como la caballería para rescatar al Grupo Tara de la opa hostil de Vern Winegard. La maniobra ha puesto fin al largo exilio autoimpuesto de Abe Stern, cuyo emporio de casinos y hoteles volverá a instalarse al fin en el desierto, más al sur de su base de operaciones en el lago Tahoe. Fuentes internas afirman que el nieto del magnate, Joshua Stern, será el encargado de supervisar la participación de la empresa en el Grupo

Tara, que asciende a un 40 por ciento de las acciones. Esta iniciativa convierte a la alianza Stern-Tara en la fuerza dominante en el Strip e incluso en el sector del juego en su totalidad, puesto que...

—Te estás regodeando —dice Eden.

—Refocilándome, más bien —contesta Danny, tumbado en la cama—. Me estoy refocilando.

Disfrutando del alivio y de la victoria.

Qué bien sienta ganar.

—Has cedido el cuarenta por ciento de tu empresa —dice Eden.

—Pero sigo controlándola. Y, de todas formas, no se trata del dinero.

—¿De qué se trata, entonces?

—Del sueño.

—¿Con *s* minúscula o mayúscula?

—Ambas cosas, supongo —contesta Danny—. Es lo mismo.

Eden está empezando a enamorarse de él.

Pero no, no, se dice. Repite conmigo: no. No puedes enamorarte de él.

Dan Ryan está enamorado de dos mujeres muertas con cuyo recuerdo no puedes competir. Dos mujeres que nunca dirán ni harán nada incorrecto, ni engordarán unos kilos de más, ni tendrán dolores menstruales, ni la nariz colorada y mocosa, ni envejecerán.

Dos mujeres que nunca le decepcionarán.

Pero no es solo eso, sino algo más profundo.

Aunque ella nunca se lo diría, sabe que Danny está enamorado de su propio dolor, apegado al romanticismo de sus tragedias personales. Son lo que le define, lo sepa él o no. Nunca se desprenderá de su tristeza, no sabría qué hacer si no.

Ya basta, piensa Eden.

Tienes una buena relación con él: amigable, afectuosa, íntima, y no solo en el terreno sexual (bueno, al menos todo lo íntima que los dos vais a permitir que sea). Una relación que os beneficia a ambos.

Simbiótica, por decirlo de algún modo.

Tú satisfaces sus necesidades y él las tuyas.

Que es, claro está, como la gente describe un buen matrimonio, pero Eden no se inclina en esa dirección. Sabe que la mayoría de las mujeres lo harían, que ansiarían el dinero, el prestigio, el poder. La mansión, el club de campo, los comités.

Yo antes me cortaría las venas, piensa.

Se imagina la escena, en un almuerzo entre señoras. Estiraría el brazo sobre su ensalada Cobb, agarraría un cuchillo y se cortaría las arterias a lo Dan Aykroyd haciendo de Julia Child en *Saturday Night Live.* Salpicaría de sangre sus vestidos de mil dólares y gritaría: «¡Tenía que hacerlo! ¡Sois un muermo!».

37

Vern deja el periódico, asqueado.

¿Quién iba a pensar que Ryan tendría huevos de ir a ver a Abe Stern? ¿Y quién iba a pensar que Stern aceptaría invertir en Las Vegas?

—Seguro que Ryan le ha forzado de algún modo —dice Connelly.

—¿Cómo? —pregunta Vern—. ¿Cómo coño iba Dan Ryan a forzar a Abe Stern a hacer nada? Sería como si Floyd Mayweather intentara torcerle el brazo a Mike Tyson. Mayweather es un gran boxeador, pero no tiene peso suficiente. Pues lo mismo Ryan.

—Ryan sabe algo sobre él —insiste Connelly—. O puede que se limitara a amenazarle. Ya sabes cómo actúan esos tipos.

—¿Qué tipos?

—Los mafiosos.

—¿Ya estás otra vez con eso? —pregunta Vern.

—Te lo digo yo, Ryan sabía algo sobre Stavros, por eso consiguió que cambiara de idea sobre el Lavinia —le asegura Connelly—. Abe Stern llevaba treinta años diciendo que no volvería a Las Vegas y de repente Ryan va a verle una noche ¿y ahora vuelve? ¡Venga ya!

—Aunque eso sea verdad —dice Vern—, ¿qué podríamos hacer al respecto? No tenemos pruebas.

—Podemos recurrir a la Junta, pedir que abran una investigación, que le retiren la licencia a Ryan.

—Ya se han negado.

—Hay una persona de la Junta que si se le planteara el asunto de la forma adecuada…

—Estamos rebajándonos al nivel de Ryan.

—Es la única manera de ganar en este asunto —dice Connelly—. O podemos dejarlo correr y permitir que se salgan con la suya. Será como antes, cuando la mafia mandaba en la ciudad.

Es un efecto dominó, se dice Vern. Si Ryan tiene vínculos con la mafia a través de Ferri, entonces Dom Rinaldi y Jerry Kush también los tienen a través de Ryan. La Junta podría retirarles también la licencia e incluso obligarlos a vender sus hoteles.

Tara se desmoronaría.

Y yo recogería los pedazos.

—Plantéale el asunto a esa persona.

—Estás haciendo lo correcto, Vern.

Mucho después de que Connelly salga del despacho, Vern sigue preguntándose si de verdad está haciendo lo correcto. Odia a Ryan, pero sigue sin estar convencido de que sea un mafioso. O de que lo sea aún, porque está claro que en algún momento estuvo vinculado a la mafia.

Pero todos tenemos nuestro pasado, se dice, y es arriesgado desenterrar el de Ryan. En este negocio nadie está del todo libre de culpa. Todos hicimos nuestros manejos, todos transigimos con algo. Lo máximo que podemos decir es que estamos casi limpios por completo.

Ahora.

Somos como la propia Las Vegas.

Estamos casi limpios ahora.

Pero ¿entonces?

Hicimos lo que teníamos que hacer para meternos en el negocio y seguir en él. Puedes empezar a escarbar en el pasado de Ryan, pero no eres el único capaz de empuñar una pala. Ryan podría reaccionar emprendiendo su propia excavación arqueológica.

Y tú tienes varios esqueletos sepultados en esta tierra.

38

A Josh le gusta Las Vegas.

—Al fin y al cabo —bromea con Danny—, nosotros somos gente del desierto.

Es triatleta, así que el clima le va bien para entrenar. Corre o monta en bici por la mañana temprano y nada por la tarde o por la noche. Se aloja en casa de Madeleine hasta que encuentre un sitio donde vivir, y usa la piscina y el gimnasio, el baño de vapor o la sauna.

Y trabaja como un cabrón.

Danny está impresionado.

Josh llega pronto a la oficina y se queda hasta tarde, y casi siempre come en su despacho. Cuando no está allí, está en la obra, a menudo con Danny, observando y fijándose en cada detalle.

Dedica gran parte de la jornada a poner en marcha su aparato de recopilación de datos: cuánto gasta el cliente medio en cada hotel, a qué apuesta y cuánto, cuántos clientes vuelven a qué hotel y por qué. Sus pesquisas empiezan a poner de manifiesto que el argumento de Danny de que los clientes gastan más en alojamiento, espectáculos y comidas que en juegos de azar es acertado.

Cuando no está trabajando, entrena. Y cuando no está entrenando, simplemente pasa el rato, cena con la familia y luego, quizá, se sienta en la sala de proyecciones con Danny, Ian y Madeleine a ver una película.

Está enseñando a Ian a jugar al tenis.

Se ha convertido rápidamente en un miembro más de la familia.

Madeleine, cómo no, quiere emparejarle con una joven que le convenga.

—Eso no va a funcionar —le advierte Danny.

—¿Por qué?

—Porque es gay.

—Pero qué zoquetes sois los de Nueva Inglaterra, veis gais por todas partes —contesta Madeleine.

—No —contesta Danny—, me lo dijo él.

El tema surgió un día mientras comían en el despacho de Danny, cuando Josh le preguntó si tenía novia.

—La verdad es que no —respondió Danny, sintiéndose un poco culpable por lo de Eden—. ¿Y tú?

—Yo, en realidad, juego en el otro equipo —dijo Josh. Y al ver que Danny parecía desconcertado, añadió—: Soy gay.

—Ah.

—Ah. —Josh se rio—. Vaya reacción, Danny. ¿Te parece bien?

—No es a mí a quien tiene que parecerle bien, sino a ti —contestó Danny—. ¿Tú estás a gusto?

—Yo estoy estupendamente —dijo Josh.

Danny se quedó callado unos segundos y luego preguntó:

—¿Lo sabe Abe?

—Sí.

A Josh le aterrorizaba decírselo a su abuelo. Temía a medias que le repudiara, que le desheredara. Pero no eran las consecuencias económicas lo que le asustaba. Tenía formación y era inteligente y creativo, así que sabía que siempre podría ganar dinero, que le iría bien. Pero quería a su abuelo, quería a su familia, le encantaba el negocio y no quería verse desterrado.

Quería quedarse.

Pero no a costa de vivir instalado en la mentira.

De modo que cuando volvió a casa de la universidad un verano pidió ver a Abe en su despacho, a solas.

—¿Qué te preocupa, Joshua? —preguntó su abuelo.

—*Zaide,* soy gay —dijo—. Homosexual.

—Sé lo que significa gay. ¿Es que crees que los hombres empezaron a estar con otros hombres la semana pasada? Sé lo que son los homosexuales.

—¿Y qué opinas? —Josh notó que le temblaba la voz.

—Opino que eres mi nieto y que te quiero —dijo Abe—. ¿Estoy loco de alegría? No, me gustaría que tuvieras hijos. ¿Pienso peor de ti por esto? De nuevo, no. Eres una buena persona. Estoy orgulloso de ti y siempre lo estaré.

—¿Y si trajera a mi... pareja a casa?

—Sería bienvenido. Si alguien de la familia tiene algún problema al respecto, también lo tendrá conmigo. Y como tú bien sabes, Joshua, en la familia nadie quiere tener problemas conmigo. ¿Existe esa persona, esa pareja?

—Todavía no, en realidad no.

—¿Y estás teniendo cuidado?

—No voy a quedarme embarazado, *zaide.*

—¿Vas a tomártelo a broma, Joshua?

—Por supuesto que tengo cuidado.

Josh no ha llevado a nadie a casa de su familia aún. Ha tenido amantes y también novios, pero ninguno que haya querido presentarle a su abuelo.

Y ahora que ha salido del armario con Ryan, se siente aliviado y le hace cierta gracia la tranquilidad con que se lo ha tomado Dan.

—Abe me acepta como soy.

—Bueno, es que Abe es un buen tipo.

—Es la mejor persona que conozco.

Si a Madeleine le sorprendió la orientación sexual de Josh, se recuperó enseguida de la sorpresa.

—En ese caso, debería emparejarle con un joven que le convenga.

—Creo que Josh puede arreglárselas solo —dijo Danny.

Josh también lo cree y rechazó educadamente el ofrecimiento de Madeleine de ayudarle a encontrar pareja. De todas formas, está demasiado ocupado para pensar en el amor, absorto en su propósito de aupar al Grupo Tara y planificar la financiación y la construcción de Il Sogno.

—Me encanta el concepto —le ha dicho a Danny—. Creo que puede ser algo fuera de lo común.

Acude a los banqueros, a los gestores de fondos de alto riesgo, a los pesos pesados para que inviertan en el nuevo hotel. Sus análisis, y el prestigio de la Compañía Stern, marcan la diferencia.

Se corre la voz de que Josh Stern y Dan Ryan forman un equipo excepcional, de que son verdaderamente una nueva potencia dentro del sector.

Una de sus mayores virtudes es que discuten.

Al pulir el diseño de Il Sogno, los datos de Josh chocan a veces con el criterio estético de Danny.

Por ejemplo, en la ubicación de los ascensores.

—No puedes dejar que la gente vaya directamente a los ascensores sin pasar por las tragaperras —argumentó Josh.

—Quiero que se sientan huéspedes valorados, no objetivos manipulables —replicó Danny.

—Pero eso reducirá nuestra captación de ingresos.

—Lo compensaremos porque los clientes volverán a venir.

Llegaron a un acuerdo de compromiso: el flujo de tráfico estaría diseñado de tal modo que los clientes pasaran junto a las máquinas tragaperras, no entre ellas.

Debaten cuánto espacio debe asignarse a las mesas de póquer, a los juegos de dados y la ruleta. Discuten cuánta superficie debe dedicarse a tiendas y a qué tipo de tiendas. Hablan una y otra vez sobre la iluminación, sobre los materiales más adecuados para las paredes con el fin de reducir el nivel de ruido, y sobre los materiales que sufran menos desgaste para los suelos.

Como resultado de ello, se convierten en firmes defensores de lo que Josh denomina «el campo de batalla de las ideas»: aprenden a dejar a un lado su ego y a dar prioridad a los mejores datos y análisis, de modo que prevalezca el planteamiento más provechoso.

Ambos mejoran gracias a ello.

Y también mejora Il Sogno.

Y Gloria se parte de risa.

—Sois el Abbott y el Costello de la industria del juego —le dijo a Josh. Al ver su mirada de perplejidad, añadió—: ¿No? ¿Dean Martin y Jerry Lewis? ¿Tampoco? ¿Nada? ¿Qué tal Jerry y George?

—*Seinfeld* —dijo Josh.

—Eso es. Seríais capaces de discutir hasta por el color del aire.

—Eso me recuerda una cuestión interesante, Dan —dijo Josh—. Los sistemas de ventilación hay que...

Tanto Dom como Jerry se convierten en grandes admiradores de Josh Stern: su nuevo socio frena los impulsos más estrafalarios de Dan, aporta solidez financiera a la empresa y su presencia resulta siempre alegre y positiva.

Pero quizá a quien mejor le cae Josh es a Bernie Hughes.

A instancias de Danny, el contable se ha trasladado a Las Vegas para vigilar las cuentas de la sociedad Tara-Stern y porque, además, a Danny le preocupa su salud y quiere tenerle cerca.

Bernie adora a Josh. Le encanta su atención por el detalle y su reticencia a gastar, y reserva para él el mayor de los elogios: «El chico sabe de números».

Sí, «el chico» sabe de números y los maneja con una soltura y una imaginación muy provechosas para Danny. Entre unas cosas y otras, Danny y él se hacen amigos. Hasta tal punto que Danny se lleva un pequeño disgusto cuando Josh le cuenta que ha encontrado casa.

—Ya sabes que aquí eres bienvenido —le dice.

—Sí, lo sé, pero aquí no puedo vivir a mi aire.

—Te vamos a echar de menos —dice Danny—. Ian te va a echar de menos.

—Vendré a veros y, además, voy a tardar un mes, más o menos, en tener listo el piso nuevo.

—Madeleine y Gloria estarán encantadas de ayudarte.

—Soy joven y gay —contesta Josh—. ¿Crees que su gusto para la decoración me será de alguna ayuda?

—Su brutal eficacia, entonces.

—Eso sí podría venirme bien.

Sí, a Josh le gusta su vida en Las Vegas. Ha encontrado una familia sustituta en los Ryan, está haciendo amigos en la ciudad y tiene un ático en el Strip. Va en bicicleta a la oficina y corre por los caminos de los alrededores de la ciudad. Estaría bien tener novio, sería la guinda del pastel, pero no tiene tiempo para buscarlo y no le gustan las citas por internet.

Ya llegará, se dice.

Todos los viernes coge el avión de la empresa para ir a Tahoe a la cena del *sabbat* y ver a su abuelo.

De modo que todo va bien.

Para Josh.

Para Tara.

Para Danny.

Y entonces…

39

Danny conduce hasta Sunset Park y se detiene junto a un coche sin distintivos.

Ron Fahey es teniente de la Unidad de Crimen Organizado, Sección de Inteligencia Criminal.

Todos los grandes operadores de casinos tienen uno o dos colaboradores en la policía. No son policías corruptos, no aceptan sobornos para hacer la vista gorda, pero piensan en su futuro tras la jubilación: en un trabajo lucrativo en seguridad o como consultores de alguna de las principales empresas del sector del juego.

Danny baja la ventanilla y Fahey baja la suya.

—¿Qué pasa? —pregunta Danny.

—He pensado que convenía que lo supieras —dice Fahey—. Ha venido un investigador de la Junta preguntando por tu expediente.

La Sección de Inteligencia de la policía metropolitana tiene extensos archivos sobre todos los peces gordos que operan en Las Vegas.

Danny siente una punzada de miedo.

—¿Qué hay en él?

—Cosas de hace tiempo —contesta Fahey—. Agua pasada, lo de siempre. Pero, Dan, ¿comiste con Pasquale Ferri en el Piero's?

Mierda, piensa Danny. Eso podría bastar para que la Junta le retire la licencia.

—¿Sabes quién de la Junta está detrás de esto?

—Veré qué puedo averiguar.

Es Camilla Cooper, Cammy para su familia, sus amigos y sus fans, que son muchos, porque Cammy Cooper es una estrella.

Alta, rubia, de ojos azules, cristiana renacida, madre de cinco hijos y exmiss Las Vegas, Cooper es un modelo, en sentido literal y figurado, para la multitud de conservadores que en Nevada defienden la Segunda Enmienda —el derecho a poseer y portar armas— y se oponen al aborto y al matrimonio homosexual.

Se dio a conocer primero con la llamada Campaña de la Promesa, que instaba a las adolescentes a hacer votos de conservarse vírgenes hasta el matrimonio.

Organizaba mítines en iglesias e incluso en colegios, con bandas de *rock* cristiano y grandes dosis de energía y emoción, y consiguió que miles de chicas se sumaran a la campaña. Hablaba de embarazos, de enfermedades, de moralidad, pero también, valiéndose de la considerable influencia que ejercía su impresionante atractivo, de sexualidad y abstinencia:

—Todo es mejor en una relación estable y monógama —decía. Luego añadía con una sonrisa seductora—: Creedme, lo sé.

Y guiñaba un ojo.

Era demoledor.

A veces, el destinatario de ese guiño era su marido, Jay, más conocido como Coop. Coop, como a Cammy le gustaba contar, era «un hombre de verdad»: marido, padre, cazador y antigua estrella del fútbol americano universitario, estaba aquejado de una cojera casi imperceptible debido a la lesión de rodilla que le impidió jugar en la liga profesional, pero gracias a Dios le iba muy bien en el negocio de los seguros. Alto y guapo, Coop era el complemento perfecto. Se mantenía siempre detrás de ella, muy erguido y un poco a la derecha, sonreía y asentía con la cabeza, y se ruborizaba con encantadora modestia cuando Cammy aludía a sus cualidades como padre y a su más que satisfactoria vida conyugal.

Para contrarrestar las críticas de machismo que recibía por hacer recaer la responsabilidad únicamente en las chicas, Cammy amplió su campaña e incluyó también a los chicos. Atraía a miles de adolescentes salidos a sus mítines y conseguía que subieran al escenario a prestar juramento.

La Campaña de la Promesa lanzó su carrera pública. Se convirtió en una conferenciante muy solicitada, daba sermones en megaiglesias como invitada y empezó a aparecer en programas de entrevistas de televisiones locales.

Amplió su radio de acción.

Pasar de la defensa de la castidad a la defensa del derecho a las armas quizá no parezca una evolución muy natural, pero Cammy la efectuó sin ningún tropiezo.

—Los mismos progresistas que están socavando nuestra moralidad sexual quieren quitarnos nuestras armas —predicaba—. Pues bien, yo no pienso renunciar a mi derecho a defender mi hogar, a mi familia y a mí misma.

En una foto antológica, posaba vestida con un mono blanco, con una de sus largas piernas flexionada y una pistolera a la cadera, soplando el cañón de un Colt.

A quienes se mostraron decepcionados por el tono picante de la fotografía, Cammy les respondió:

—No hay contradicción intrínseca entre sexualidad y cristianismo. Dios nos dio nuestro cuerpo y quiere que disfrutemos de él, dentro del sagrado vínculo del matrimonio. —La misma sonrisa seductora, el mismo guiño y el mismo susurro teatral—. Si no, que se lo pregunten a mi marido.

Redoblando la apuesta, lanzó junto con una de las megaiglesias el Reto de Puertas Adentro, consistente en que parejas casadas se comprometían a mantener relaciones sexuales al menos una vez al día durante un mes seguido.

—Estaremos cansados pero sonrientes —afirmó.

El RPA, como acabó llamándose, fue un gran éxito.

—¿Os habéis fijado —preguntó Cammy al concluir el reto— en que los progresistas son siempre unos tristes? Siempre están quejándose de algo o preocupados por esto o aquello. En cambio, los conservadores solemos estar contentos. ¿Por qué será? Yo creo que es porque tenemos a nuestro Dios y a nuestra familia, porque tenemos nuestras armas, nuestro hogar y nuestro cuerpo, que tratamos como si fuera un templo y no el aseo de una gasolinera. Yo me levanto feliz por las mañanas. Y me acuesto feliz. Y mi marido también. Dormimos los dos como bebés.

Sonrisa. Guiño.

Coop Cooper, ruborizado.

Cammy Cooper estaba a favor de la sexualidad.

Bueno, a favor de la heterosexualidad.

Porque su siguiente campaña fue una guerra sin cuartel contra los derechos de los homosexuales, y especialmente contra el temible fantasma del matrimonio entre personas del mismo sexo. Con Coop a su lado, proclamaba «Fueron Adán y Eva, no Adán y Evo» como si fuera la ocurrencia más ingeniosa y original desde que el cómico Henny Youngman dijera aquello de «Llévese a mi mujer, por favor».

—El matrimonio es un contrato sagrado entre un hombre, una mujer y Dios — decía ante las cámaras de televisión—. No quiero que mi matrimonio se vea envilecido o degradado por una violación repugnante de ese sacramento. Si estás de acuerdo conmigo, y sé que lo estás, quiero que escribas ahora mismo a los representantes de tu circunscripción en el Parlamento del estado y el Congreso y les digas que solo estás a favor del matrimonio tradicional y que votas.

Cammy se convirtió en una estrella.

Le dieron su propio programa de televisión, que tras la primera temporada pasó a emitirse en todo el país.

Cuando la nombraron miembro de la Junta de Control del Juego de Nevada, dijo:

—Yo no juego mucho. Bueno, de vez en cuando compro un billete de lotería. Pero sé que el juego es una parte muy importante de la economía de Nevada. Genera miles de puestos de trabajo. Quiero que el juego en Nevada sea limpio y que esté libre de las influencias delictivas que antes eran su lacra. Mientras yo ocupe el cargo, Las Vegas, Reno y Tahoe serán lugares idóneos para toda la familia.

Pero Cammy no se va a conformar con un puesto en la Junta. En la calle se comenta que aspira a ocupar la mansión del gobernador.

Y para llegar a ella pretende pisarme a mí, piensa Danny.

40

Danny se lo cuenta a sus socios.

Tienen que saberlo, porque no solo supone una amenaza para él. Podría ponerlos en peligro a todos, incluso hundir Tara, porque, si Cammy Cooper le vincula con la delincuencia organizada, Dom, Jerry y la Compañía Stern también se verán implicados.

De modo que los invita a ir a casa, los reúne en el salón y les habla de la investigación de Cooper.

—¿Qué le has hecho a Cammy Cooper? —pregunta Dom.

—Nada —contesta Danny—. Necesita una piel que colgar en la pared y la mía le viene bien.

—¿Tiene algo concreto contra ti? —pregunta Jerry.

—Mi reunión con Pasco.

—¿Nada más?

—Puede que le baste con eso. Si le añades lo que publicó la prensa sobre mi época en Hollywood… Podría ser suficiente para que me retiren la licencia.

Es la espada de Damocles que pende sobre el cuello de todos ellos desde el principio. Sabían que Pasco Ferri y algunos de sus socios tenían dinero enterrado, bien hondo, en el capital de Tara;

sabían que Danny había acudido a él para financiar el Shores y de nuevo para que le diera el visto bueno antes de salir a bolsa. Y aunque la participación de Ferri se haya diluido hasta el punto de ser ya casi inexistente, ese vínculo podría ser letal.

—Dan —dice Jerry—, aunque cueste reconocerlo, me temo que tienes razón.

Dom mira a Danny y asiente.

—Odio decir esto, pero vamos a tener que pedirte que dimitas como director de operaciones y vendas tus acciones.

—Eso es indignante —dice Madeleine.

—¿Qué alternativa tenemos, Madeleine? —pregunta Dom—. Lo siento, pero Dan supone un riesgo demasiado grande.

—Tonterías —dice Josh.

—¿Qué? —pregunta Jerry.

—He dicho que eso son tonterías. Tara es lo que es gracias a Dan. Es su visión. Todos sabíais quién era Danny cuando os metisteis a hacer negocios con él. Yo no pienso dejarle en la estacada porque las cosas se pongan un poco feas.

—Soy yo quien se va —dice Danny—. Dimitiré y venderé mi parte.

—No voy a permitirlo —responde Josh—. Es así de sencillo: si Dan se va, las acciones de Stern se van con él. Venderemos y dejaremos que Winegard os compre. Y luego montaremos una nueva sociedad con Dan y os echaremos del negocio.

¿Es Josh quien habla?, piensa Danny. ¿Josh el afable, el despreocupado, el que siempre está diciendo «¿A quién le apetece jugar al tenis?»?

—¿No quieres consultarlo primero con tu abuelo? —pregunta Dom.

—No es necesario. Tengo su completo respaldo en todos

los asuntos relacionados con nuestra asociación con Tara. Si quieres llamarle por teléfono, adelante. Pero puedo anticiparte lo que dirá: «Habla con Joshua».

—¿Y qué pasa con la Junta? —pregunta Jerry.

—¿Qué pasa con ella? —responde Josh—. Dan, no tienes permiso de Stern para dimitir. Buenas noches a todos.

Le ven subir las escaleras.

Por la mañana, mientras desayunan, Danny le dice:

—No tenías por qué hacer eso.

Josh aparta la vista de sus huevos revueltos.

—Vosotros los católicos irlandeses siempre queréis haceros los mártires.

—Aun así…

—Compartiste el pan con nosotros. Te sentaste a nuestra mesa en *sabbat*. Me has acogido en tu casa. Eso importa.

—¿Miles de millones de dólares? —pregunta Danny.

—Mi abuelo me enseñó que el dinero no hace el carácter, pero que el carácter sí hace el dinero. Invierte siempre en carácter, decía. Si se cambiaran los papeles, tú no habrías aceptado que Dom o Jerry dimitiesen.

Lo afirma como si fuera un hecho. No hace falta responder.

—Si los Stern tuviéramos problemas alguna vez —continúa—, Dan Ryan nos apoyaría. Así que, ¿qué vamos a hacer respecto a la señora Cooper? Tú sabes que Winegard está detrás de todo esto.

—¿Tú crees?

—Vamos, no hay más que ver el momento que ha elegido. Winegard intentó una opa hostil y no le funcionó. Esto es otra jugada suya.

—Ha comprado a Cooper.

—Por supuesto que la ha comprado —afirma Josh—. Si va a presentarse a gobernadora, necesitará dinero. Y, si consigue tumbar a Dan Ryan, tendrá otra muesca en su pistola. Para nuestra querida Cammy, todo son ventajas.

—No podemos demostrarlo.

—No, no podemos. Tenemos que encontrar algo más. Si Cammy quiere hurgar en tu pasado, nosotros hurgaremos en el suyo. No puede ser tan impecable como parece.

—Creía que te atenías siempre a las reglas —dice Danny—. Que eras Don Limpio.

—Cuando la otra parte se atenga a las reglas, yo haré lo mismo —dice Josh—. Mientras tanto, jugaré como juegan los demás.

A Danny no le gusta este asunto.

Se ha esforzado mucho por alejarse de todo eso.

Pero, como dice la advertencia de seguridad, «los objetos que se ven por el espejo retrovisor pueden estar más cerca de lo que parece».

Sí, piensa.

Cada vez más cerca.

41

Alfred *Allie Boy* Licata también lee los periódicos.

Allie Boy ya no es un niño ni mucho menos, pero el apodo le viene de su juventud, de cuando era un jefazo en Las Vegas. Ahora anda ya por los sesenta y, desde que le expulsaron del mundo del juego en Nevada por «indeseable», está en la puta Detroit, pasando un frío de cojones.

Y en cambio el cabrón de Abe Stern va a volver allí, piensa al ver los titulares y acordarse de lo que les hizo a sus hermanos.

Se le pone dura al pensar en los dos hermanos colgados como gatos en un tendedero, Julius retorciéndose y gimiendo, con los ojos cada vez más enloquecidos. Cómo se le estremecía el cuerpo cuando agarraban la manguera para quitarle de encima el pis y la mierda...

Marone, cómo olía aquel sitio.

El cadáver hinchándose y pudriéndose.

Mucho mejor que matar a Julius era confinar su mente en un lugar de dolor perpetuo. Ese es el problema de la tortura: que suele terminarse, que no se puede prolongar eternamente, el tío se te muere pronto y entonces tienes que buscarte a otro.

Él ha encontrado a muchos.

Eso le ha convertido en uno de los tíos más temidos y odiados de su mundo, lo que es bueno.

Déjales que me odien, piensa. Mientras también me teman...

Y ahora Winegard ha dejado que Abe Stern le dé bien por el culo.

Él y ese tal Ryan.

Licata conoce un poco a Ryan, de oídas. En tiempos fue soldado de los irlandeses, cuando luchaban contra los italianos por el control de Nueva Inglaterra. Perdió la guerra, pero salió bien parado y reapareció en Los Ángeles, donde se estaba tirando a una estrella de cine. Allí se metió en no sé qué lío con Angelo Petrelli. Dicen que Petrelli le mandó matar, pero la cosa se torció, lo que no es ninguna sorpresa, porque Petrelli siempre fue un pichafloja, y la familia de Los Ángeles, una filfa. Más que una familia, era una colonia de Chicago y Detroit. Pero eso también significa que el tal Ryan sabe valerse solo.

Dicen también que Ryan y el viejo Pasco Ferri tienen relación desde hace mucho tiempo.

Lo de Ferri no es ninguna broma, es un peso pesado que cuenta con la confianza de las grandes familias. Se supone que ya está retirado, pero mete baza en casi todo.

Así que ¿es él quien dirige a Ryan?

¿Y, a través de Ryan, a Stern?

No sería de extrañar, piensa Licata. Abe era uña y carne con los irlandeses en aquellos tiempos, con el viejo John Murphy y Marty Ryan. ¿Habrá salido este Ryan a su padre? Marty era un cabronazo duro de pelar en su juventud, antes de que cayera en la bebida y ya no pudiera salir de ese hoyo.

Los putos irlandeses...

251

Un chiste muy viejo: va un irlandés y pasa de largo por delante de un bar… Y ya está, ese es el chiste.

Hablando de chistes, los federales creen que echaron a la mafia de Las Vegas, creen que ahora en la ciudad mandan las corporaciones. No ven que esas corporaciones siguen vinculadas a gente como Pasco Ferri y Danny Ryan.

No ha cambiado nada más que los nombres.

Menuda broma.

¿Y Winegard?

Vern es buena gente, un tipo listo, pero no duro. No como Pasco Ferri. Y ahora está contra las cuerdas.

Licata mira por la ventana la nieve que cae.

A veces la gente le pregunta si echa de menos Las Vegas.

¿Que si echo de menos Las Vegas? ¿Que si echo de menos el sol y los treinta y cinco grados? ¿Y a las chavalas medio desnudas? ¿Y el dinero que mana de arriba como la miel? ¿Y el pago en mamadas? ¿Por qué iba a echar de menos todo eso? Tengo Detroit: la mugre, la ruina, los puestos de trabajo que se han llevado a Japón, la Motown y las mujeres que no se quitan el chaleco de plumas ni para follar.

Hay que joderse…

42

Cammy está tan limpia como parece.

Aunque cueste creerlo parece que es cierto, porque nadie —ni Fahey ni la gente de Josh— consigue encontrar una sola mota de suciedad en el mono blanco de Camilla Cooper. Sus cuentas son intachables, paga los impuestos que le corresponden y sus clases de tenis de por la tarde son de verdad clases de tenis.

Su pasado parece tan puro como su presente.

Ni embarazos adolescentes, ni abortos, ni deslices amorosos, ni indiscreciones en fiestas estando borracha. Empezó a salir con Coop en la universidad (donde ella era animadora, por supuesto), se prometieron, se casaron y empezaron a tener hijos.

Van a la iglesia los domingos y asisten a las citas deportivas y escolares de sus hijos. Cammy se toma una copa de vino los sábados por la noche y Coop una cerveza en la barbacoa de los domingos. Y eso es todo: ni recetas de Valium, ni ansiolíticos, ni medicamentos para el herpes…

—¿De dónde sacas esa información? —pregunta Danny.

—Vale más que no lo sepas —dice Josh.

Sí, supongo, piensa Danny.

Se siente sucio. Se recuerda a sí mismo que Cooper intenta hundirle, que está escarbando en su pasado, pero aun así tiene escrúpulos.

Y de todos modos da igual.

No hay tierra donde cavar.

Las palas salen limpias.

Y Fahey trae peores noticias.

—Cooper sabe lo de tu reunión con Ferri —le dice a Danny—. Y también está haciendo averiguaciones sobre un tal Kevin Coombs. ¿Hubo una especie de altercado en una fiesta que diste? ¿Dijo algo ese tipo de que huiste de Rhode Island? Además, está preguntando por Sean South, James MacNeese y Edmund Egan. ¿Egan tiene antecedentes?

—Sí.

—No solo intenta vincularte con la mafia italiana a través de Ferri, sino también con una organización de Providence, de hace tiempo, que los federales llamaban «la banda de los Murphy».

Es como estar metido en el océano en medio de la resaca, se dice Danny. Te esfuerzas por salir del agua, pero el mar te tira de las piernas y, si pierdes pie, vuelve a arrastrarte hacia dentro. Crees que estás ya en la orilla y, a poco que te descuides, te estás ahogando.

—Por lo visto, también está intentando conseguir el sumario de un homicidio de hace años —prosigue Fahey—. Un caso sin resolver: Phillip Jardine, un agente del FBI.

Le lanza una mirada dura, inquisitiva, como preguntando: «¿Eres un asesino de policías, Dan? ¿Mataste a un policía?».

—Los tabloides ya publicaron toda esa mierda hace años —responde Danny—. No tenían nada entonces ni lo tienen ahora.

—Pero da mala imagen, Dan.

Danny lo sabe. En realidad, no hace falta que Cooper demuestre nada: basta con que parezca que él tiene vínculos con la delincuencia organizada para que le revoquen la licencia. La Junta no es un tribunal de justicia: puede condenarte basándose en un simple rumor.

Solo que en su caso no es un rumor.

Es verdad que disparó a Jardine.

Fue después de que Jardine intentara dispararle a él, sí, pero de todos modos apretó el gatillo y le mató.

—Dicen que el tal Jardine no era trigo limpio —dice Fahey—. Que estaba implicado en el tráfico de heroína. Pero eso es un arma de doble filo: hace que inspire menos lástima, pero también te vincula a ti con el narcotráfico.

Eso también es cierto, piensa Danny.

Fue el mayor error de mi vida, y no me suelta.

Como el tironeo del mar.

Se lo oyó decir cientos de veces a los pescadores viejos, en otra vida: si la mar te quiere, te atrapa. Puede que te devuelva, a veces vivo, casi siempre muerto. Muchos pescadores que conocía ni siquiera sabían nadar. Se encogían de hombros y decían:

Si la mar te quiere, te atrapa.

No hay nada que hacer.

Una semana después, recibe una carta certificada citándole a una reunión de la Junta en la que se decidirá si se le revoca o no la licencia.

Era la conclusión inevitable.

Cammy se lo dice en persona.

Se cruzan en un restaurante del Shores cuando Cammy sale del aseo de señoras y él se dirige a la cocina para ver cómo van las cosas.

—Señor Ryan.

—Señora Cooper. Me sorprende un poco verla por aquí.

—Bueno, no tengo nada en contra del Shores —contesta ella—. Es con usted con quien tengo reparos.

—¿Cuánto le está pagando Winegard?

—¿Ve?, ahí lo tiene. Los corruptos solo ven corrupción.

—Veo lo que tengo delante de las narices, señora Cooper.

—Por favor, llámame Cammy, como todo el mundo. Voy a hundirte, Dan. Voy a echarte de Las Vegas, de Nevada. No queremos por aquí a gente como tú.

—¿A gente como yo?

—Por favor, sabes perfectamente a lo que me refiero.

—Que disfrutes de tu cena —responde Danny—. Invita la casa.

—Oh, no podría aceptarlo. Eso sería corrupción.

Danny la mira alejarse.

Si la mar te quiere…

43

Ron Fahey circula por la I-15 en dirección norte, con cuidado de no acercarse demasiado al Ford Bronco de Coop.

Este fin de semana, Coop se va otra vez de caza. Fahey le ha visto meter las armas en el coche, besar a su mujer y a sus hijos y marcharse, al parecer con destino al Parque Nacional de Dixie, en el sur de Utah, donde tiene una cabaña.

Fahey cruza las llanuras desérticas del norte de Las Vegas, pasa por la pequeña localidad fronteriza de Mesquite y ataja después por el extremo noroeste de Arizona para salir a los cañones de roca roja de Utah, a orillas del río Virgin.

Coop para a poner gasolina en St. George y Fahey sigue adelante, convencido de que volverá a cogerle en Cedar City, donde tomará la Ruta 14 hacia Duck Creek Village, un paraje bastante apropiado, imagina Fahey, para cazar patos. Se detiene cerca del desvío hacia la 14 y, efectivamente, unos minutos después ve pasar el Bronco. Deja que otro coche se ponga en medio y vuelve a la carretera. Sabe dónde está la cabaña de Coop, así que, aunque le pierda, volverá a encontrarle.

Está allí por si suena la flauta.

Dando uno de esos palos de ciego que se dan cuando una investigación se estanca.

Cammy Cooper está limpia.

Cuando va a clase de tenis, se dedica de verdad a darle a la raqueta en vez de tirarse al monitor, pero siempre cabe la posibilidad de que lo que cace Coop sean coños y no patos.

Fahey lo duda (¿por qué iba a tener a una amante a tres horas de distancia?), pero está desesperado. Falta una semana para la reunión de la Junta que decidirá sobre la licencia, y en la que Cammy va a joder vivo a Dan Ryan.

A Fahey le cae bien Ryan.

Es un buen tipo y paga bien.

¿Que mató a un policía? Puede ser, pero era un federal, y corrupto, además. Así que quizá se lo merecía.

Sigue a Coop hasta Duck Creek Village, un pueblecito turístico con un par de hostales y unas cuantas casas de vacaciones. Coop atraviesa el pueblo y luego gira hacia el norte por una pista de tierra que se adentra en el campo.

Fahey se detiene. Ve que el camino solo lleva a una cabaña situada en lo alto de una loma que alcanza a ver desde allí con los prismáticos.

La cabaña de Coop es modesta, una casita de madera con el tejado muy empinado, para la nieve. Fahey le ve salir del coche, sacar la bolsa y las armas y entrar en la cabaña.

Y ahora a esperar, se dice.

Pasa allí sentado dos horas y entonces ve que otro coche, un Land Rover, se acerca por el camino, se desvía hacia la casa y aparca detrás del coche de Coop. Un hombre se apea y entra. Fahey se fija en que no llama a la puerta, así que debe de ser un amigo cuya visita estaba prevista.

Parece tener más o menos la edad de Coop.

Alto y fornido.

Su compañero de caza, seguramente.

Fahey sigue esperando, sentado en el coche.

En eso consiste en gran medida el trabajo policial, en esperar. Esperar en misiones de vigilancia, esperar los resultados de las pruebas forenses, esperar a que se emitan órdenes judiciales, esperar un juicio… Esperar ahora a que oscurezca, porque quiere acercarse a la cabaña.

No está seguro de por qué. Es más bien cuestión de por qué no. Ya que ha ido hasta allí, no está de más echar un vistazo, aunque solo sea para ver a Coop y a su colega tomarse una cerveza y un filete y acostarse temprano para levantarse antes de que amanezca y salir a masacrar a unos cuantos patos desprevenidos. Por lo menos así podrá informar de que Coop lleva una vida tan insulsa como su mujer, lo que quizá sea decepcionante, pero no será una sorpresa.

De modo que cuando oscurece agarra su cámara, sale del coche y se acerca a la cabaña. Como hay una luz encendida y las contraventanas están abiertas, avanza con cautela, se pega a la pared y se asoma.

Y entonces ve a Coop desnudo y de rodillas delante del sofá, chupándosela al otro tío.

Madre mía, piensa mientras saca fotos, Cammy es su tapadera.

Sigue haciendo fotos: Coop a cuatro patas, Coop tumbado en el sofá con la cabeza apoyada en el regazo de su amante, mirando el fuego.

A mí me parece amor, piensa Fahey.

Ya tiene lo que necesita —bueno, lo que necesita Ryan—, así que vuelve al coche y regresa a Las Vegas.

44

Es difícil planteárselo a Josh.

Decirle que solo podrán pararle los pies a Cammy Cooper aprovechando la relación de su marido con otro hombre.

Danny no sabe cómo se lo va a tomar Josh y no le reprocharía que no quisiera llegar a ese extremo. Están sentados en el salón de Madeleine. Ron Fahey acaba de irse y ha dejado una carpeta con las fotos.

Josh las está mirando.

—Si no quieres que las usemos —le dice Danny—, no hay más que hablar.

—¿Lo dices porque soy gay? —pregunta Josh.

—Sí.

—Y crees que por eso voy a compadecerme de Coop.

—Lo entendería —dice Danny.

—No me da ninguna pena, en absoluto. Si solo fuera un gay que no ha salido del armario, vale, quizá. Sería triste. Pero los Cooper son enemigos declarados de los derechos de los homosexuales. El daño que hacen, el dolor que causan... Esto es pura justicia, puro karma.

—Me pregunto si Cammy lo sabe.

—Si no lo sabe, debería saberlo —dice Josh—. Merece saberlo. Y, si lo sabe, que se joda. Su hipocresía es alucinante.

—Aun así…

—Aun así, nada. Danny, si lo piensas bien, no tienes elección.

—Tienen hijos. ¿Qué va a pasar con ellos?

—Tú también tienes un hijo —responde Josh—. ¿Qué pasa con Ian? También se trata de su futuro. Si no usas esto…

—¿Lo usarás tú?

—No. Respetaré tu decisión. Pero yo no dejaría que me remordiera la conciencia por una mojigata y una hipócrita como Cammy Cooper.

Danny llama personalmente a Cammy.

—Me gustaría que nos viéramos antes de la reunión oficial.

—Creo que eso sería muy inadecuado.

—Es por tu bien, ya lo verás.

—Si vas a ofrecerme un soborno…

—No —contesta—, solo quiero que hablemos de la caza de patos.

Silencio.

Danny comprende entonces que lo sabe.

—¿En el Piero's, a la una?

Elige el sitio a conciencia.

Para que ella entienda la simetría.

Cammy se sienta.

—¿Quieres algo? —pregunta Danny—. ¿Una copa?

—¿Qué hacemos aquí?

Él desliza la carpeta por la mesa.

—Ten cuidado con cómo la abres.

La observa mientras mira las fotos. Ella se sonroja. Cierra la carpeta, se la devuelve y dice:

—Eres inmundo. Basura humana.

Danny no dice nada.

—Mi marido es un buen hombre —dice Cammy—. Un padre maravilloso. Tiene sus necesidades, es discreto, nos entendemos.

Danny se alegra de ello. Al menos, piensa, no le he destrozado la vida de repente.

—¿Has pensado en cómo afectará esto a mis hijos? —pregunta ella—. Los hundirá. El otro hombre también es padre, tiene familia…

—Yo también.

Cammy le mira con sorpresa, como si nunca se le hubiera ocurrido.

—Esto no tiene por qué ir más allá —dice Danny—. No tiene que salir perjudicada la familia de nadie.

—¿Y eso?

—En la reunión, harás ver a la Junta que las acusaciones contra mí y contra mi empresa no tienen ningún fundamento.

Cammy no vacila.

—Así lo haré.

—Si las cosas salen de otro modo…

—No van a salir de otro modo.

Él se levanta.

—Le quiero, ¿sabes? —dice Cammy.

Ahora Danny se siente inmundo.

No como basura humana, pero sí sucio.

45

Madeleine se acerca al bar de su *suite* en el hotel Willard de Washington y sirve tres copas de brandi.

Una para ella, otra para Evan Penner y otra para Reggie Moneta.

Reparte las bebidas y dice:

—Gracias a los dos por venir. Vamos al grano. Quiero saber por qué mi hijo está siendo objeto de una persecución.

—Porque su hijo es un asesino —responde Moneta.

—Tranquila, Reggie —dice Penner.

El exdirector de la CIA está ya jubilado, pero sigue teniendo mucha mano en Washington; es una especie de eminencia gris que goza de enorme influencia y del poder que da saber dónde están enterrados todos los cadáveres, en sentido literal y figurado.

—No, si quiere hablar del asunto, vamos a hablar del asunto —dice Moneta—. Señora McKay, su hijo mató a un agente del FBI llamado Phillip Jardine. Pero eso usted ya lo sabe.

—Yo no sé nada de eso —contesta Madeleine—, solo sé que ha habido acusaciones oficiosas y rumores. Y que no ha sido imputado porque no hay pruebas.

—No ha sido imputado porque gente como el señor Penner, aquí presente, le ha protegido. Pero eso también lo sabe.

—Lo que sé es que usted ha intentado y sigue intentando llevar a cabo una venganza personal contra Danny. Ha manipulado las investigaciones en su contra y ha exacerbado el conflicto entre Vernon Winegard y mi hijo. Por favor, no intente negarlo.

—No iba a hacerlo. ¿Por qué tengo que ser yo la única que cumpla las normas?

—Quiero que esto se acabe —dice Madeleine.

—Lo crea o no —replica Moneta—, el mundo no se rige por sus deseos. Me da igual lo que usted quiera. Lo que me importa es que se haga justicia.

—Porque Jardine era su amante.

—Eso es irrelevante.

—A usted misma cuéntese todas las mentiras que quiera, pero no me las cuente a mí.

—Toda su vida es una mentira —dice Moneta—. Se hizo rica acostándose con unos y con otros y ahora se comporta como Maggie Smith en una producción de la BBC. Para mí, no es más que una puta de Barstow con aires de grandeza.

—Ya basta —dice Penner.

—No, basta ya de encubrir al niño bonito de Danny Ryan. Cada vez que se mete en un lío, va corriendo a pedirle ayuda a su mami.

—En realidad, él no sabe que estoy aquí —dice Madeleine.

—¿Y qué más da eso, en realidad? —pregunta Moneta, y se vuelve hacia Penner—. Sé que Ryan hizo en su día algún trabajo sucio para vosotros, y subrayo lo de «en su día». Tu partido ya no está en el poder, Evan, y dudo que el Gobierno actual vaya a acudir en auxilio de Danny, a pesar de las contribuciones que ha hecho. Vern Winegard también ha hecho contribuciones.

—Y usted está de parte de Winegard —dice Madeleine.

—Yo estoy de parte de cualquiera que intente acabar con Danny Ryan —contesta Moneta.

—A pesar de que Winegard tiene vínculos muy estrechos con mafiosos como Allie Licata —dice Madeleine—. Su hipocresía es asombrosa.

Penner se inclina hacia delante. Basta con eso para que ambas le presten atención y el diálogo se interrumpa.

—Tengo una casa de verano en Chilmark. Tengo nietos. Bisnietos, de hecho. Debería estar allí con ellos, en Vineyard, en lugar de estar aquí con vosotras, mediando en una disputa que tendría que haber terminado hace años.

»Reggie, es un hecho que no hay pruebas suficientes para imputar, y mucho menos para condenar, a Ryan por el asesinato de Phillip Jardine. Eso es letra muerta.

»En cuanto a lo que crees saber sobre lo que quizá hiciera Ryan para un Gobierno anterior, te aseguro que también es un callejón sin salida. El Gobierno actual no quiere saber nada de esas cosas, porque, si las supiera, tendría que tomar medidas, medidas que serían políticamente peligrosas en un momento en el que su margen de maniobra en el Congreso es muy limitado. Así que el as que crees tener en la manga no va a servirte de nada.

Moneta tiene la mandíbula como cerrada con alambre.

—Pero hay una cosa en la que tienes razón: este Gobierno no moverá un dedo para ayudar a Danny Ryan en su conflicto con Vern Winegard. Ni tampoco para ayudar a Winegard. Este asunto le es totalmente indiferente. Si, como asegura Madeleine, estás detrás de los ataques de Winegard contra Ryan, nadie quiere saberlo.

»Pero una cosa te digo, Reggie —añade Penner mientras deja su copa de brandi en la mesita—, ya le has asestado dos golpes a Ryan: uno mediante una opa hostil y otro a través de la junta de control del juego. Has fallado las dos veces. No sé si tienes intención de asestar un tercer golpe ni cuál podría ser, pero los bancos, las corporaciones y los fondos de cobertura que han invertido miles de millones de dólares en el sector del juego quieren paz y estabilidad. Si haces algo que lo perturbe, será tu cabeza la que ruede. Ahora quiero hablar con Madeleine a solas, por favor.

Moneta se levanta y se va.

Madeleine mira a Penner.

Hace tiempo, cuando eran jóvenes, le parecía leonino: una buena mata de pelo, mandíbula recia, ojos chispeantes de humor y peligro. Ahora parece mayor y se pregunta si estará enfermo.

—Me estoy haciendo vieja, Evan —le dice.

—Tú no. Tú no tienes edad.

—Y tú eres siempre un caballero. Un mentiroso muy galante. Te has marcado un farol con esa mujer odiosa.

—Te he conseguido un poco de tiempo, nada más —contesta Penner—. No va a parar, ya lo sabes.

Madeleine asiente.

Lo sabe, sí.

Reggie Moneta se echa a la calle.

Furiosa.

Lo ha intentado todo.

Todo lo legal.

Pero la ley no va a darle justicia.

Por eso es hora de dejarla a un lado.

46

Se citan en el enorme aparcamiento del circuito de carreras.

Al principio, un pequeño pulso de poder. Luego, Vern sale de su coche y sube al de Licata.

—Apaga la luz del techo.

—Cuánto tiempo —dice Licata—. ¿Hace ya cuánto? ¿Quince años?

—Recibes tu dinero —contesta Vern.

—No te pongas tan a la defensiva. Era solo un comentario.

Vern no está de humor.

—¿Qué hacemos aquí?

—Tengo entendido que tienes problemas. He venido a ayudarte.

—No necesito tu ayuda.

—Bueno, sigues perdiendo contra Danny Ryan. Es humillante. Y sale caro. Cuando tú pierdes puntos, yo pierdo dinero.

—Te he hecho ganar más que…

—¿Sabes qué es mejor que el dinero? —pregunta Licata—. Más dinero. No estoy aquí para tocarle las pelotas a nadie, sino para ayudar. Tienes un problema con Danny Ryan. Y yo puedo solventar ese problema.

—¿Cómo?

—¿Tengo que explicártelo?

—No —contesta Vern—. Rotundamente, no. Una cosa es comprarte a ti los manteles y cosas así y darte un porcentaje…, pero ¿asesinar? No. No. Ni se te ocurra, Allie.

—¿Me estás diciendo que no lo has pensado?

—Exacto. Voy a bajarme del coche ahora mismo.

Licata se inclina y sujeta la puerta para que no la abra.

—Ryan tiene tratos con Pasco Ferri. ¿De verdad crees que no harán lo mismo contigo si lo creen necesario?

—Estoy tomando medidas.

—Medidas… Y una mierda —dice Licata—. Estás superado. Puedo tener un equipo aquí mañana mismo. Y te prometo que Chicago, Detroit y Los Ángeles te respaldarán.

—No quiero que me respalden.

—Ojo con lo que dices.

—¿Me estás amenazando?

—Te estoy protegiendo.

Vern sale y luego se vuelve hacia la puerta.

—Deja en paz a Ryan o te juro por Dios que…

—¿Qué?

—Tú haz lo que te digo.

Licata levanta las manos. Claro, hombre, lo que tú digas.

Licata llama a un servicio y se alegra de que aún funcione. Le envían a una chica especial, muy cara.

Mucho más cara de lo normal.

—¿Te han dicho lo que vamos a hacer? —le pregunta Licata.

Ella dice que sí con la cabeza.

—Quítate la ropa e inclínate sobre la cama.

Cuando ella obedece, Licata se saca el cinturón de las trabillas.

Solo ese sonido ya se la pone dura.

47

Danny llama al timbre de Eden.

—Una rara aparición nocturna —dice ella, sorprendida y un poco preocupada.

—Ian se ha quedado a dormir en casa de un amigo.

Eden nota que algo va mal. Le indica con una seña que entre.

—Podrías haber usado tu llave.

—No quería asustarte —dice Danny.

—¿Te apetece una copa?

El bar está bien surtido de todo lo que a él le gusta: cerveza Samuel Adams, Johnnie Walker Black, Coca-Cola y, últimamente, Coca-Cola *light*.

—*Whisky*, si me acompañas. Si no, una triste Coca-Cola *light*.

—Me vendrá bien un *whisky*. —Sirve dos vasos y le da uno.

—*Sláinte*.

—*Sláinte* —dice Eden—. ¿Y bien?

—¿Y bien qué?

—¿Qué pasa? Eres el hombre más educado y respetuoso con los horarios del mundo. No te presentas sin más. Por lo menos, no de noche y sin llamar primero.

—He hecho algo horrible.

—¿Y vienes a confesar? —pregunta Eden.

Un chico católico irlandés es siempre un chico católico irlandés, piensa. Aunque Dan ha bromeado alguna vez al respecto: «Soy de una ciudad donde los tíos, cuando van a confesarse, se acogen a la Quinta Enmienda. "Perdóneme, padre, porque he pecado. Y creo que conoce usted a mi abogado, el señor O'Neill"».

—Más o menos, supongo —contesta Danny.

Suena el teléfono de Eden. Mira el identificador de llamadas y dice:

—Espera un momento.

Entra en el dormitorio. Danny enciende la televisión y se pone a ver un partido de los Red Sox.

Eden sale unos minutos después. Parece alterada.

—¿Qué pasa? —pregunta Danny.

—Una de mis pacientes, una trabajadora sexual. Tenía un servicio «especial» esta noche. Al tipo se le ha ido la mano y le ha dado una paliza. Está en urgencias.

—Santo Dios.

—Ha sido en el Shores, Dan.

—¿En uno de mis hoteles?

—Habitación 234B. Dan, lo siento, sé que querías hablar, pero debería…

—No, lo mío puede esperar. Ve a verla.

Eden se va.

Diez minutos después Danny está en el Shores con el jefe de seguridad del turno de noche, mirando la cinta de vídeo.

—El tipo ya se ha marchado —le dice el jefe de seguridad—. Un tal Bob Harris. He retrocedido hasta la hora en que se registró. Aquí está…

272

—¿Es ese? —Danny ve a un tipo de unos sesenta años. Altura media, peso medio, gafas de sol—. Comprueba su tarjeta, averigua lo que puedas sobre él. Tiene prohibida la entrada de por vida a todos nuestros establecimientos. Para alojarse y para jugar.

Luego, Danny va al hospital.

Los médicos han dejado ingresada a la paciente de Eden, una joven llamada Su Lin. Tiene mal aspecto: la cara magullada, un ojo tan hinchado que no puede abrirlo. Eden le cuenta a Danny que tiene dos costillas rotas y múltiples laceraciones, así como hematomas en la espalda y las nalgas.

La han azotado con un cinturón.

Y aun así ella jura que se cayó por las escaleras.

—No puedo detener a ese sujeto si no lo denuncia —dice Fahey, que ha ido al hospital al llamarle Danny.

—Está asustada —dice Eden.

—¿Quién le dio el servicio? —pregunta Fahey.

Eden duda.

—Eso es confidencial.

—¿Quieres decirle eso a la próxima chica a la que le pase algo así? —pregunta Danny—. Porque habrá una próxima.

Eden mira a Fahey.

—Has dicho que no puedes hacer nada.

—He dicho que no puedo detenerle.

—¿Qué significa eso? —pregunta Eden—. ¿Qué piensas hacer, Danny?

—¿Quién la mandó?

—Me ha hablado de una tal Monica.

—Monica Sayer —dice Fahey.

* * *

273

Danny y Fahey van al ático de Sayer. Con solo echar un vistazo a la casa, se dice Danny, ya se ve que en Las Vegas el negocio de la prostitución de lujo da dinero y que Monica Sayer se ha forrado a costa de otras mujeres.

—¿A qué debo esta grata sorpresa? —pregunta Monica.

—Esta noche ha mandado a una de sus chicas a un servicio «especial» —contesta Danny.

Sayer ladea la cabeza como diciendo «¿y qué?».

—El tipo le ha dado una paliza —continúa él—. La chica está en el hospital.

—Su Lin es una sumisa profesional —dice Sayer—. Conoce los riesgos. ¿Gajes del oficio, podríamos decir?

—A ver qué le parece este «gaje del oficio» —responde Danny—. Si vuelve a mandar a otra chica, a cualquier chica, a que le peguen, la declararé *persona non grata* en todos los hoteles del Strip. Si llama para reservar una mesa, el restaurante estará lleno; si quiere ver un espectáculo, las entradas estarán agotadas; si va a cualquier acto social en la ciudad, todo el mundo le dará la espalda.

—¿Porque es usted el todopoderoso Dan Ryan? Yo también tengo mis contactos, señor Ryan.

Danny mira a Fahey.

—Soy teniente de la Sección de Inteligencia Criminal —dice Fahey—. ¿Sabe lo que significa eso?

—¿Por qué no me lo aclara?

—Significa que tengo bastante mano por aquí. Si va a cuarenta kilómetros por hora por un tramo de cincuenta, la pararemos. Si escupe en la acera, la llevaremos a comisaría.

—Eso es acoso.

—No, solo son pequeñas molestias —responde Fahey—. Acoso es esto: averiguaré quiénes son sus chicas. Todas ellas. Y luego las detendré una y otra vez, hasta que digan su nombre. Y entonces la detendré a usted por proxenetismo y tráfico sexual, y pediré a los federales que la investiguen por evasión fiscal. Cuando salga de prisión, usará andador.

—¿Le ha quedado claro? —le pregunta Danny.

Sí, le ha quedado claro.

—¿Qué has hecho? —pregunta Eden.

Están sentados en el cuarto de estar de su piso.

—¿A qué te refieres?

—A esa tal Mónica.

—Hablamos con ella.

—¿Solo hablasteis?

Danny la mira con enfado.

—No te dejes llevar por tu imaginación. Por Dios, Eden, ¿qué crees? ¿Que está enterrada en un hoyo en el desierto? Solo hemos hablado con ella.

—La habéis amenazado.

—Con emprender acciones legales —dice Danny.

—Vale.

—¿Vale? Vaya, gracias.

—Lo siento —dice ella—. Puede que tenga miedo de verme arrastrada a tu mundo.

—También es tu mundo. Esa chica es tu paciente.

—La agredieron en tu hotel.

—Por eso he tomado cartas en el asunto —responde Danny—. ¿Preferirías que no hubiera hecho nada?

No lo sé. Supongo que me daba miedo lo que podías hacer.

—Porque soy Danny Ryan, el gánster.

—Eso es injusto.

—¿Eso es injusto? Dime que no te sientes un poco aliviada, un poco agradecida, que no estás incluso un poco contenta de que me haya ocupado de este asunto.

—Tienes razón —dice Eden—. Tengo sentimientos encontrados.

—Guárdate la charla psicológica para tus pacientes.

—Ahora te has enfadado.

—Claro que me he enfadado. Me pediste que te ayudara…

—En realidad, yo no te…

—… y lo hice, y ahora me acusas de Dios sabe qué.

—No te estoy acusando de nada. Solo digo que estoy empezando a dudar de que teniendo… vidas tan distintas… podamos encajar.

Danny se levanta.

—Me he hecho cargo de los costes de hospitalización de la chica. De eso también puedes echarme la culpa.

—Dan…

—Avísame cuando decidas algo sobre nuestras vidas tan distintas.

Cierra la puerta suavemente al salir.

48

Danny se reúne con Fahey en un Subway apartado del Strip.

—¿Qué has averiguado? —pregunta.

—Hemos revisado las grabaciones de vuestras cámaras de seguridad desde la hora de llegada de Harris y tenemos una imagen de su cara. La he cotejado con nuestros archivos de agresores sexuales.

—¿Y?

—Nada, pero luego tuve una corazonada y la cotejé con los archivos de mafiosos. No te traigo buenas noticias.

—A ver.

—Es un viejo capo de Detroit, Allie Licata —dice Fahey—. Era dueño de parte del primer hotel de Winegard y ahora es socio silencioso de la empresa que le suministra la ropa blanca, pero no hemos conseguido encontrar ningún vínculo directo entre ellos.

—Vale.

—A Licata se le ha visto en la ciudad. Y también a un par de hombres suyos, incluido su hijo Charles, alias Chucky. De tal palo tal astilla, imagino.

—¿Qué están haciendo aquí?

—No lo sé, pero dudo que hayan venido a una despedida de soltero. Ten cuidado, Dan. Hasta los psicópatas consideran a Licata un tarado.

—Mantenme informado, ¿vale?

O sea, que Licata tuvo tratos con Winegard, piensa Danny.

Yo me defiendo de su opa hostil.

Y entonces aparece Licata.

¿Hasta dónde piensa llevar esto Vern?

Ned Egan está friendo beicon cuando Danny llama a la puerta.

Todas las mañanas, siete días a la semana, Ned Egan se prepara huevos con beicon. Madre de Dios, cómo huele aquí a infarto, piensa Danny. Rechaza el desayuno que le ofrece Ned, pero se sienta a la mesita de la cocina.

—¿Has oído hablar de un tal Allie Licata, de Detroit?

—Coincidí con él alguna vez, con tu padre —contesta Ned.

—¿Y?

—A tu padre no le gustaba. No quería verlo ni en pintura.

Y a Ned con eso le bastaba, piensa Danny. Si a Marty Ryan no le agradaba alguien, a él tampoco.

—Está en la ciudad. Con un equipo.

—Yo me encargo —dice Ned.

—No. Solo quiero que vigiles con especial cuidado a Madeleine y a Ian.

Danny se va, conduce hasta una cabina telefónica y llama a Pasco. Una cabina telefónica, piensa. Dios, es como en los viejos tiempos.

—Licata es una buena pieza —le dice Pasco—. Un tipo de cuidado. Y el chico, Chucky, tiene toda la maldad de su padre, pero sin su cerebro.

—¿Crees que esto es solo cosa de Licata o que Detroit está detrás? —pregunta Danny.

—Licata no caga sin que Detroit le dé permiso —contesta Pasco—. Seguro que Detroit está detrás, y puede que también Chicago. Este Winegard ha sacado la artillería pesada, va a ir con todo a por ti.

—No, él no es así —dice Danny.

—¿Quieres que grabemos eso en tu lápida? —pregunta Pasco—. Espabila, chaval. Toma precauciones.

Sí, piensa Danny.

Eso voy a hacer.

Sean South cuelga el teléfono, mira a Kevin Coombs y pregunta:

—¿Sabes quién era?

—¿Un príncipe nigeriano con una mina de oro?

—Danny.

—No jodas.

—Lo que oyes.

Mira tú por dónde… Han estado exiliados en Reno desde que Kevin se emborrachó y la cagó en la fiesta de Ian. Sean ha estado llevando su negocio desde allí y Kevin…

Kevin estuvo en rehabilitación y ahora se dedica a ir a las reuniones de AA, a veces a dos y tres al día.

Por increíble que parezca, ha dejado de beber.

Y se ha convertido en una fuente inagotable de tópicos y

frases hechas: «Día a día y paso a paso»; «Relájate y deja obrar a Dios»; «No es la última copa la que te emborracha, sino la primera»... Si vuelve a decir una sola vez más «No bebas, ve a las reuniones», puede que Sean le pegue un tiro en la cara.

Kevin tuvo un pequeño tropiezo en el Paso 5, «Admitimos ante Dios, ante nosotros mismos y ante otro ser humano la naturaleza exacta de nuestras faltas».

—¿La naturaleza exacta de tus faltas? —preguntó Sean—. Eso podría ser problemático.

Sobre todo en vista de que esas faltas incluyen múltiples homicidios y robos a mano armada, la clase de cosas que no conviene confesar, aunque no se concrete demasiado su naturaleza exacta.

—Puedes contárselo a Dios —dijo Sean— y a ti mismo, pero ¿a otro ser humano? ¿A quién, por ejemplo? ¿A un fiscal?

—Podría contártelo a ti —contestó Kevin.

—Pero yo ya lo sé.

—Pues tienes razón.

Así que decidió saltarse ese paso, igual que el de hacer una lista de todas las personas a las que ha hecho daño y luego tratar de reparar esos agravios.

—No vas a hacer ninguna lista, Kev —le dijo Sean—. Eso se llama «pruebas».

En cuanto a reparar sus agravios, le hizo ver que en varios casos era imposible, puesto que el daño que había causado era mortal, y los que aún estaban vivos seguramente responderían a su amable acercamiento matándole a él.

Kevin, aun así, encontró una salida. Se suponía que tenías que intentar reparar los agravios «excepto cuando hacerlo pudiera perjudicar a esas personas o a otras».

—Creo que yo puedo considerarme otra persona —dijo.

—Desde luego que sí.

—Pero a Danny sí que debería pedirle perdón por echar a perder la fiesta de Ian.

—Yo que tú lo dejaría estar —contestó Sean.

—¿Qué quería Danny? —pregunta ahora Kevin.

—Quiere que volvamos.

—En Las Vegas hay Alcohólicos Anónimos, ¿verdad?

En Las Vegas hay Anónimos de todas clases, contesta Sean para sus adentros.

Jimmy Mac recibe la llamada.

Sentado en el despacho de su concesionario de coches en Mira Mesa, oye preguntar a Danny:

—¿Quieres abrir un concesionario en mi nuevo hotel?

—Puede ser —dice Jimmy.

—Te necesito aquí —dice Danny.

49

Connelly informa a Vern.

—Nuestro hombre en la Metropolitana dice que Ryan ha vuelto a traer a su antigua banda. Jimmy MacNeese, Sean South, Kevin Coombs...

Vern se acuerda del borracho que se fue de la lengua en la fiesta de Ryan. Se llamaba Kevin.

—Ya te decía yo que es un matón —dice Connelly—. Solo era cuestión de tiempo.

Ryan no ha traído a su banda para un reencuentro de antiguos compañeros de colegio, le dice Connelly. La ha traído con un propósito concreto: intimidar o incluso asesinar a personas que puedan testificar ante la Junta, quizá incluso para buscarle las vueltas a Jay Cooper.

—El objetivo podrías ser hasta tú, jefe —añade.

—Ves demasiadas películas —responde Vern.

—Esto no es una película. Están aquí de verdad.

—Pues reforzaré la seguridad.

—Eso está muy bien —dice Connelly—, pero no va a ser suficiente. Tienes que pensar en tomar la iniciativa. —Espera un segundo y luego añade—: Los de la Metropolitana dicen también que Allie Licata está en la ciudad.

—¿Y qué? —Vern empieza a ponerse enfermo. Todo esto se nos está yendo de las manos, piensa. Amenazamos a Ryan por sus tratos con Ferri, pero ¿qué pasa si él me vincula a mí con Licata?

Destrucción mutua asegurada.

Nos echamos las manos al cuello, nos derribamos el uno al otro y nos lanzamos por un precipicio.

Connelly también es consciente de esa dinámica, pero a él se la suda: Reggie Moneta quiere que Ryan caiga y, si para eso tiene que caer también Vern, pues es una lástima, pero así son las cosas.

—Venga ya, Licata y tú os conocéis desde hace mucho. ¿No se ha puesto en contacto contigo? Quizá no sea mala idea tenderle la mano.

—No vamos a hacer nada de eso —contesta Vern—. Tú mismo has dicho que intentamos mantener a la mafia fuera de aquí, no invitarla a volver.

—Yo solo digo que un clavo saca a otro clavo.

—Ni hablar —dice Vern.

Pero no le cuenta que ya le ha dicho que no a Licata: nada de violencia contra Dan Ryan ni contra nadie. Solo que ahora Ryan ha traído a su banda.

¿Para qué?

Le he dicho que no a la mafia… ¿Le habrá dicho Ryan que sí?

Esto se tiene que acabar, piensa Vern.

Danny mira a su gente.

—Nosotros no vamos a dar el primer paso —dice—. Confío en que sea solo una coincidencia que Licata esté aquí.

—Eso no te lo crees ni tú —contesta Sean—. Si Licata es tan cabrón como dicen, deberíamos ir a por él ya mismo.

—Un ataque preventivo —dice Kevin.

—No —contesta Danny.

—¿Y qué vamos a hacer? —pregunta Kevin—. ¿Esperar a que te ataque y luego vengarnos? ¡Y unos cojones!

—Un poco de tranquilidad —dice Jimmy Mac.

Suena el teléfono de Danny.

Lo mira. Es Winegard. Levanta la mano para pedirles silencio y pone el altavoz.

—Vern.

—Tenemos que hablar.

—Estoy de acuerdo.

—Sin abogados ni juntas. Solo tú y yo.

—Por mí, perfecto.

—¿Mañana por la mañana? —dice Vern—. En algún lugar tranquilo, donde nadie nos vea ni nos oiga. No quiero que salga en las revistas.

—¿Tienes pensado algún sitio?

—¿El aparcamiento de Desert Pines? Sé que eres madrugador. ¿A las seis y media?

—Nos vemos allí a esa hora.

Danny cuelga.

—Es una trampa —afirma Kevin—. Una encerrona.

—Estoy de acuerdo —dice Jimmy.

—Licata podría tener un tirador apostado en cualquier sitio —añade Sean—. En cuanto salgas del coche o antes, incluso.

—No, creo que de verdad quiere hablar —dice Danny—. Esto podría traer paz.

—Y serenidad —dice Kevin.

A Sean le dan ganas de pegarle un tiro.

—No puedes ir a esa reunión —dice Jimmy.

Si Vern quiere hablar cara a cara, piensa Danny, quizá podamos resolver este asunto de una vez por todas, llegar a algún tipo de acuerdo.

Vale la pena intentarlo.

—Voy a ir —dice.

Jimmy Mac se vuelve hacia los demás.

—Vale, vámonos para allá ahora mismo, a echar un vistazo. Ángulos de tiro, posibles escondites para un francotirador… Por la mañana estaremos allí, listos para actuar.

—Ha dicho que vaya solo —dice Danny.

—¿Crees que él va a ir solo? —pregunta Jimmy—. No seas loco, Danny. Seremos invisibles, nadie nos verá.

—De acuerdo, pero que a nadie se le vaya el dedo del gatillo, no disparéis primero.

—Danny…

—¿Habéis oído lo que acabo de decir?

—Sí, lo hemos oído —dice Jimmy.

No le gusta, aun así.

A Jim Connelly, tampoco.

—No puedes ir solo —dice—. ¿Y si lleva a su gente?

—Ha sido idea mía —responde Vern.

—Y él puede verlo como una oportunidad.

—Esta mierda ya ha llegado demasiado lejos. Voy a reunirme con Ryan y voy a ir solo, como he dicho que haría.

Connelly sabe que es mejor no llevarle la contraria. Cuando Vern toma una decisión, no hay más que hablar.

Pero no puede dejar que se meta en lo que muy bien podría ser una trampa.

—¿Por qué en un campo de golf antes de que amanezca? —pregunta Madeleine—. Podríais hablar por teléfono sin ningún problema.

—No es lo mismo.

—Vas derecho a una emboscada.

—No creo —responde Danny—. De Winegard se pueden decir muchas cosas, pero no es un asesino.

—Tú no sabes de lo que es capaz.

—Puedo tener listo un ejército esta misma noche —dice Josh—. Exagentes del Mossad…

—No.

—¿Por qué?

—Porque no quiero una puta guerra —dice Danny.

—Son los mejores —insiste Josh—. Harán una evaluación exacta de la situación y actuarán en consecuencia.

—Ya tengo a mi gente.

—No te ofendas —dice Josh—, pero no son tan buenos.

—Los conozco y confío en ellos.

—Voy a ir contigo.

—Ni lo sueñes —dice Danny—. Le prometí a tu abuelo que cuidaría de ti y que no correrías ningún riesgo.

—Entonces, crees de verdad que hay riesgo.

—Siempre lo hay. También cuando voy en coche a la oficina por las mañanas.

—Oh, por favor… —dice Madeleine.

—Es una oportunidad de hacer las paces con Winegard

—insiste Danny—. Y no voy a desperdiciarla. Ahora, ¿os importa que pase un poco de tiempo con mi hijo?

Encuentra a Ian en su habitación, jugando a videojuegos.

—¿Quieres que salgamos a lanzar unas canastas?

—Claro —contesta Ian—. Aunque eres malísimo.

—Entonces será fácil ganarme.

Salen a la cancha que ha mandado construir Madeleine y juegan un uno contra uno.

—Deberíamos hacer otro viaje en bici pronto —dice Danny.

—Sí, deberíamos.

Danny prueba a hacer un gancho.

—¡Kareem Abdul-Jabbar!

—¿Quién?

—Ay, Dios mío.

—Tú jugabas en el instituto, ¿verdad? —pregunta Ian.

—Sí.

—¿Eras bueno?

—Un poco menos malo que ahora.

—O sea, bastante malo. —Ian se ríe. Hace un regate cruzado, sortea a Danny y encesta—. Así es como se hace.

—¿Te doy una paga semanal? ¿Por qué lo hago?

Siguen jugando un rato y luego Danny dice que es hora de darse una ducha y acostarse.

—Mañana hay cole. No te veré cuando te levantes. Tengo una reunión temprano.

—Vale.

—Pero en la cena, sí.

—¿Podemos pedir comida para llevar? —pregunta Ian—. ¿Popeyes o algo así?

—Por mí, bien, pero pregúntale a la abuela.

Entran en casa y Danny le da un abrazo de buenas noches.

—Te quiero, chaval.

—Y yo a ti.

Puede que Dios exista, piensa Danny.

Se ducha y se mete en la cama.

Pronto se hará de día.

50

Vern no ha oído jamás nada parecido a los gritos de su esposa.

Es como si le desgarraran la garganta.

Baja corriendo las escaleras, casi se cae y la encuentra en la cocina gritando aún, con el teléfono en el suelo.

Tiene los ojos desorbitados y una vena le palpita en la frente.

Los gritos le hieren los oídos. La agarra por los hombros.

—¡¿Qué pasa?! ¡Dawn, ¿qué pasa?!

—¡Es Bryce! ¡Es Bryce!

Se desploma.

Se le escapa de las manos como polvo.

51

Danny entra en el aparcamiento justo cuando está saliendo el sol.

Está a punto de echarse a reír: ¿no es a esta hora cuando la gente solía batirse en duelo? Puede que Vern tenga cierta vena dramática, a fin de cuentas.

Pero allí no hay nadie, el suyo es el único coche.

Fieles a su palabra, Jimmy y los demás son invisibles (si es que están aquí, piensa Danny).

Aparca, apaga el motor y espera.

Las seis y veinticinco.

Las seis y media.

Y nada.

No es propio de Vern, que es famoso por llegar puntual (cuando no llega antes de tiempo) a todas las reuniones.

Las seis y treinta y cinco.

Algo pasa.

Empieza a ponerse paranoico, a imaginarse la mira telescópica fija en la parte de atrás de su cráneo o en su frente. Siente que el miedo (¿o es instinto, o sentido común?) se apodera poco a poco de él. Se desliza hacia abajo en el asiento, abre la guantera y saca la Sig Sauer 380.

Quizá Jimmy tenía razón.

Quizá tenían todos razón y es una trampa.

Lo mejor que puedo hacer, piensa, es pisar el acelerador y salir de aquí a toda leche.

Pero cuesta incorporarse para ponerse al volante. Cuesta hacer ese movimiento que podría depararle un balazo. Si hay un tirador, puede que Kevin, Jimmy o Sean le localicen y le eliminen antes de que le dé tiempo a apretar el gatillo.

O puede que no.

Ponte las pilas, se dice. Haz lo que tengas que hacer.

Suena el teléfono.

Danny contesta.

—¿Sí?

—Siento despertarte —le dice Fahey—, pero he pensado que debías saberlo enseguida.

Es Bryce Winegard.

El hijo de Vern.

Está en la UCI del Sunrise, en soporte vital.

52

Danny odia los hospitales.

Ha pasado demasiado tiempo en ellos. Varias semanas cuando se estaba recuperando de un disparo, y después también, en rehabilitación.

Meses, cuando su mujer se estaba muriendo.

Aun así, va al Sunrise porque le parece lo correcto. Madeleine le acompaña porque «Dawn necesitará tener a otra mujer allí, a otra madre».

Es un espectáculo aterrador.

Cuando llegan a la planta de la UCI, Dawn está sollozando y golpeándole el pecho a Vern.

—¡No! ¡No! ¡¡¡NOOOO!!!

Madeleine se acerca, la agarra y la estrecha con fuerza contra su pecho.

—Dios mío, Vern —dice Danny—, ¿qué ha pasado?

—Entró en el garaje y se fue a dar una vuelta con el Maserati. Perdió el control en una curva y volcó, acabó en una zanja.

—Santo Dios.

—Está en muerte cerebral —dice Vern—. Solo le mantienen vivo las máquinas. Tengo que decidir si... —El rostro se le

desencaja, lleno de dolor, de angustia—… si desconectar…
—Baja la cabeza y se tapa la cara con las manos—. Dicen que
será un vegetal. Que no hay actividad cerebral. A todos los efectos, ya está muerto.

Dawn se zafa bruscamente y se abalanza contra él.

—¡No vas a matar a mi hijo! ¡No vas a matar a mi niño!

Vern la agarra de las muñecas para impedir que sus largas
uñas le arañen la cara.

—Dawn. Dawn. Dawn…

—¡No le mates! ¡Por favor!

Vern la obliga a sentarse en una silla. Una enfermera se
acerca con una inyección. Madeleine se sienta junto a Dawn, le
acaricia el brazo, pero no dice nada.

No hay palabras.

—Si puedo hacer algo… —dice Danny.

—Vete. Lárgate.

—Vern…

—Tu hijo está vivo.

Madeleine se levanta, coge a Danny del brazo y le lleva fuera.

—Ha sido un error venir —dice él.

—No, ha sido lo correcto —contesta su madre—. Vámonos a casa. Necesito abrazar a Ian.

Danny también.

Pero se siente mal.

Por estar agradecido.

Porque haya sido el hijo de otro y no el suyo.

53

—¡Estaban allí! —exclama Kevin—. ¡En el puto campo de golf!

Jimmy Mac asiente con la cabeza.

—Yo no vi a nadie —contesta Danny.

—Los vimos en dos coches, en la calle —dice Sean.

—¿Cómo sabéis que eran hombres de Licata?

Sean pone unas fotos sobre la mesa. Están hechas con teleobjetivo y se ven algo borrosas, pero Danny distingue las caras y, efectivamente, son mafiosos, está más claro que el agua. Luego se las pasará a Fahey, a ver si coinciden con alguna foto de sus archivos.

—¿Quién, si no, iba a estar allí antes de que amaneciera, aparcado en la calle? —pregunta Jimmy—. Tienes que afrontarlo: Winegard te tendió una trampa.

—Entonces, ¿por qué no dispararon? —pregunta Danny—. ¿Por qué no hicieron nada?

—Puede que no tuvieran buen ángulo de disparo —contesta Jimmy—. Que no estuvieran seguros de acertar. O puede que estuvieran esperando una orden que no llegó. Pero ¿qué más da, joder? ¿Vas a esperar a que la próxima vez sí disparen?

—Hay que actuar ya —dice Kevin—. Localizarlos y quitarlos de en medio.

—Esa es siempre tu respuesta —contesta Danny.

—Es que es siempre es la respuesta.

—Danny —insiste Jimmy—, sé cuántas ganas tienes de que todo sea legal. Sé que quieres dejar atrás toda esta mierda de la mafia. Pero ahora mismo no puede ser. Está aquí, aquí mismo, y hay que plantarle cara.

Tiene razón, piensa Danny.

Si dejamos que Licata nos atropelle, lo perderemos todo. Pero, si nos metemos en una guerra de bandas en Las Vegas, lo perderemos todo igualmente, aunque ganemos.

—Hay que redoblar la seguridad —dice—. Encontrad a esos tipos y no los perdáis de vista. Pero nosotros no vamos a tomar la iniciativa. No seremos los primeros en abrir fuego, bajo ningún concepto.

—Es un error —dice Kevin.

—Si no te parece bien, márchate —replica Danny—. Pero, si te quedas, haz lo que te digo.

—Me quedo —contesta.

54

Vern lo ha oído muchas veces.

Que ningún padre debería tener que enterrar a su hijo.

Pero hasta este momento, de pie junto a la fosa, mientras ve cómo se preparan para echar tierra sobre su hijo, ignoraba lo que significaba de verdad.

No tenía ni idea de lo que era el dolor.

Ahora lo sabe.

A su lado, Dawn está catatónica por las pastillas. Vern duda de que vaya a recuperarse.

Y yo tampoco, piensa.

Él rechazó la medicación porque, en cierto modo, le parecía una deslealtad hacia Bryce no sentir el dolor. Y ahora respira dolor, lo inhala sin exhalarlo. El dolor da vueltas dentro de él y a su alrededor como una cadena invisible que le dificulta el movimiento de los brazos y las piernas y le impide pensar. Es como caminar bajo el agua, como si estuviera en el fondo de una piscina, mirando desde allí al resto del mundo.

Es consciente de que la iglesia estaba abarrotada y de que la mayoría de los que han venido también han estado en el cementerio de Eden Vale. Sabe que ha venido toda la gente «que pinta algo»: algunos por sincera compasión, otros por respeto, y algunos por miedo a no asistir al funeral del hijo del poderoso Vern Winegard.

A él le importa una mierda.

Nada le importa.

Ni quién ha venido y quién no, ni haber visto a Dan Ryan al fondo de la multitud.

Dan Ryan…

Connelly ha estado incordiándole sobre ese tema esta misma mañana, mientras se preparaban para ir a la iglesia.

—Su gente estaba allí —ha dicho—. Era una emboscada.

—¿Me vienes con eso el día del entierro de mi hijo?

—No puede esperar, Vern. —Como si estuviera al borde de la piscina, hablándole a través del agua. Su voz suena sorda, apagada, distorsionada—. No puede esperar.

—Sí que puede esperar.

—Tenemos que actuar.

—Haz lo que quieras. Haz lo que creas que hay que hacer.

A él le importa una mierda.

Están echando tierra sobre su hijo.

Su esposa se lamenta.

Ningún padre tendría que enterrar a su hijo.

Los coches negros se alinean como cuervos en un cable telefónico.

Dan observa a Vern, que avanza arrastrando los pies hacia la limusina que le espera. Se pregunta si habrá tomado tranquilizantes. Yo los tomaría, piensa.

O me habría metido ya una pistola en la boca.

Su madre no quería que fuera al entierro.

—Intentó matarte.

—No lo sabemos.

—Puede que tú no lo sepas —respondió Madeleine—. Y, en cualquier caso, malinterpretará tu presencia. Pensará que te estás regodeando.

—Eso es absurdo.

—¿Sí? Yo me alegro de que Bryce haya muerto.

—Es terrible que digas eso.

—Me alegro porque, si no hubiera ocurrido el accidente, Winegard habría ido a la reunión y te habrían matado al salir del coche. Y tu hijo se habría quedado sin padre.

—Te repito que…

—Yo sí lo sé —le atajó Madeleine—. Conozco este mundo mejor que tú.

Puede ser, pensó Danny.

Le llevó las fotos a Fahey y él le confirmó que eran hombres de la banda de Licata en Detroit. Su hijo Chucky y otros tres, asesinos todos ellos.

Ahora ve a Vern ayudar a Dawn a subir al coche.

¿Iba a hacer que me mataran?, se pregunta.

¿Quiere que me maten aún?

¿O la muerte de un hijo cambia tu forma de pensar, hace que te des cuenta de lo que de verdad importa en la vida? O puede que sea al contrario. Que te llene de furia, que te haga odiar, que te convierta en alguien dispuesto a hacer cualquier cosa.

* * *

298

Danny se lleva aparte a Jimmy Mac y le dice que se vaya.

—Tienes a tu familia en San Diego. Tienes tu negocio, tu vida. Ha sido injusto meterte en esto.

—Somos amigos desde… ¿desde cuándo, desde el parvulario? —contesta Jimmy—. Mi empresa y todas las cosas materiales que tengo en esta vida, se las debo a nuestra amistad. No voy a ir a ninguna parte, Danny.

Danny sabe que es de la vieja escuela.

Es irlandés, es Nueva Inglaterra.

Es Providence.

TERCERA PARTE

Las reglas de la justicia

**Providence, Rhode Island
1998**

*Conoces ya las reglas de la justicia, y las conoces bien.
Ahora, aprende también la compasión.*

Esquilo,
Las Euménides

55

Heather Moretti se muestra desafiante en el estrado.

Marie expone paso a paso los hechos fundamentales: que se encontró con su hermano, Peter Junior, en el cementerio el día de autos, al visitar la tumba de su padre; que luego quedó con él y con Timothy Shea en un bar para tomar algo; y que, después de marcharse Shea, su hermano y ella estuvieron hablando.

—¿Hablaron del asesinato de su padre? —pregunta Marie.

—Sí.

—¿Le dijo usted a su hermano quién creía que podía haber matado a tu padre?

—Le dije que creía que había sido Vinnie Calfo.

—¿Y en qué basaba esa opinión?

Heather hace una mueca casi burlona.

—En el saber popular.

—¿Qué quiere decir con eso? —pregunta Marie.

—Vamos —dice Heather—. ¿Por qué no hablamos sin tapujos? Usted sabe a qué me refiero.

—Explíquemelo.

—Cómo nos criamos, la gente con la que crecimos… Todo

el mundo en Rhode Island sabe de lo que hablo. Y toda esa gente habla. Bla, bla, bla, no pueden evitarlo. Así que, sí, oí murmurar no sé cuántas veces que Vinnie mató a mi padre. Y también a esa chica, a Cassandra Murphy.

—Y le trasladó esa opinión a su hermano.

—Ya se lo he dicho.

—¿Eso es un sí? —pregunta Marie.

—Sí, es un sí.

—¿Le dijo también lo que pensaba sobre la implicación de su madre en el asesinato de su padre?

—Creo que le dije que prácticamente empujó a Vinnie a hacerlo.

—¿Y en qué se basa para decir eso?

—Me lo dio a entender ella una noche, estando borracha.

—¿Qué noche?

—No lo sé. Hubo tantas...

—¿Qué le dijo exactamente?

—Que la culpa del suicidio de mi hermana la tenía mi padre.

Marie formula una pregunta que los abogados rara vez hacen a un testigo hostil.

—¿Por qué?

—Me dijo que ella le suplicó que la mandara a un hospital psiquiátrico y que él se negó.

—¿Porque no quería gastarse ese dinero?

—Eso decía ella.

—¿Qué más le dijo su madre?

—Que no sabía si Vinnie había matado a mi padre —dice Heather—, pero que a ella le parecía bien.

—Y así se lo trasladó usted a su hermano.

—Sí.

—¿Le dijo algo más?

—Como no estaba segura de que me creyera, le dije que fuera a hablar con Pasco Ferri —dice Heather.

—¿Por qué?

—Porque Pasco lo sabe todo.

—¿Animó usted a su hermano a matar a Vincent Calfo y Celia Moretti? —pregunta Marie.

—No.

—¿Volvió a hablar con su hermano posteriormente?

—Sí.

—¿Qué le dijo él?

—Que no sabía qué había pasado. Y que no sabía qué hacer. Quería que fuera a recogerle.

—¿Fue usted?

—No.

—No hay más preguntas.

Bruce Bascombe se levanta.

—Usted está convencida de que Vincent Calfo y Celia Moretti fueron los responsables del asesinato de su padre, ¿es así?

—Así es, sí.

—Pero no acudió a la policía para facilitarle esa información, ¿verdad?

Heather sonríe.

—No.

—¿De qué se ríe? —pregunta Bruce.

—Soy una Moretti.

—Ha declarado que no alentó a su hermano a matar a Vincent ni a Celia, ¿es correcto?

—Sí.

—¿Le dijo él que iba a matarlos?

—No.

—¿Le dijo que quería matarlos?

—No.

—Entonces, Peter Junior no le dijo que quisiera matar a Vinnie Calfo o a Celia Moretti.

—No, no me lo dijo.

—¿Le habló de matar a alguien?

—No.

—Ha declarado usted que habló con Peter después de los asesinatos, ¿es correcto? —pregunta Bruce.

—Sí, por teléfono —contesta Heather—. Me llamó él.

—Y le dijo que no sabía qué había pasado ni sabía qué hacer. ¿Dijo algo más?

—Sí.

—¿Qué?

—«Ella vino hacia mí» —dice Heather.

—Lo siento, no la he oído bien.

—«Ella vino hacia mí».

Bruce mira al jurado.

—No hay más preguntas.

Esa zorrita me la ha jugado, piensa Marie.

56

El jurado casi vibra de expectación cuando Marie llama a Pasco Ferri al estrado.

El viejo capo de la mafia es quizá el tío más famoso de Nueva Inglaterra, aparte de los jugadores de los Red Sox y los Patriots.

A Marie le repugna la deferencia con que la policía, los guardias y hasta el juez tratan a Ferri, como si fuera un anciano y distinguido mandatario o un pilar de la comunidad y no lo que es, un asesino despiadado.

Le da ganas de vomitar. Pero pone buena cara.

—¿Cuál es su relación con el acusado?

—Soy su padrino.

Se oyen risitas nerviosas en la sala. Hasta Pasco esboza una sonrisa.

—De modo que, cuando se refiere a usted como «tío Pasco», no quiere decir que sea de verdad su tío.

—Es una costumbre italiana.

—¿Fue a verle el acusado el día de autos? —pregunta Marie.

—Dos veces.

—Háblenos de la primera vez. ¿Qué le dijo el acusado?

—Me preguntó si sabía algo sobre el asesinato de su padre.

—¿Y sabía usted algo?

—Lo que todo el mundo, solo rumores —contesta Pasco.

—¿Qué rumores?

—Que había sido Vinnie Calfo.

—¿Y lo creía usted?

Pasco se encoge de hombros.

—Creía que entraba dentro de lo posible.

—¿Le dijo Peter dónde había oído ese rumor?

—Se lo dijo su hermana.

—Heather Moretti.

—Eso fue lo que me dijo.

—¿De qué más hablaron Peter y usted? —pregunta Marie.

—Me preguntó si creía que su madre estaba implicada en el asesinato de su padre.

—¿Qué le contestó?

—Que sus padres tenían una relación complicada —dice Pasco—. Era un matrimonio con problemas.

—Que usted sepa, ¿culpaba Celia Moretti a su marido del suicidio de su hija?

—Yo de eso no sé nada.

—¿Por qué otro motivo podía querer que le mataran?

—No lo sé —contesta Pasco—. Yo solo sé que Peter hijo sospechaba que así era.

—¿De qué más le habló Peter?

—Me preguntó qué creía yo que debía hacer.

—¿Y qué le respondió?

—Le dije que lo dejara estar. Que no hiciera ninguna tontería.

—¿Le instó usted a vengarse?

—No.

Marie deja pasar unos segundos y luego pregunta:

—¿Volvió Peter a verle después?

—Sí —responde Pasco—. Sobre la una de la madrugada del día siguiente.

—¿Qué le dijo?

—Me pidió ayuda.

—¿Para qué?

—No lo sé, porque me negué a ayudarle.

—¿Sabía usted lo que había pasado? —pregunta Marie.

—Sí.

—¿Cómo se enteró?

—Me llamó un poli para decírmelo.

—¿Por qué le llamó un agente de policía?

—Cuando en Nueva Inglaterra matan a un mafioso —responde Pasco—, puede que yo no sea la primera persona a la que llama la policía, pero soy de las primeras.

Marie lo deja correr.

—De modo que sabía usted que el señor Moretti había matado a su padrastro y a su madre —dice.

—Protesto.

—Se admite.

—Cuando Peter llegó a su casa —continúa Marie—, a usted ya le habían informado de que había matado presuntamente a su padrastro y a su madre. ¿Es así?

—Así es.

—¿Cómo describiría su estado emocional?

—Estaba muy alterado. Lloraba. Me preguntó qué debía hacer.

—¿Qué le dijo usted?

—Que se entregara.

—¿Qué pasó después?

—Que le eché de mi casa —dice Pasco.

—¿Se fue por voluntad propia?

—Sí.

Más risas sofocadas. Todo el mundo sabe que, si Pasco Ferri te pide que te vayas, te vas.

—No hay más preguntas.

Bruce se levanta.

—Señor Ferri, en algún momento previo al asesinato, ¿le dijo Peter que tenía intención de matar a Vincent Calfo o a Celia Moretti?

—No.

—En algún momento posterior al asesinato, ¿le dijo Peter que había matado a Vincent Calfo o a Celia Moretti?

—No.

—De modo que lo único que sabe —añade Bruce— es que alguien de la policía le dijo que lo había hecho.

—Correcto.

—Y ese fue el motivo de que le dispensara usted ese trato. ¿Es correcto?

—Sí, es correcto.

—O sea, que a día de hoy sigue usted sin saber para qué quería pedirle ayuda Peter, ¿verdad? —pregunta Bruce.

—No lo sé, no.

—Gracias.

—¿Quiere repreguntar? —le dice Faella a Marie.

—Ya lo creo que sí. —Se pone en pie—. ¿No es cierto que Peter Moretti Junior acudió a usted no como su tío ni como su

310

padrino, sino como el padrino, con el propósito de pedirle permiso para matar a Vincent Calfo?

—¡Protesto!

—Denegada.

—No, eso no es cierto —responde Pasco.

—Pero es así como funcionan las cosas, ¿verdad? —pregunta Marie.

—¡Protesto!

—Denegada.

—Yo no sé nada de eso.

—¿Y no es cierto que usted dio su permiso? —insiste Marie.

Pasco empieza a enfadarse, se le ve en los ojos.

—No.

—¿Y no es cierto que después de que Peter Moretti Junior matara a Vinnie Calfo, acudió a usted para que le ayudara a escapar?

Pasco le lanza una mirada asesina.

—No, no es cierto.

—¿Y que le echó usted de su casa porque se le había ido la mano y había asesinado a su propia madre? —pregunta Marie.

—Me espantó enterarme de eso.

—¿Porque pensó que era cierto? ¿Porque sabía que había ido allí con intención de matar?

—Porque la policía me dijo que lo había hecho.

—No llamó usted a Calfo para advertirle, ¿verdad?

—No.

—Tampoco llamó a Celia, ¿verdad?

—No.

—¿Y a la policía? —pregunta Marie—. ¿Llamó a la policía para avisar del posible peligro?

—No.

—No hizo nada, ¿no es cierto? No movió un dedo para impedirlo. Siéntate, Bruce, retiro la pregunta. Eso es todo. Ya pueden escoltar al señor Ferri fuera de la sala con la debida deferencia.

Despídete de ser gobernadora, piensa Marie.

Pero se ha anotado un tanto, lo ha visto en la cara del jurado.

Puede que Pasco Ferri no sepa cómo funcionan las cosas, pero la gente en Rhode Island lo sabe a la perfección.

57

Hay niebla en Rhode Island.

La niebla gris y espesa como una sopa es común en la costa, pero hacía años que Chris Palumbo no experimentaba nada parecido. Es tan densa que no ve más allá del pequeño patio que hay frente a su habitación en el motel.

La habitación es bonita pero sencilla. Una cama, un aseo con ducha, un sofá, una mesa, una cafetera con sobrecitos de celofán con azúcar, crema y un palito para remover. Un televisor con la programación básica por cable.

La ubicación del Pig and Whistle (el dueño tenía en mente una antigua taberna de Nueva Inglaterra, aunque el motel es una hilera de cabañitas de mediados de siglo) le viene bien. Está alejado de la autopista, en un pueblecito de la costa sur. Un sitio apartado y discreto, salvo por el nombre.

Chris aún no está listo para anunciar su regreso a Rhode Island.

Va a ser complicado.

Peter y Vinnie están muertos y Paulie está en Florida, pero

todavía hay gente que recuerda lo que hizo y que con gusto le mataría por ello. No sin antes sacarme hasta el último céntimo, piensa al abrir el cajón de la mesilla para guardar su Glock de 9 milímetros.

Quizá consiga mantenerme con vida gracias a su avaricia.

Por lo menos el tiempo suficiente.

Piensa en llamar a Cathy, pero se acobarda. Su mujer se va a poner furiosa y tiene muy mal genio, no conviene hacerla enfadar. Además, Chris no sabe qué habrá estado haciendo estos últimos años. Quizá esté con alguien, incluso puede que haya vuelto a casarse.

Será mejor enterarse primero.

Cansado de pronto por el largo viaje en coche, se tira en la cama y duerme como un tronco.

Cuando se despierta hace sol y alcanza a ver la balsa de agua salada que antecede al mar. Dos grandes sauces se alzan en la larga franja de césped bien cuidado que desciende hasta la orilla. Una pequeña lancha motora se mece junto al pantalán de madera. Un adolescente con gorra de béisbol está de pie en la barca, limpiándola con un trapo.

Chris se prepara un café horrible y baja al pantalán.

Ahora ve que quien limpia la barca no es un chico, sino una chica.

¿Dieciocho años? ¿Diecinueve? Una cara tan pura e inocente que se diría que nunca ha tenido un mal pensamiento.

—Buenos días —dice la chica.

—Hace una mañana preciosa.

—¿Te alojas en el motel?

—Sí —contesta Chris—. Soy de Nueva York.

—¿Qué te trae por aquí?

—Oí hablar de Rhode Island y se me ocurrió venir a echar un vistazo.

—¿Y te gusta?

—De momento, sí.

Ella deja de limpiar la barca y le mira.

—¿Puedo preguntarte una cosa?

—Claro.

—¿Has encontrado a Jesús?

Chris está a punto de soltarle una pulla del tipo «¿Es que se ha perdido?», pero la chica parece tan sincera que no se atreve.

—Me educaron en el catolicismo.

—Me refiero al Jesús verdadero —dice ella—. El de la Biblia. Yo soy testigo de Jehová.

De nuevo, Chris está a punto de responder con un chiste sobre el Programa de Protección de Testigos de Jehová, pero se contiene.

—¿Y qué tal?

—Ya sé dónde voy a pasar la eternidad.

Sí, ya, esperando a que te atiendan en la Oficina de Tráfico, piensa Chris, como todo el mundo. Pero dice:

—Jesús y yo procurarnos mantener las distancias.

—Él te ama.

—Pues no se nota.

—¿En serio? —pregunta ella—. Acabas de decir que hace una mañana preciosa. Y estamos aquí.

Tiene razón, piensa Chris.

—Vale.

—Él siempre está cuidando de ti. Solo que no siempre te das cuenta.

La verdad es que he tenido mucha suerte, se dice Chris. Hay

muchos que ya la han palmado y yo sigo aquí. Por cuánto tiempo, esa otra cuestión, pero de momento aquí estoy.

—Piensa en la eternidad —insiste la chica—. Esta vida pasa en un abrir y cerrar de ojos.

—Que tengas un buen día —le dice Chris.

—Seguro que sí —contesta ella—. Y tú también.

Chris se acerca a la oficina. El viejo del mostrador resulta ser el dueño, un tal Browning.

—Bonito sitio —le dice Chris.

—Me alegro de que le guste.

—Pero ¿The Pig and Whistle?

—Antes había aquí una taberna.

No recuerdo una taberna aquí, piensa Chris.

—¿Cuándo fue eso?

—En la década de 1790 —contesta Browning—. Se quemó en 1811.

Como si fuera ayer, piensa Chris.

La condenada Nueva Inglaterra.

—Le he visto hablando con Gina, ahí abajo —dice Browning—. ¿Le ha estado dando la tabarra con Dios?

—Es buena chica.

—No habla más que de la Biblia, pero es trabajadora. ¿Va a desayunar? Puede sentarse en la mesa que quiera, hoy hay poco movimiento.

Chris entra en el comedor y toma asiento junto a la ventana. Le sorprende que pongan servilletas de hilo para el desayuno y se lo dice a Browning cuando va a servirle el café.

—Odio las servilletas de papel y los cubiertos de plástico —contesta—. Es un despilfarro.

—¿Quién les lava la ropa?

Browning le mira un momento y luego sonríe.

—Ya decía yo que me sonaba su cara.

—¿La mía? No creo. Nunca había estado por aquí.

—Es curioso —dice Browning—. Se parece mucho al hombre que solía lavarnos la ropa blanca. Ahora es el chico, o a veces la madre, quien viene a recogerla.

Me cago en Rhode Island, piensa Chris. Todo el mundo conoce a todo el mundo o conoce a alguien que conoce a alguien.

—Me confunde con otro —dice.

—Me habré equivocado —contesta Browning.

Pero, por la cara que pone, Chris se da cuenta de que no cree en absoluto que se haya equivocado y que conoce la historia de cabo a rabo; o, al menos, la parte sobre la desaparición de Chris Palumbo.

—Hay crema y azúcar allí, en la mesa. La chica viene enseguida a tomarle nota. Y señor… Patterson, ¿verdad?… Aquí, en el Pig and Whistle, respetamos la intimidad de nuestros huéspedes.

Browning le mira directamente a los ojos.

—Es bueno saberlo —dice Chris.

—La persona con la que le he confundido siempre se portó muy bien con nosotros. Buen servicio, puntualidad, un precio justo… Somos clientes leales.

—La lealtad lo es todo —responde Chris.

Tras un buen desayuno a base de huevos (poco hechos), beicon y tortitas, vuelve a pasarse por el mostrador.

—¿Estaba todo a su gusto? —pregunta Browning.

—Todo estupendo, sí. Oiga, ¿cuándo hace la recogida su servicio de lavandería? El chico que me dijo antes…

—Jake —dice Browning—. Los jueves por la mañana.

Es martes.

Chris se saca un billete de cien dólares del bolsillo y lo desliza sobre el mostrador.

—¿Cree que podría llamar y pedirles que vengan antes? Si tuviera mucho jaleo o algo así, a lo mejor necesita que...

—Creo que sí que podría. La lealtad lo es todo.

Browning empuja el billete hacia atrás.

Al salir de la camioneta, Jake ve a un hombre parado en la entrada, mirándole.

El hombre se acerca a él.

—Jake.

Jake no sabe qué hacer.

Darle un puñetazo en la boca, quizá. Esa es su fantasía, lo que imagina: echar el brazo hacia atrás y pegarle a su viejo en toda la jeta. Verle tambalearse y caer de culo. Y luego decirle «Que te den» y largarse.

Pero le agarra y le abraza.

Chris le besa en la frente.

—Madre mía, cómo has crecido. Me fui dejando a un niño y vuelvo y eres un hombre.

Lloran los dos.

Chris está sentado en la cama de su habitación en el motel.

—Lo siento —dice—. No tenía ni idea de que las cosas estuvieran tan mal.

Jake acaba de contarle lo que está pasando. Le ha hablado

de los tipos que los acosan, que abusan de Cathy, que los exprimen y se aprovechan de sus negocios.

Y de John Giglione, que se pone cada vez más agresivo.

—Te estuve buscando —le ha dicho Jake—. Pero no te encontré.

—Lo siento —ha contestado él.

Ahora mira al otro lado de la habitación, a su hijo —casi un adulto—, y comprende que tiene que hacer algo. Ya se lo dijo Pasco; ahora se lo está diciendo Jake; y Cathy se lo dirá también, si se digna hablar con él.

—Mamá te ha echado de menos —dice Jake.

—Pensaba que se habría buscado a otro.

—Dice que está muy liada —contesta Jake, y luego añade—: Yo creo que todavía te quiere. No sé por qué.

—Yo tampoco lo sé. Jake, tú sabes que tuve que irme.

—Podrías haber llamado. O haber escrito. Habríamos ido donde estuvieras.

—No era seguro. Ni tampoco lo es ahora.

—¿Qué vas a hacer?

—Acabar con esto de una puta vez —dice Chris—. Pero, Jake, me va a llevar algún tiempo. Voy a tener que ir pidiendo limosna como un pordiosero y tragar mucha mierda. Y tú también. ¿Podrás soportarlo?

—Puedo soportar lo que sea —contesta Jake. Y luego—: Deberíamos decirle a mamá que has vuelto.

—Todavía no. Si se entera, no podrá ocultarlo, y necesito pasar desapercibido todavía un tiempo.

—Vale.

—Eres un buen chico —dice Chris —. Estoy orgulloso de ti.

58

Marie llama a declarar a Tim Shea.

Ve que varios miembros del jurado se inclinan hacia delante, literalmente. La han oído hablar de la declaración de Shea en su exposición del caso, de modo que saben que es un testigo clave. Están enfadados, revueltos. Han visto las fotografías sangrientas: el cuerpo prácticamente decapitado de Calfo, el tronco destripado de Celia, su cara irreconocible. Marie procuró mostrarlas al principio del juicio para que los miembros del jurado tuvieran ganas de hacer pagar a alguien por aquello.

Han oído el testimonio del guardia de seguridad de la verja de la casa, que situaba a Peter Junior y a Timothy Shea en el lugar de los hechos a la hora del asesinato. Le han oído contar que vio salir el coche a toda velocidad diez minutos después.

Ahora van a oírlo del propio Shea, testigo ocular del asesinato de Calfo.

Es un momento decisivo.

Peter Junior también lo sabe.

Su amigo, su compañero en los marines, que luchó a su lado

en Kuwait, el tipo que le llevó a la escena del crimen y le sacó de ella, ahora puede hacer que le encierren de por vida.

Al acercarse al estrado, Tim no ha podido mirar a Peter.

Sigue sin mirarle aún. Mantiene los ojos fijos en Marie Bouchard mientras ella le hace preguntas.

Va todo tal y como lo han ensayado.

Marie ha trabajado con Shea, ha repasado con él su testimonio una y otra vez para asegurarse de que sus respuestas sean coherentes y no contradigan las pruebas materiales.

Así que va todo sobre ruedas. Marie empieza por dejar claro que Shea estaba en el domicilio de los Moretti el día de autos a la hora de los asesinatos, y luego pregunta:

—¿Por qué estaba allí?

—Porque llevé a Peter Moretti —contesta Tim.

—Se refiere a Peter Moretti hijo, ¿verdad?

—Eso es.

—¿Puede identificarle? ¿Puede señalarle en esta sala?

Tim señala a Peter Junior. Sus miradas se cruzan solo un segundo.

—Es ese.

—Que conste en acta que el testigo identifica al acusado —dice Marie—. ¿Por qué llevó al señor Moretti a la casa?

—Para matar a Vinnie Calfo y Celia Moretti.

Peter Junior espera que Bascombe proteste, pero el abogado no se levanta.

—¿Cómo lo sabe? —pregunta Marie.

—Porque me lo dijo Peter.

—De hecho, usted le proporcionó el arma, ¿no es así?

—Le di mi escopeta.

Marie mira al jurado.

—Una escopeta del calibre doce.

—Sí.

—Explíquele al jurado qué pasó cuando llegaron a la casa.

Como le han enseñado, Tim mira directamente al jurado al relatar los hechos. Salieron del coche y abrieron el maletero. Peter Junior cogió la escopeta, la sostuvo a la espalda, se acercó a la puerta y llamó al timbre.

Calfo abrió la puerta en bata.

—¿Le oyó usted decir algo? —pregunta Marie.

—Dijo: «Peter, no sabíamos que estabas aquí».

—¿Qué pasó entonces?

Que Peter Junior sacó la escopeta, le dice Tim al jurado. Calfo se dio la vuelta para huir. Y Peter le disparó.

—Usted lo vio —dice Marie.

—Sí.

—¿Qué pasó a continuación?

—Que Peter entró corriendo —dice Tim.

Cerró la puerta de una patada. Un minuto después, Tim oyó otro disparo, y luego otro. Unos segundos después, Peter salió corriendo por la puerta.

—¿Le dijo algo el acusado? —pregunta Marie.

—En ese momento, no.

—¿Y usted? ¿Le dijo algo?

—Le dije que teníamos que salir de allí.

—¿Y se marcharon?

—Sí.

—¿Adónde fueron?

—A Goshen —contesta Tim.

—¿Dijo algo el señor Moretti durante el trayecto?

—Sí. Dijo: «¿Qué he hecho? ¿Qué he hecho?».

—¿Qué hicieron al llegar a Goshen?

—Rompimos la escopeta y tiramos los trozos al mar, en el puerto.

—¿Y después?

—Llevé a Peter a casa del señor Ferri —dice Tim.

—¿Por qué?

—Peter quería hablar con él.

—¿Y lo hizo? —pregunta Marie.

—Supongo que sí. Tocó el timbre, el señor Ferri abrió la puerta y yo me fui.

—¿Por qué?

—Tenía miedo —contesta Tim—. Estaba muy asustado.

—¿Cuándo fue la siguiente vez que vio al señor Moretti?

—Ahora mismo.

—Aquí, en el juzgado —dice Marie—. Hoy.

—Sí.

—¿Ha hablado con él o se ha comunicado con él de alguna manera?

—No.

—Gracias, eso es todo.

Marie sabe que ha sido un golpe mortal.

El último clavo en el ataúd de Moretti.

Bruce Bascombe se levanta y se acerca sin prisa al estrado.

—Señor Shea, a cambio de que declarara en el juicio el ministerio fiscal le ofreció un trato, ¿no es así? ¿Su puesta en libertad anticipada?

—Sí.

—Y le dijeron que saldría libre, que no volvería a pasar un día en la cárcel si testificaba contra su amigo.

—Sí.

—Y aceptó usted el trato, ¿es correcto?

—Sí.

—Claro, ¿quién no lo aceptaría? —pregunta Bruce—. Peter Moretti era su amigo, ¿verdad?

—Sí.

—¿Estuvieron juntos en los marines?

—Sí.

—¿En Kuwait?

—Sí.

Marie sabe lo que intenta Bruce. Encadenando una serie de preguntas cortas cuya respuestas es siempre un sí, consigue dos cosas: que el testigo se acostumbre a responder afirmativamente y que los miembros del jurado tengan la impresión de que el abogado de la defensa siempre tiene razón.

—¿Combatieron juntos? —pregunta.

Tengo que cortar esto, piensa Marie.

—Protesto. Es irrelevante.

—Intento dejar clara su relación con el acusado —dice Bascombe, que sabe que Marie ha protestado únicamente para romperle el ritmo.

—Denegada.

—¿Combatieron juntos? —repite Bruce.

—Sí.

—Eso crea un vínculo, ¿verdad?

—Sí.

—Que ahora usted ha roto —dice Bruce.

Tim acusa el golpe. Una vez más, Marie sabe lo que intenta Bruce: hacer quedar mal al testigo. Que no parezca de fiar.

—Protesto.

—Se admite.

Bruce sonríe. Demasiado tarde. El daño ya está hecho. Sigue adelante.

—Ha declarado usted que llevó a Peter a su casa con el propósito expreso de matar a su padrastro y a su madre. ¿Es correcto?

—Sí.

—Pero eso no es cierto, ¿verdad? Peter nunca dijo eso, ¿verdad?

—Con esas mismas palabras, no —contesta Tim.

¿Qué?, piensa Marie. ¿Qué narices…?

—De hecho —dice Bruce—, lo que dijo Peter fue: «Tengo que hacer algo. Tengo que hacer algo». ¿No es cierto?

—Sí.

—Pero en ningún momento dijo qué era ese algo, ¿verdad?

—Estaba bastante claro. —Tim mira a Marie—. O sea, dijo que se había enterado de que su padrastro y su madre habían matado a su padre y que tenía que hacer algo.

—¿Dijo que fuera a matarlos?

—Me preguntó si tenía un arma que pudiera usar.

—¿Para qué? —pregunta Bruce—. ¿Quizá para defenderse cuando se enfrentara a Vincent Calfo, un conocido asesino de la mafia?

—¡Protesto!

—Se admite.

—Señoría —dice Bruce—, puedo traer a testigos que corroboren la reputación de Calfo. De hecho, podría llamar a declarar a la propia señora Bouchard para que testifique sobre las condenas y las penas de prisión de Calfo. Fue fiscal en una causa contra él.

—Señoría, ¿podríamos debatir esto en el despacho? —pregunta Marie.

Bruce quiere que lo hablen delante del jurado. Que oigan lo peligroso que era Calfo, que sepan que Peter Junior podía sentirse amenazado.

En el despacho, dice Marie:

—Vinnie Calfo nunca fue detenido, ni imputado, ni procesado, ni mucho menos condenado por asesinato.

—Pero tenía esa reputación —alega Bruce— y es la reputación lo que cuenta en lo tocante al estado mental de mi cliente. Si creía que Calfo era un asesino, si creía que había matado a su padre, sentiría que necesitaba un arma. Y no sería el único, señoría, mucha gente lo cree. La propia Marie lo cree. Pregúnteselo. En cuanto a los antecedentes penales y el carácter violento de Calfo, puedo citar los escritos de acusación de la propia fiscalía en las causas abiertas contra él por delitos relacionados con el crimen organizado.

Marie tiene que andarse con pies de plomo en este asunto. Por un lado, no puede permitir que se considere a Calfo un peligro inmediato para Peter; por otro, necesita establecer el móvil de Peter: el presunto asesinato de su padre por parte de Calfo.

—Voy a permitir preguntas relativas al estado mental de Moretti —dice Faella—, pero te advierto, Bruce, que aquí no estamos juzgando a la víctima. Si llegas a ese punto, se acabó.

Vuelven a entrar.

Se le vuelve a leer la pregunta a Tim: *¿Quizá para defenderse cuando se enfrentara a Vincent Calfo, un conocido asesino de la mafia?*

—Peter nunca dijo nada de eso —contesta.

Pero ya no tiene remedio, piensa Marie. Bruce ha conseguido sembrar dudas sobre la escopeta.

Bruce prosigue.

—Ha declarado que vio a Peter levantar la escopeta, ¿es cierto?

—Sí.

—Pero no le vio apretar el gatillo, ¿verdad?

—Sí, le vi.

—Pero ha declarado que Peter estaba de espaldas a usted, ¿no es así?

—Sí.

—Así que no pudo verle accionar el gatillo, ¿verdad?

Tim vacila.

—No, supongo que no.

—Bueno, no queremos que haga suposiciones —responde Bruce—. Es un hecho que no pudo verle apretar el gatillo, ¿verdad?

Tim se empecina.

—Vi la detonación.

—Exacto —dice Bruce—. Ha declarado usted que primero Calfo se dio la vuelta y echó a correr, ¿correcto?

—Sí, correcto.

—¿Pudo verle las manos?

—No.

—De modo que no pudo ver si portaba un arma, ¿verdad? ¿No es así?

—Supongo que sí.

—Esto no es un examen de opción múltiple. El hecho es que no podía usted verle las manos a Calfo, así que, que usted sepa, podía portar una pistola, un cuchillo o cualquier otra cosa.

—Protesto —dice Marie—. Carece de fundamento. No se encontró ningún arma en la mano de la víctima ni cerca de su persona.

Bruce se encoge de hombros como diciendo «¿Y qué?». Sigue adelante.

—Dice usted que Calfo huyó, pero no sabe hacia dónde huía, ¿no es así?

—Sí.

—Que usted sepa, podía estar intentando coger un arma, ¿verdad?

—¡Protesto!

—Estoy poniendo a prueba los conocimientos del testigo —alega Bruce—. Si el ministerio fiscal quiere presentar pruebas de que no había armas de fuego en el domicilio de la víctima, es libre de intentarlo, aunque las pruebas demostrarán que la casa era un auténtico arsenal. ¿Quiere que le haga un inventario?

—Señor juez, esto solo son especulaciones…

—Voy a permitir que continúe.

Bruce se vuelve hacia Tim.

—De modo que, hasta donde usted sabe, Calfo podría haber ido a por un arma.

—Supongo que sí.

—Le repito que no quiero que haga suposiciones. Que usted sepa, Calfo podría haber ido a por un arma.

—Que yo sepa, sí.

—Ha declarado que no entró en la casa, ¿es correcto?

—Sí.

—Pero no es cierto, ¿verdad? —pregunta Bruce—. Sí que entró, ¿me equivoco? Entró y cerró la puerta.

—No, no es verdad.

Bruce sonríe como si supiera algo. Pero deja al jurado con esa duda.

—Ha declarado que oyó dos disparos de escopeta.

—Sí.

—¿Desde fuera de la casa? —pregunta Bruce—. ¿En serio?

—Sí.

—También ha declarado que no subió las escaleras, ¿verdad?

—Sí.

—O sea, que no vio nada, ¿verdad?

—No, no vi nada.

—No vio lo que pasó en el dormitorio de arriba, ¿verdad?

—No.

—Solo vio a Peter bajar corriendo las escaleras, ¿no es así? O, perdón, «salir corriendo de la casa».

—Sí.

—Y sin embargo fue usted quien dijo: «Tenemos que salir de aquí», ¿no es así? —pregunta Bruce.

—Sí.

—No fue Peter quien lo sugirió, ¿verdad?

—No.

Bruce acelera el ritmo.

—Ha declarado usted que Peter dijo, o más bien preguntó: «¿Qué he hecho? ¿Qué he hecho?». ¿Es así?

—Sí.

—Pero no le dijo lo que había hecho, ¿verdad?

—No.

—No le dijo que había matado a Calfo, ¿verdad?

—No.

—Ni tampoco que había matado a su madre, ¿verdad?

—No.

—Ha declarado usted que rompieron la escopeta y la tiraron en el puerto, ¿es así? —pregunta Bruce.

—Sí.

—Eso tampoco fue idea de Peter, ¿verdad?

Tim duda.

¿Qué demonios…?, piensa Marie. Nos dijo que fue idea de Peter.

Entonces Tim dice:

—No.

—Fue idea suya, ¿verdad?

—Sí.

Santo Dios, piensa Marie, adivinando lo que viene a continuación.

—Pero en una declaración jurada ante la fiscalía —dice Bruce—, declaró usted que fue idea de Peter. ¿Podría leer la página 124, por favor? La segunda línea empezando por arriba.

Le pasa a Tim la declaración jurada.

Tim lee:

—«Peter dijo que teníamos que deshacernos de la escopeta. Romperla y tirar los trozos en el puerto. Así que le llevé allí».

—Eso es lo que declaró bajo juramento, ¿no es cierto? —pregunta Bruce.

—Sí.

—O sea que mintió.

—Sí.

Bruce se prepara para asestar el golpe de gracia.

—Es usted un mentiroso.

—Mentí cuando dije eso, sí.

Estupendo, piensa Marie. Nuestro testigo clave es ahora un mentiroso declarado. Y los jurados se dirán: «Si mintió sobre eso, ¿sobre qué más habrá mentido? ¿Miente cuando dice que no entró en la casa? ¿O que no subió las escaleras?».

Le dan ganas de matar a Shea.

Bruce ve esa puerta abierta y se apresura a cruzarla.

—¿Y fue esa la única vez que empuñó usted la escopeta esa noche?

—¡Sí!

—¿Está seguro?

—¡Protesto!

—Se admite.

—No hay más preguntas —dice Bruce.

Se gira, sonríe a Marie y vuelve a su mesa.

Mierda, piensa ella. Bruce acaba de insinuar la posibilidad de que Timothy Shea matara a Celia Moretti.

59

Marie se esperaba la defensa que ha hecho Bruce.

La ha planteado en su mayor parte repreguntando a los testigos de la fiscalía, de modo que ha sido breve y directo. Y ha hecho lo que suelen hacer los abogados defensores: llamar a declarar a los detectives de la policía y afearles la investigación, obligándolos a reconocer las cosillas que dejaron sin hacer.

Es una formalidad, una minucia, y Marie lo sabe.

En realidad, el jurado solo tiene en mente una duda más, y es una cuestión de peso.

¿Va a declarar Peter Junior?

Es la única persona a la que quieren oír.

Marie se permite, cosa rara en ella, un segundo *whisky* escocés (solo dos dedos), pone un nocturno de Chopin en el estéreo y se sienta a sopesar la cuestión.

Bruce estaría loco si hiciera subir a Peter al estrado.

¿Qué podría decir? ¿«No fui yo»? Ya se ha declarado no culpable. No puede negar que estuviera allí (ni lo ha negado, de hecho), así que solo podría alegar, y a duras penas, que la muerte de Calfo fue en defensa propia. Eso no le servirá con Celia. La siguió deliberadamente hasta su dormitorio y le disparó.

Aunque puede que, de todas formas, Bruce intente alegar defensa propia.

Un cajón de la cómoda del dormitorio estaba abierto y dentro había un arma. Bruce ya ha hecho que un inspector de la policía lo corrobore. Pero Celia no tenía el arma en la mano. Recibió los disparos de frente, así que tuvo que girarse sin el arma.

Eso es lo que creerá el jurado.

Así que puede que a Bruce le den tentaciones de sacar a Peter para que diga que tenía miedo de que ella le disparara.

Marie duda que vaya a funcionar.

Una vez, puede, pero no dos. El jurado no se va a tragar que Peter disparó a Calfo porque iba a por una pistola y que luego disparó a su madre por la misma razón.

Así que, ¿qué más podría decir Peter?, se pregunta Marie.

Puede decir que fue Shea quien disparó a Celia.

En cierto modo, es un matiz irrelevante. Desde un punto de vista estrictamente jurídico, no importa cuál de los dos apretase el gatillo. Ambos son culpables de homicidio.

Pero los jurados no siempre deciden basándose en una interpretación estricta de la ley, pese a las instrucciones del juez. Deciden basándose en sus emociones y, si Peter les cae bien, si se compadecen de él —y ahora mismo parece digno de compasión, el marine veterano de guerra, formal y modosito—, podrían declararle culpable de algún cargo menor.

Incluso podrían absolverle, piensa con un escalofrío.

Y Bruce sabe perfectamente que los jurados quieren que el acusado testifique en su defensa, quieren que proclame su inocencia, y les parece sospechoso que no lo haga, aunque el juez les diga que no deben tenerlo en cuenta.

De modo que el hecho de que Bruce no le llame a declarar tiene un lado negativo.

Pero también es extremadamente arriesgado que lo haga.

Primero, es probable que Peter mienta fatal. Carece de esa astucia feroz que tienen los delincuentes profesionales para mentir convincentemente en el estrado. Segundo, la historia que contaría sería muy difícil de creer.

Y tercero y más importante, piensa Marie, estoy yo.

Bruce no querrá que repregunte a su cliente.

Y es normal.

Por decirlo sin rodeos, yo le destrozaría.

Haría que el jurado le viera tal y como es: como un embustero, un asesino por partida doble y un matricida.

Así que, por favor, Bruce, por favor.

Llámale a declarar.

Peter Junior quiere testificar.

Bruce le dice que está loco.

—¿Tú qué quieres, acabar hecho picadillo? —pregunta—. Porque eso es lo que pasará si Marie Bouchard te interroga: que acabarás hecho picadillo.

—Quiero declarar.

—¿Y qué vas a decir? ¿Estás dispuesto a declarar que fue Tim Shea quien disparó a tu madre?

—No, eso no.

No, claro, piensa Bruce, porque ya lo hago yo por ti.

—Entonces no tienes nada que decir que vaya a ayudarte.

—Puedo decir que actué en defensa propia.

A Bruce nunca deja de asombrarle la capacidad que tienen los culpables para empezar a creerse los razonamientos que él plantea. Ha llegado un punto en que el chico se cree de verdad que disparó a dos personas porque temía por su vida.

—Podrías decirlo, sí —dice—. Pero eso ya lo he hecho yo, y mejor de lo que lo harías tú. Y eso por qué, te preguntarás. Porque a mí Marie no puede repreguntarme.

—Puedo hacerle frente.

—No, no puedes. ¿Quieres que hagamos la prueba ahora mismo? Yo soy Marie y tú eres tú. Señor Moretti, afirma usted que disparó a Vincent Calfo porque temía por su vida, ¿es eso cierto?

—Sí.

—Pero él estaba huyendo de usted cuando le disparó —añade Bruce—. Le disparó usted por la espalda, ¿no es así?

—Sí, pero…

—Y además afirma usted que disparó a su madre por la misma razón, por miedo, ¿estoy en lo cierto?

—Sí.

—Pero subió usted al piso de arriba, ¿no?

—Sí, pero…

—Para matarla, ¿no?

—No, para hablar con ella.

—Empuñando una escopeta —dice Bruce.

—Sí, pero…

Ella le había visto matar a Vincent Calfo, ¿verdad?

Esto es solo una suposición, pero, al ver la cara que pone Peter Junior, Bruce comprende que ha acertado.

—Sí.

—Fue testigo de su muerte.

—Supongo que sí. Yo…

—Y usted no quería dejar testigos, ¿verdad? Por eso la mató.

—No, eso no…

—¿O fue porque creía usted que había sido la instigadora del asesinato de su padre?

—No.

—Eso creía usted, ¿verdad?

—Yo no sabía…

—Su hermana se lo dijo, ¿no? —pregunta Bruce—. Ha oído usted su testimonio.

—Sí.

—Así que subió usted las escaleras y entró en el dormitorio. Ella estaba aterrorizada y fue a coger una pistola para defenderse, pero usted la apartó, le hizo darse la vuelta y le disparó.

—No, yo…

—¿Le disparó dos veces en defensa propia? —continúa Bruce—. Después de dispararle en el abdomen con una escopeta del calibre doce, ¿le disparó también en la cabeza porque temía usted por su vida?

—No.

—¿No estaba ya indefensa en ese momento? ¿Muriéndose, de hecho? ¿Le tenía usted miedo en ese momento?

—No.

—Porque apretó usted el gatillo, ¿no? Usted, no Tim Shea, ¿verdad?

—Sí, fui yo.

—Asesinó a su propia madre, ¿no es cierto? Ya está, no hay más preguntas. Será así, Peter, si te empeñas en subir al estrado.

O todavía peor, de hecho, porque será una mujer la que te pregunte sobre el asesinato de otra mujer delante de las cinco mujeres que forman parte del jurado.

—Pero, si no testifico, ¿el jurado no me lo tendrá en cuenta? —pregunta Peter.

—Existe ese riesgo —responde Bruce—. Pero es más arriesgado que testifiques.

60

Chris observa a la bailarina girar alrededor del poste, el pelo rojo azotándole los hombros.

Es curioso, piensa, antes estas cosas me ponían cachondo y ahora, en cambio, me dejan frío. No como a otros. Las cuatro y media de la tarde de un jueves y el local está lleno.

Y mi familia a dos velas, piensa Chris.

Esos cabrones hijos de puta nos están desplumando.

Le hace una seña a la camarera, que va en *topless,* pero ella se hace la sueca. Por cómo va vestido, con unos vaqueros agujereados y una camisa vieja, ha deducido ya que de él no va a sacar gran cosa. Cuando por fin se digna atenderle, Chris le pregunta:

—¿Está John por aquí?

—¿Qué John?

Como si no lo supiera, piensa Chris.

—John Giglione. Suele estar por aquí.

—¿Quién lo pregunta?

—Dile que Chris Palumbo quiere hablar con él.

Giglione tarda diez segundos en salir de la oficina. Abre los brazos de par en par.

—¡Joder, pero qué ven mis ojos! ¡Si es el hijo pródigo!

—Tenemos que hablar, John.

—Ya lo creo que sí —dice Giglione—. Vamos atrás. Es más tranquilo.

—Si voy contigo a la oficina —contesta Chris—, saldré de aquí en el contenedor del callejón.

—No, hombre, no.

Chris le sigue a la oficina, una habitación estrecha y sin ventanas en la que se han arrodillado más mujeres que en el Vaticano.

Giglione le indica un sofá viejo y se sienta detrás de la mesa. Qué bien, piensa Chris, me da la bienvenida a mi propio despacho.

—¿Dónde coño has estado todo este tiempo? —pregunta Giglione.

—Aquí y allá.

—Más allá que aquí, porque por aquí no se te ha visto el pelo. ¿Tengo que cachearte por si llevas un micro, Chris?

—Adelante.

Giglione le cachea y no encuentra nada.

—Bueno, ¿cuándo has vuelto?

—Ayer.

—¿Por qué? ¿Por qué has vuelto?

—Echaba de menos los dónuts.

—El mismo Chris de siempre. Tan gracioso como de costumbre. Dejaste a mucha gente colgada, amigo mío.

—Yo no me quedé con la heroína. Es con Danny Ryan con quien tenéis un problema. Y no he visto que nadie se haya ocupado de él en todos estos años.

—Tú por Ryan no te preocupes —contesta Giglione—. Eso lo tengo controlado. ¿De qué querías que habláramos?

—Mira, John —dice Chris—, no he vuelto buscando lío. Si quieres ser el jefe, *a salud,* por mí bien, sé el jefe. Yo no tengo ambiciones.

—No me digas. Hay gente que te pegaría un tiro nada más verte.

—No puedo pagaros si estoy muerto —responde Chris.

—Para algunos, eso sería pago suficiente.

—¿Y para ti?

Giglione tarda un segundo en responder. Luego dice:

—A mí me gusta el dinero. ¿Cómo vas a devolverme lo que me debes?

—Déjame ganarlo —dice Chris—. Has estado exprimiendo mis negocios. Y a este paso los vas a llevar a la ruina. Apártate un poco. Deja que los reflote, que ponga un poco de dinero en la calle, que dé uno o dos golpes, y te devolveré lo que te debo.

—No sé, Chris. No puedo darte un pase por mi cuenta. Tendré que hablar con alguna gente. Si te convocamos a una reunión, ¿vendrás?

—Si me garantizáis que saldré con vida…

—Nada de garantías —contesta Giglione—. Es lo que tienen los mendigos, que no pueden elegir.

—Supongo que eso soy ahora, ¿no? —pregunta Chris. Pero tienes que tragártela doblada—. Está bien.

—Vuelve dentro de un día o así. Ya te contaré.

—Gracias, John. —Traga, traga, traga.

Giglione asiente con la cabeza.

Como si fuera Brando, piensa Chris.

Como si tuviera un puto gatito en el regazo.

61

Danny queda con Fahey en el sitio de siempre.

—Licata va de hotel en hotel —le informa Fahey—. Pero tiene a su gente, Chucky incluido, en una cabaña en el desierto, al suroeste de la ciudad.

—¿Dónde exactamente?

Fahey le da la ubicación y luego añade:

—Dan…

—No te preocupes, solo vamos a vigilarlos. No haremos nada.

Fahey se alegra de oírlo. No quiere ser cómplice de un asesinato. Pero mientras Ryan se mantenga estrictamente a la defensiva, no hay problema. Y Fahey le cree: Danny es buena gente.

—Dan, si quieres que echemos a esa gente de la ciudad…

—No. Mandarían a otros. Por lo menos, así sabemos con quién nos las estamos viendo y tenemos a Licata vigilado. Gracias, eh, Ron.

—De nada.

Fahey se marcha y va a tomarse un refresco, un Snapple.

Eso es todo, solo un Snapple, porque es su rutina, su costumbre, las tardes de calor.

A veces no hace falta más que eso: tomar la decisión de hacer una cosa sencilla, prosaica.

Para en el pequeño centro comercial al aire libre, entra en una tienda de alimentación y se dirige al fondo, donde están las neveras con las cervezas, los refrescos y el té frío. Elige uno con sabor a melocotón en vez de uno normal, se acerca al mostrador a pagar y entonces lo ve.

La pequeña sucursal bancaria del otro lado del aparcamiento.

Ese extraño sentido policial que nunca se pierde le advierte de que está pasando algo raro.

Así que mira más detenidamente.

A través de la cristalera ve al tipo de la pistola. Con el clásico pasamontañas negro tapándole la cara.

Mierda, piensa Fahey.

Lo que podría hacer, lo que debería hacer, sería volver al coche, dar aviso y esperar refuerzos. No es asunto suyo, a fin de cuentas, eso es cosa de los de uniforme, de los SWAT.

Pero solo ve a ese tío, que ahora sale marcha atrás del banco. Es uno de esos atracos tipo Llanero Solitario que se han hecho habituales en las sucursales bancarias. Y, además, él no es así; no es de los que se dicen «ese no es mi trabajo». Es policía, aquello es un atraco y él tiene que cumplir.

Saca su arma, la sujeta junto a la cintura y sale al aparcamiento.

El atracador le ve.

Agarra a una mujer que acaba de salir de su coche, le rodea el cuello con el brazo y la usa como escudo, apuntándole a la cabeza.

—¡Atrás o la mato!

Fahey sigue caminando hacia él, lenta pero inexorablemente. Levanta el arma como si se dispusiera a disparar y dice:

—Adelante, a mí ella me da igual. Y, en cuanto dispares, te meto un tiro.

El atracador se lo piensa. Duda y luego grita:

—¡No voy a volver a la cárcel!

Cierto, piensa Fahey.

Aprieta dos veces el gatillo.

Dos balazos atraviesan el pasamontañas.

La mujer se desmaya, cae al suelo al mismo tiempo que el atracador.

Fahey baja el arma. No oye ni ve al conductor, que se acerca a él por detrás, a pie.

No llega a oír el disparo.

62

—Preparados… Apunten… ¡Fuego!

Se oye el restallido de los rifles.

Los guardias de honor bajan las armas hasta la cintura, cargan de nuevo y vuelven a subirlas.

—Preparados… Apunten… ¡Fuego!

Danny espera bajo la lluvia con la cabeza descubierta.

Un raro día de lluvia en el desierto.

Eden está a su lado. Ha insistido en ir al entierro de Fahey a pesar de que se esperaba que acudieran muchos medios. Y los periodistas están allí, las cámaras no paran de disparar, haciendo fotos de Danny y ella.

Él se lo ha advertido.

—No se conformarán con las fotos. Averiguarán quién eres. Te vincularán conmigo.

—Ron era buena persona —contestó Eden—. Intentaba ayudar. Quiero presentarle mis respetos.

Y así es, pero ella sabe que no se trata solo de eso.

El hecho de que esté allí es también una forma de responder a Dan.

Sobre sus vidas.

Es un paso que ninguno de los dos pensaba dar, un paso más allá de su arreglo, tan fácil, tan conveniente, tan cómodo para ambos. Sabe que llevar su relación más allá de las puertas de su piso equivale a darle un nuevo rumbo.

Si fueras una de tus pacientes, piensa, te dirías a ti misma que te escondes detrás de tu trabajo y de tus libros, que te escudas en tu psiquiatra (nunca mejor dicho) para esconderte de la vida porque te da pavor. Y te dirías también que es posible que ames a este hombre, que explorar este amor es aterrador y que aun así deberías hacerlo.

La respuesta que le da a Danny no es «Sí, nuestras vidas encajan», sino «Vamos a ver si es posible, emprendamos ese camino, a ver adónde nos lleva».

De modo que ahora permanece erguida y digna junto a él, haciendo caso omiso de las cámaras y la lluvia.

Para Danny, su presencia no es una victoria en modo alguno, sino más bien una oportunidad de redención. No quería perderla, aunque fuera con el mismo acuerdo que tenían antes. Tiene que reconocer que su argumento no era del todo equivocado: viven, en efecto, en mundos distintos y el suyo es, como mínimo, de dudosa moralidad.

Así que se alegra de que esté allí, se alegra de que esté dispuesta a arriesgarse a que sigan juntos, a que lo suyo avance.

Se alegra y está cagado de miedo.

Su primer gran amor murió de cáncer; su segundo gran amor se quitó la vida. A veces siente que está maldito, o que las mujeres que se enamoran de él están malditas, que él es la maldición.

Es una idea supersticiosa, una estupidez, pero no logra sacudirse esa sensación.

¿Y funcionará lo nuestro?, se pregunta. ¿Soportará ella la fama, la exposición constante?

El funeral de un agente de policía es triste e impresionante, solemne por la certeza de que ya ha ocurrido antes y volverá a ocurrir, y sobrecogedor por los rituales que conlleva esa certeza.

Una comitiva de motocicletas encabezaba el cortejo, seguida por coches patrulla con las luces de emergencia encendidas y las sirenas calladas. Luego iba el coche fúnebre y, detrás, los coches de los familiares.

Ahora Danny mira a la viuda de Fahey y a sus dos hijos adolescentes, un chico y una chica.

Es desgarrador.

La viuda cobrará una indemnización y la pensión completa de Fahey, pero él se ocupará de que cada mes reciba en casa un sobre con dinero y de que las futuras facturas de la universidad le lleguen directamente a él.

Sabe que no es una compensación justa por la pérdida de un marido y un padre.

Eso nada puede compensarlo.

Cuántos entierros, piensa.

—Cuanto más vives —decía su viejo—, a más entierros vas. Si vives lo suficiente, acabas yendo al tuyo propio.

El sentido del humor de Marty.

—Preparados... Apunten... ¡Fuego!

Resuenan los disparos de los rifles.

Una gaita comienza a sonar.

La lluvia arrecia.

63

—Ahora está ciego —dice Connelly.

—¿Quién? —pregunta Licata.

—Ryan. Fahey era sus ojos y sus oídos en la Metropolitana. ¿Tuviste algo que ver con eso? ¿Con la muerte de Fahey?

A ti te lo voy a decir, piensa Licata.

—Fue un atraco que se torció, ¿no? ¿Ya han encontrado al que le disparó?

—Todavía no —contesta Connelly—. Pero le encontrarán.

—Eso espero. Es una idiotez, mal asunto, matar a un policía. Si eres tan tonto como para que te pillen robando un banco, lo que tienes que hacer es soltar el arma y cumplir condena como un hombre.

—El caso es que Ryan ahora está ciego.

—¿Qué quieres decir con eso?

Connelly se encoge de hombros.

¿Qué pasa, no es obvio?

* * *

Licata llama por teléfono.
A Providence.
A John Giglione.

64

—Yo solo digo que es demasiada casualidad —dice Josh.

—Te estás poniendo paranoico —contesta Danny.

Van juntos en coche desde el Strip a la oficina donde se está diseñando Il Sogno.

—¿Tú crees? —dice Josh—. Fahey consigue pruebas contra los Cooper, Licata aparece en la ciudad con su equipo, ¿y luego a Fahey lo matan en un atraco a un banco por puro azar?

—«Azar», esa es la palabra clave —responde Danny.

Cammy Cooper puede ser muchas cosas, piensa, pero ¿una asesina?

No.

¿O Vern, matar a un policía?

No.

—Y, además, ¿desde cuándo hablas tú así? ¿Cómo que con «su equipo»? —dice Danny.

—Yo era de un equipo en Wharton —dice Josh.

—Sí, de un equipo de remo.

—Aun así —contesta Josh, y luego se pone serio—. En fin, ¿qué vamos a hacer ahora, Dan?

Estamos metidos en un buen lío, piensa Danny.

Duda que Licata matara a Ron, pero ¿y si fue él? Matar a un policía es un asunto muy serio, y Licata no se habría atrevido a hacerlo sin el apoyo de sus capos de Detroit, que difícilmente habrían dado el visto bueno sin el consentimiento de Chicago y Nueva York.

Pasco, de todas formas, dice que Licata cuenta con esos apoyos.

O sea que, matara o no a Ron, tiene el respaldo de las grandes familias.

Y parece que Winegard se ha hecho a un lado y va a dejarle hacer lo que quiera.

No puedo enfrentarme a eso, se dice Danny.

Así que, ¿qué alternativa tengo?

—Hacer las paces —dice.

—¿Cómo?

Danny exhala un suspiro profundo. Luego dice:

—Vamos a ofrecerle a Vern comprar una parte del Lavinia igual a la nuestra. Así será socio de pleno derecho de Il Sogno.

—¿Va en serio?

—Tan en serio como una llamada a medianoche —contesta Danny—. ¿Te parece bien?

—No me enloquece la idea, pero sí, si es lo que hace falta.

Es la única manera, se dice Danny. Y debería habérseme ocurrido antes. Mucho antes.

—Pero ¿aceptará? —pregunta Josh.

Vern me odia, piensa Danny.

—Ni siquiera sé si me cogerá el teléfono.

—Pues deja que se lo plantee yo.

—No, tiene que venir de mí.

—Dan, es muy probable que ese tipo haya intentado matarte.

—No se hacen las paces con los amigos.

Cuando Danny va a las oficinas del Grupo Winegard, Jim Connelly baja al vestíbulo a recibirle.

—¿Qué coño haces aquí?

—Quiero ver a Vern.

—Él no quiere verte a ti.

—Esto ha ido demasiado lejos.

—Por tu culpa —replica Connelly.

Danny se refrena.

—No vengo con las manos vacías.

—Tú solo usas las manos para tocarte la polla.

Danny pasa a su lado dándole un empujón.

—¡No puedes subir! —grita Connelly.

—Pues pégame un tiro.

Entra en el ascensor y sube a la última planta. Connelly debe de haber avisado, porque Vern ya ha salido del despacho y va hacia el ascensor cuando se abren las puertas.

—Tenemos que hablar —le dice Danny.

—No tenemos nada que decirnos.

—¿Vamos a empezar a matarnos unos a otros así, sin más? Por lo menos, escúchame primero.

Vern le mira con rabia, pero no dice nada.

—Me equivoqué al hacerme con el Lavinia de esa forma —dice Danny—. Pero ahora quiero invitarte a entrar. Podemos montar una empresa nueva, compartirlo.

—¿Me quitas algo y luego te ofreces a devolverme la mitad? —pregunta Vern—. ¿Y eso te convierte en qué? ¿En una especie de héroe?

—Es justo, Vern, y lo sabes.

—¿Stern está de acuerdo?

—Le entusiasma la idea —responde Danny. Nota que Vern está a punto de ceder. Solo necesita un empujón—. Vern, los dos tenemos nuestro pasado, pero no tenemos por qué estar encadenados a él. Esta es la oportunidad de dejarlo atrás. Yo mando a mi gente que se vaya y tú haces lo mismo con la tuya.

Se abre otro ascensor.

Sale Connelly.

—Vern, lo siento, yo…

—Cállate. —Vern no le quita ojo a Danny—. Crees que se puede empezar de cero, pero no es cierto. Mi hijo ha muerto y no va a volver.

—Lo sé. Y lo siento muchísimo. No puedo ni imaginar…

—No, no puedes.

Danny cierra la boca. Cualquier cosa que diga ahora solo empeorará las cosas, no servirá de nada. Vern tiene que decidir por sí solo.

—Tú y yo, socios…

—Asombraríamos al mundo —dice Danny.

Connelly dice:

—Vern, deja que…

—¿No me has oído decir que te calles? —Se queda mirando a Connelly y luego se vuelve hacia Danny—. Tengo que pensarlo.

—Por supuesto —contesta Danny—. No hay ninguna prisa.

—No, me pondré en contacto contigo a primera hora de la mañana —dice Vern—. Solo quiero consultarlo con la almohada.

—Estaré esperando tus noticias. —Danny sabe que es hora de irse.

Fuera, llama a Josh.

—¿Cómo ha ido? —pregunta Josh.

—No estoy seguro, pero creo que va a haber acuerdo. Creo que va a haber paz.

Por fin, por fin, hemos dejado el pasado atrás.

Licata va en coche a la cabaña.

Tiene a sus chicos allí, en el banquillo, y quiere asegurarse de que están frescos, esperando para saltar al terreno de juego.

Lo que debería ocurrir pronto, porque Connelly prácticamente le ha dado luz verde para que vaya a por Ryan.

Y lo mismo esa federal. Si Danny Ryan muere, el FBI se limitará a hacer como que busca a sus asesinos. Por no sé qué de que Ryan mató a un agente hace tiempo.

Así que Licata entra y se lo cuenta a los otros.

Chucky se levanta de la mesa donde están jugando a las cartas y va a la nevera a buscar otra cerveza. Es alto de cojones, el tío, ha salido a su madre. Huesudo. No es la bombilla más brillante del árbol de Navidad, pero Licata le quiere de todos modos. Es duro, valiente, tiene buen corazón y hace lo que le mandan.

—¿Cuándo será exactamente? —pregunta.

—Por mí, cuanto antes mejor.

—Y por nosotros también —contesta Chucky—. Estoy harto de esperar en este rancho de mierda, aquí no hay más que arena y grava. Liquidamos a ese duende irlandés y nos volvemos a la civilización.

—A mí esto me gusta —dice DeStefano—. Es tranquilo.

—Tranquilo… —dice Chucky—. Hay coyotes por la noche, joder, ¡coyotes!

DeStefano mira atrás, a Licata.

—¿Echas una partida, jefe?

—No, tengo un culito reservado —contesta. Y uno bien bueno, además. Una chinita. Esas asiáticas saben encajar una paliza. Ha tenido que recurrir a otro servicio porque el de antes le ha cortado el grifo. Eso sí que es lealtad, ¿eh?

—¿Por qué no nos mandas a unas tías aquí? —pregunta Chucky.

—¿Y por qué no pongo una anuncio diciendo dónde estáis? Dentro de un par de días, podrás follarte a todas las putas de Detroit.

—Eso llevaría su tiempo —dice DeStefano.

—¿Y es que no tengo tiempo de sobra? —responde Chucky.

—Que disfrutéis de la partida —dice Licata—. No os emborrachéis demasiado, que mañana tenemos trabajo que hacer.

Y no es un trabajo fácil, además, porque no puede parecer lo que es en realidad, un golpe de la mafia. Tiene que parecer un trágico accidente.

Un atropello con fuga, como mínimo.

Pero seguro que saldrá bien. Tiene gente de camino, y son buenos en lo suyo.

Especialistas.

Sale y sube al coche. Está deseando ver a su chinita.

Le encantan esos gemiditos que hacen.

66

—Estoy harto de que Danny nos tenga en el nimbo —dice Kevin.

—En el limbo.

—¿Qué?

—Se dice «en el limbo», no «en el nimbo» —dice Sean.

—Limbo o nimbo, me da igual —dice Kevin—. Esto es una mierda. Estoy harto. Me dan ganas de beber.

Están sentados en el apartamento de Winchester que Danny alquiló para ellos. Tienen la tele puesta: una tontería de serie sobre unos policías de Miami o de algún sitio así.

—Ve a una reunión —le dice Sean.

—Ve tú a una reunión —replica Kevin—. Yo quiero volver a caerle en gracia a Danny.

—¿Y cómo piensas hacerlo?

En la tele, los polis, que son todos muy guapos, están haciendo cosas que los polis de verdad no hacen nunca.

—Podríamos empezar por liquidar a la banda de Licata —dice Kevin.

—¿Estás loco? Danny dijo expresamente que no quiere.

—Danny ya no sabe lo que le conviene. Lleva tanto tiempo viviendo entre tíos trajeados que ya no sabe cómo va esta movida.

—Y tú sí.

—Sé que hay unos cuantos tíos de Detroit que quieren cargárselo. Y seguramente a nosotros también. Y también sé que el que da el primer puñetazo suele ser el que gana la pelea. Y que es mejor pedir perdón que permiso.

—¿Qué intentas decir?

—No intento decir nada, lo estoy diciendo —dice Kevin—. Tú y yo deberíamos salir a cazar gamusinos. Como en los viejos tiempos.

Sean no está tan seguro. No echa de menos los viejos tiempos. Le gusta ser empresario, ganar dinero por lo legal y no tener que estar constantemente alerta. Pero, aun así, es difícil quitarle la razón a Kev. Seguramente la gente de Licata los está buscando, y siempre es mejor ser el cazador que el cazado.

Además, no haría falta mucho esfuerzo. Ya saben dónde se esconde la banda de Licata.

Jimmy Mac está allí, vigilando.

—Te lo digo yo, eso es lo que quiere Danny de verdad —insiste Kevin—. Solo que no quiere dar la orden. Nos dará las gracias cuando le vayamos con los hechos inconsumados.

Sean no se molesta en corregirle, aunque haya dicho justo lo contrario de lo que quería decir.

67

—Casi os cruzáis con Licata padre —dice Jimmy—. Ha venido, se ha quedado unos minutos y se ha ido.

Es una lástima, piensa Kevin, aunque da un poco igual. Saben que Licata va a pasar la noche en el Circus Circus. Todos los grandes operadores de la industria del juego tienen espías en los hoteles de los demás: nadie va a ninguna parte sin que le vean y se informe de ello.

Por lo visto, a Allie Boy le da igual. Tiene a su banda escondida para disimular, pero sabe que en el Strip está a salvo. Siempre ha sido terreno vedado.

Aunque puede que esta noche sea distinto, piensa Kevin.

A lo mejor, cuando acabemos aquí, le hacemos una visita.

No deja que se le note en la cara, de todos modos, porque, si Jimmy se huele lo que están tramando, le dará un ataque y le irá con el cuento a Danny. Así que le dice:

—Estás relevado. Ya vigilamos nosotros.

Están aparcados en una loma que da al viejo rancho, fuera de la pista de tierra, el único camino de entrada y salida.

Jimmy le pasa los prismáticos infrarrojos.

—Está todo tranquilo. Hay seis ahí dentro, bebiendo y jugando a las cartas. Esta noche no van a ir a ninguna parte.

Eso seguro, piensa Kevin.

—Aun así, nos quedamos por si acaso.

—Volveré a las seis —contesta Jimmy.

—¿Traes dónuts o algo? —pregunta Sean—. ¿Y café?

—Claro. —Jimmy se va.

—Hora de cazar gamusinos —dice Kevin.

Se acercan a pie al borde de la loma y miran abajo, hacia la casa, ven luz en la ventana, unos tíos sentados en torno a una mesa. Un porche destartalado, una parcela de tierra, dos coches aparcados delante.

—Yo voy por detrás —dice Sean—. Tú ve por delante. El que primero los tenga a tiro empieza la fiesta.

Kevin sonríe. Este es el Sean South que recuerda de cuando eran los Monaguillos.

Que comience la misa.

DeStefano sale fuera a vomitar.

Parece lo más educado.

Baja tambaleándose los dos escalones del porche hasta la zona de tierra y luego avanza a trompicones hacia los matorrales, se agacha a echar la pota y entonces ve un par de ojos mirándole.

Al principio piensa que es un coyote.

La bala le da de lleno en la frente.

Bueno, este ha sido fácil, piensa Kevin.

Sean oye el disparo.

Los de dentro, también. Uno que está bebiendo a morro de una botella de vino se levanta y mira por la ventana de atrás.

Sean apunta y dispara.

Sangre y vino brotan de la boca del tipo antes de que se desplome sobre la mesa, esparciendo cartas, fichas de póquer, botellas y latas.

Los demás se tiran al suelo.

Dos se arrastran hasta la ventana delantera y empiezan a disparar.

Kevin apunta a los destellos y abre fuego.

No sabe si ha dado a alguno o no, pero se arrastra hacia la casa. Oye a Sean disparando en la parte de atrás y se pregunta cuánto tardarán esos cabrones en darse cuenta de que les están disparando desde los dos lados.

Han caído dos; solo quedan cuatro.

Los Monaguillos, dando la última comunión.

Sean cambia de posición, se mueve a la izquierda, hacia la esquina de la casa, para llegar a la pared, parapetarse en ella y acercarse a la puerta de atrás. Uno de los de dentro se ha movido a la ventana trasera y está disparando a la oscuridad, hacia donde antes estaba Sean.

Muy bien, piensa él.

Que dispare donde estaba, no donde estoy.

Llega a la esquina y se pega a la pared.

Kevin está solo a veinte metros de la casa cuando la noche se ilumina.

¡¿Qué coño…?!

Unos faros alumbran el porche y la parte delantera de la casa, y Kevin queda al descubierto en el suelo pelado, como un preso que ha intentado escapar. Mira hacia atrás y ve venir el coche, un puto todoterreno que va derecho hacia él. Rueda a un lado y sigue rodando, tratando de volver a los arbustos antes de que le vean.

Lo consigue.

Resollando —Dios, cuánto ruido hago, ¿me estarán oyendo?—, ve que cuatro personas salen del coche, armadas, mirando a un lado y a otro.

La puerta delantera de la casa se abre.

Sale un tío muy alto y grita:

—¡Dos tiradores! ¡Uno delante y otro detrás!

Kevin se agacha y echa a correr.

Sean oye las voces, los pasos. Ha oído el motor del coche, las puertas, sabe que la puta caballería ha llegado.

Mal momento y peor suerte.

Entonces oye disparos.

¿Han cogido a Kev?

Retrocede, pegado aún a la pared. Lo mejor que puede hacer es llegar a la esquina, pegarse a la pared lateral de la casa y echar a correr hacia la maleza. Si lo consigue, quizá pueda llegar a su coche.

A no ser que Kev esté allí fuera, herido, porque entonces será aún más difícil.

O si los recién llegados ya han visto el coche.

Entonces sí que estaremos jodidos.

¿Por qué he hecho esto?, se pregunta. ¿Por qué he dejado que Kev me convenza? Tenía una buena vida, una vida perfectamente aburrida. Una buena casa, un buen coche, dinero en el banco, y he tenido que tirarlo todo por la borda para jugar a los vaqueros.

Empieza a hacerle promesas a Dios.

Dios mío, si dejas que salga de esta, no lo vuelvo a hacer. Me portaré bien, daré dinero a la Iglesia, iré a misa todos los domingos y las fiestas de guardar, pero déjame que salga de esta.

Llega a la pared lateral, se pega a ella y se acerca a la esquina.

Ahora ve el frente: los tiradores han formado un arco a su derecha, delante de él, sin duda buscando a Kevin.

¿Estará herido?, se pregunta Sean. ¿Tendido entre la maleza como un animal destripado?

Kevin corre un montón.

Siempre ha sido muy rápido, pero ahora corre que se las pela, subiendo por la cuesta. Las balas pasan zumbando junto a su cabeza, pero a él le da igual, no parará hasta que llegue al coche. Y por favor, Jesús, María y José, que sigan de espaldas a mí, se dice Sean.

Tú deja que se alejen unos metros más y entonces podrás echar a correr. Meterte entre los arbustos y llegar al coche.

¿Cuánto hay? ¿Treinta metros hasta los arbustos? Puedes conseguirlo. Incluso si te oyen, para cuando te vean y se pongan a disparar ya estarás a cubierto.

Respira hondo y se prepara.

Se agacha y echa a correr.

Un disparo hecho desde la casa le da en la espalda, y cae de bruces en la tierra.

Kevin ve el coche delante de él.

Menos mal, joder.

Se da la vuelta y ve…

A dos tipos llevando a rastras a Sean hacia la casa.

Ay, Dios, no.

No, no, no, no…

Ya no puedes hacer nada por él, se dice Kevin. Son demasiados. Lo único que podrías hacer sería morir con él.

Se mete en el coche, arranca y da marcha atrás.

Tengo que largarme antes de que me oigan, piensa, y salgan detrás de mí. Da media vuelta y sale disparado.

Lo siento, Sean.

No puedo hacer nada por ti.

Lo siento, colega.

Sean se retuerce en el suelo.

Chucky le pisa la espalda como si fuera un pez coleando en el muelle.

—Vas a morir, amigo mío. —Le da la vuelta de un puntapié—. Pero todavía no.

Kevin pisa el freno.

No puede.

No puede dejar a su amigo.

Da la vuelta, pisa a fondo el acelerador y enfila hacia la casa, con el coche dando botes por la pista de tierra.

No se para en la loma, sigue hacia abajo, hacia la explanada. Saca la MAC-10 por la ventanilla y se lanza contra la casa gritando:

—¡Hijos de puta! ¡Hijos de puta! ¡Hijos de puta!

Estrella el coche contra el porche, abre la puerta, sale y sigue disparando.

Una ráfaga de disparos le lanza contra la puerta abierta del coche.

68

Allie Licata se encuentra con una escena sangrienta al entrar.

La casa hecha una mierda, acribillada a balazos, la mesa destrozada, por todas partes cristales rotos y sangre seca, tres de los suyos muertos.

Gracias a Dios y a la Santísima Virgen, su hijo no es uno de ellos.

Los dos asaltantes siguen vivos.

Aunque solo apenas.

Están atados y tirados en el suelo.

¿Por qué se ha molestado Chucky en atarlos?, se pregunta. No iban a ir a ninguna parte.

—Este —le dice Chucky— consiguió largarse y volvió, disparando como un loco. Le dio a Tony por pura suerte.

—Mala suerte para Tony —contesta Licata, y mira a Kevin—. ¿Por qué volviste? ¿Este es tu novio o qué?

Kevin está agonizando.

—Mamá…

—Todos llaman a su mamá —comenta Licata.

—Vamos a empezar a cavar el hoyo —dice Chucky.

—No —dice su padre—. Tengo una idea mejor.

Jimmy Mac no ve el coche.

¿Esos putos vagos se han cansado y se han ido a casa? Los voy a poner a parir...

Avanza un poco y mira hacia la casa.

No hay coches.

Joder, ¿Sean y Kevin abandonaron su puesto y esos tíos se han largado? ¿Y ahora qué vamos a...?

Entonces lo ve.

No da crédito a lo que ven sus ojos.

Kevin y Sean le miran fijamente.

Dos cabezas clavadas en sendas ramas hincadas en el suelo.

Los ojos y la boca abiertos, las moscas revoloteándoles en la lengua.

69

Los cuerpos calcinados y decapitados de los Monaguillos yacen en el suelo de tierra, encadenados juntos.

—Vamos a cavar las tumbas —le dice Danny a Jimmy—. Hay que enterrarlos.

Ha visto mucha violencia en su vida. Muchos asesinatos, mucha muerte, muchos cadáveres.

Pero nunca ha visto nada tan horrendo.

¿Esto es lo que se consigue siendo legal?, se pregunta.

Encuentran unas palas y entierran los cuerpos.

Mientras desandan el camino, Jimmy observa las huellas de los neumáticos.

—¿Qué pasa? —pregunta Danny.

—Había dos coches aparcados cuando me fui, pero ahora veo que son cuatro: los dos que estaban aquí, el de Kevin y otro más.

O sea que...

Licata tiene dos equipos, no uno.

Uno para mí, piensa Danny, y otro para...

Dios mío, no, por favor.

Corren al piso de Josh.

En el trayecto, llaman una y otra vez.

Salta el buzón de voz.

—*Estás llamando a Josh Stern. Hoy hace otro día precioso. Ya sabes lo que tienes que hacer.*

70

Ryan me la ha jugado, se dice Vern.

Otra vez.

Atacó mientras yo meditaba su oferta.

Ha matado a tres hombres de Licata.

—Ya sé que te corroe la compasión —dice Licata—, pero descuida, que pillamos a los que lo hicieron y les dimos su merecido.

—Entonces, se acabó —dice Vern.

—¡Y una mierda! —grita Licata—. ¡Esto no va a acabarse hasta que acabemos con el guapo de Danny Ryan! Y no me vengas con esas memeces de paz y amor, eso son ñoñerías. Ryan es hombre muerto. Si quieres acabar igual, intenta impedírmelo. Os quitaré de en medio a los dos.

A la mierda con Dan Ryan.

A la mierda con todo.

—Haz lo que tengas que hacer —dice Vern.

—Ya lo he hecho —responde Licata.

* * *

La puerta está abierta.

Encuentran a Josh desplomado sobre su escritorio, con una botella de vodka y un frasco de pastillas vacío junto a la mano izquierda.

Danny le palpa el cuello en busca de pulso.

No tiene.

71

Cathy no sabe qué más hacer.

Se ha quedado sin opciones.

Va a perder sus negocios, su casa y el poco dinero que le queda. Ahora, sentada frente al espejo, se maquilla con esmero, como no lo hacía desde hace años.

Para estar guapa.

Seductora, más bien, reconócelo. John Giglione no te va a dar nada a cambio de nada. Tendrá expectativas que tendrás que cumplir.

Utiliza los recursos que tienes, se dice.

Tu cuerpo sigue siendo una baza.

Pero ¿por cuánto tiempo?

El vestido que ha elegido realza sus piernas, que siempre ha creído que son su mejor atributo físico. Como tiene poco pecho, no puede lucir escote como les gusta a esos cerdos, pero, para compensarlo, el vestido deja al aire gran parte de sus muslos. Y se pinta bien los ojos, con mucho rímel oscuro, de color ahumado, como les encanta a esos tíos, por lo visto.

El carmín es de un rojo casi violento.

Nada de sutilezas, piensa: tiene que ir hecha un putón.

Igual que es de putón ir en busca de un hombre a un club de *striptease*.

Pero seguramente es allí donde voy a encontrarle, en mi propio club.

Cuando estaba Chris, apenas iba por allí (para qué iba a ir) y ahora, cuando tiene que ir, suele pasarse de día, cuando el local está relativamente tranquilo y solo hay un puñado de pobres diablos que rondan por allí atraídos tanto por el bufé barato como por las chicas.

Hoy, en cambio, va a ir de noche, porque es cuando John suele estar allí, y para que quede claro el mensaje.

Estoy aquí.

Me he ablandado.

Puede que esté disponible.

Sus razones no son solo económicas, aunque su situación es mala. También lo hace para sacar a Jake del lío en el que se ha metido al ir por ahí preguntando por su padre.

A Giglione y al resto no les gusta, quieren saber qué anda tramando.

Y a ella la aterroriza que puedan hacerle algo.

Jake ya está en casa, ha vuelto de Florida y está otra vez trabajando, y Cathy espera que se le haya pasado la ventolera de querer buscar a Chris.

Porque Chris, si está vivo, no quiere que le encuentren. Y ella sabe por experiencia que, si su marido no quiere que le encuentren, no le encontrarán.

Así que ahora va a ir a ver a John Giglione y va a tontear con él.

Puede que haga algo más que tontear, puede que tenga que chupársela o acostarse con él, ¿quién sabe lo que tendrá que hacer?

Haz lo que haga falta.

Tienes que jugar con las cartas que te han tocado en suerte, y todos esos tópicos de mierda.

Se revisa el maquillaje una vez más y sale de casa.

Que una mujer atractiva y bien vestida que no es una *stripper* entre sola en un club es una novedad.

Cathy siente las miradas fijas en ella al entrar.

Los clientes de la barra, los tíos de las mesas, hasta las bailarinas del escenario la miran de reojo mientras recorre la sala con la mirada, evidentemente buscando a alguien. Dan por sentado que es una esposa cabreada que anda buscando a su marido. Hasta los pocos que la reconocen —el barman, el portero, John Giglione— se sorprenden de verla allí de noche y con esas trazas.

El pelo, el maquillaje, el vestido.

Los zapatos de zorrón.

Howie Morisi, el lacayo y chófer de Giglione, es quien la ve primero.

—Vengo a ver a John —le dice Cathy.

—¿Te está esperando?

—Creo que se alegrará de verme. ¿Tú no?

Morisi la conduce a un reservado, en la pared del fondo, y ella se sienta junto a Giglione.

—¿A qué debo el placer? —pregunta él.

—¿Es que una chica no puede salir de noche?

Una chica, piensa Giglione. Madre mía…

—Claro, pero ¿a un club de *striptease*?

—Es mi club —contesta Cathy.

—Sí, pero…

—A lo mejor quería verte.

—¿Para qué?

—Tienes que darme un respiro —le dice—. Estoy al borde de la ruina, tienes que dejarme ganar algún dinero. Tú y los demás. Sé que tú puedes convencerlos.

—¿Por qué crees eso?

—Porque vas a ser el jefe —responde Cathy—. Todo el mundo lo sabe.

Ha dado en el clavo. Se lo nota en los ojos, en cómo se endereza él.

—Si acepto, ¿qué me das? —pregunta Giglione.

—Ya lo sabes.

—¿Sí?

—Sé que te apetece. Y te va a gustar, John. Incluso más de lo que imaginas. —Espera un segundo para que él se lo piense y luego añade—: A mí también me apetece. Hace mucho tiempo que no estoy con un hombre. Una se siente sola, sabes. Nosotras también nos ponemos cachondas.

Entonces le ve entrar por la puerta.

Chris.

—Ah, ¿no te lo había dicho? —dice Giglione—. Tu maridito ha vuelto a casa.

Levanta la mano y le hace una seña a Chris para que se acerque.

Chris se acerca. Como un perro, piensa Cathy. No se sienta, sino que espera a que Giglione le señale una silla.

Chris, cómo no, se lo toma a cachondeo.

—John, ¿qué haces con mi mujer?

—No soy tu mujer —responde Cathy—. Me divorcié de ti hace tres años.

—Nadie me lo había dicho.

—Nadie sabía dónde estabas —contesta ella.

La cabeza le da vueltas. Casi no le reconoce. Tiene el pelo largo, la cara más llena. Y ya no es el hombre arrogante con el que estaba casada. Se comporta como un lameculos con Giglione.

—¿Cuánto hace que has vuelto? —pregunta.

—Un par de días.

—¿Lo sabe Jake?

—Sí, nos vimos —dice Chris.

—Pero a mí no te has molestado en decírmelo.

—No sabía qué recibimiento ibas a darme. Y, efectivamente, te encuentro con otro tío. No te ofendas, John.

Giglione levanta la mano como diciendo «No faltaba más». Se nota que está disfrutando de lo lindo con esta escena.

—¿Qué te pensabas, que iba a esperarte eternamente? —pregunta Cathy.

—No —contesta él, y se vuelve hacia Giglione—. John, sobre lo que hablamos ayer…

—Te dije que tomaría una decisión a su debido tiempo —responde Giglione.

—Por supuesto. —Chris se saca un sobre del bolsillo de la chaqueta—. Pero he caído en la cuenta de que me presenté con las manos vacías. No sé en qué estaba pensando. Gané un poco de dinero mientras estaba… fuera. Aquí tienes una pequeña muestra. La primera de muchas, espero.

Cathy ve que Giglione coge el sobre.

¡¿Chris Palumbo pagándole a John Giglione?! ¡¿Un gigante rindiendo tributo a un pigmeo?!

No se lo puede creer.

Giglione se hincha como una paloma. Se guarda el dinero en el bolsillo y se levanta con una mueca burlona en la cara.

—Seguramente tendréis cosillas que resolver, tortolitos. Chris, mantente en contacto. Y Cathy, respecto a tu oferta... Seguro que algo se nos ocurre. Ya te llamaré.

Cruza la sala casi pavoneándose.

72

Se van a hablar al coche de Cathy.

—¿Te lo estás tirando? —pregunta Chris.

—Ni que tuvieras derecho a preguntármelo.

—Sigues siendo mi mujer.

—Y una mierda —responde Cathy—. ¿Te vas sin llamar siquiera? ¿Estás fuera diez años sin dar señales de vida? ¿Dónde coño has estado?

—Sobreviviendo.

—Pues qué bien, me alegro por ti. —Mira por la ventana y luego pregunta—: ¿Estabas en el programa?

—No, ya me conoces.

—Entonces…

—Cathy —dice—, sabes que tuve que marcharme y sabes por qué.

—Claro que sé por qué. Me lo han estado sacando de mis propias carnes.

—Lo siento.

—Lo sientes… Vete a la mierda.

—Me lo merezco —dice Chris.

—Ya lo creo que sí.

—Entonces, ¿es verdad?

—¿El qué?

—Que te lo estás follando —dice Chris—. ¿Qué oferta era esa?

—¿A qué ha venido lo de ahí dentro? —pregunta ella—. Tú lamiéndole el culo a John Giglione… ¿En qué te has convertido?

—Pregúntame cualquier cosa menos eso.

—No, eso es lo que te estoy preguntando —replica ella—. Ya no te reconozco.

—No me reconozco ni yo, ¿vale? —Chris da un puñetazo en el techo del coche—. No sé si alguna vez he sabido quién soy.

Cathy empieza a llorar.

Lleva años conteniendo el llanto, así que le dura un buen rato. Cuando por fin para, Chris le dice:

—Tengo que hacerle la pelota a Giglione. Y a los demás. Puede que aun así no me dejen vivir, pero, si me dejan, pagaré lo que les debo, te lo juro. ¿De qué oferta hablaba Giglione?

—Si me acuesto con él, me dará un respiro.

—Pues hazlo. —Ve el dolor en sus ojos.

—Quieres que folle con él.

—Necesito que folles con él —responde Chris—. A lo mejor así sigo con vida. Ponerle la cornamenta a un muerto no le hará tanta gracia.

—Dios mío, Chris, cuando creía que no podías rebajarte más, me sorprendes. Deberías apuntarte a uno de esos concursos del baile del limbo, seguro que ganabas.

—¿Vas a hacerlo?

El dolor se convierte en rabia.

—Sal de mi coche.

—¿Vas a hacerlo?

—Fuera.

—¿Que si vas a…?

—¡Sí! —grita—. ¡Le voy a matar a polvos, pero sal de mi coche y no te metas en mi vida! ¡Te odio!

Chris sale del coche.

La oye llorar dentro.

73

Chris consigue reunirse con ellos.

Pero no le dejan sentarse.

Le hacen quedarse de pie al final de una mesa, en la trastienda del restaurante.

Seis tíos le observan, sentados.

John Giglione, claro.

Y también Angelo Vacca, Gerry La Favre, Jacky Marco, Tony Iofrate y Bobo Marraganza.

De ellos, Giglione es el más listo. El que lleva la voz cantante, el negociador.

Marco es el más duro: el forzudo, el asesino, el que más probabilidades tiene de acabar con Giglione y hacerse con el trono. También será él quien me liquide, piensa Chris, si se toma la decisión.

Y no será rápido ni sencillo.

—Querías una audiencia —dice Marraganza—. Somos todo oídos.

Chris abre la partida con un gambito. Empieza a sacarse sobres de los bolsillos y a lanzarlos delante de ellos: el dinero que le quedaba del asunto de la heroína.

—Vengo portando regalos. Un poco de dinero que gané estando fuera. Un gesto de buena voluntad.

—No te va a bastar con esto —le advierte Marco. Pero coge el dinero.

Lo cogen todos.

—Claro que no —dice Chris—. Esto es solo el principio. Sé que os dejé tirados y que os costé mucha pasta. Danny Ryan me la jugó. Pero todos me conocéis, sabéis que siempre se me ha dado bien ganar dinero. Y si de algo estoy seguro es de que os haré ganar más vivo que muerto.

Nadie se ríe.

Chris empieza a sudar.

—Sé que son otros tiempos. Peter Moretti ha muerto, *buon'anima,* y Paulie ahora se dedica a jugar a la petanca. No intento recuperar mi sitio, no es poder lo que busco. Solo quiero ganarme la vida, cuidar de mi familia.

—¿Cómo sabemos que podemos confiar en ti? —pregunta Marraganza.

—Estoy aquí —contesta—. Hablemos claro, podéis liquidarme en cualquier momento. Ahora o más adelante. Así que ¿por qué no esperáis, a ver qué pasa?

Nadie dice nada.

Por fin, Giglione dice:

—Vete a esperar afuera. Los hombres tenemos que hablar. Ya te avisaremos cuando acabemos.

Chris asiente con la cabeza y sale.

—Hay que matar a ese hijoputa, joder —dice Marco.

—Estoy de acuerdo —contesta Marraganza.

—Yo también —dice Giglione—. Pero todavía no. ¿Qué prisa hay? Su mujer está al borde la ruina. Vamos a dejar que él nos consiga algo de dinero.

—Nos ha dado veinte mil por barba —dice La Favre—, así que seguramente tiene más.

—Chris siempre ha sabido ganar pasta —dice Vacca.

—¿Creéis que dice en serio eso de que no quiere poder? —pregunta Marraganza.

—Es un hombre derrotado —responde Giglione.

—¿Tú crees? —pregunta Marco.

—Os lo voy a demostrar —dice Giglione—. Que pase otra vez.

Chris entra.

Siguen sin ofrecerle asiento, le hacen quedarse de pie.

Él sabe que eso quiere decir algo.

—Chris —dice Giglione—, antes de darte otra oportunidad tenemos que aclarar un par de cosas. Ahora eres un donnadie, un mandado. Si te decimos que saltes, tú preguntas cuánto. Y si te decimos que nos beses el culo, nos lo besas sin rechistar. ¿Entendido?

—Entendido. Desde luego.

Giglione mira a Marco. ¿Lo veis?

—Ah, y otra cosa —añade—. Voy a verme con tu exmujer. Por ti no hay problema, ¿no?

—Ya no es mi mujer —dice Chris.

—Aun así, siendo tú quien eras…

Te agradezco la cortesía, John, pero no hay problema.

Giglione insiste. Mira a los demás y pregunta:

—¿Puedes darme algún consejo? Ya sabes, para el catre. Lo que la pone cachonda.

Es humillante. Todos lo saben.

—Bueno, ha pasado bastante tiempo —responde Chris.

—Sí, pero seguro que te acuerdas.

—No es complicada. No necesita muchas virguerías, tú ya me entiendes.

—Vale, gracias. Puedes irte —dice Giglione—. Y cuando vuelvas, vuelve con dinero en la mano.

—Gracias —contesta Chris—. Gracias. No os defraudaré.

Sale marcha atrás por la puerta.

—Hostia puta —dice Marco.

—Lo que yo os decía —dice Giglione.

Un hombre derrotado.

74

Danny observa cómo descargan el ataúd del avión.

Sentado junto a la ventanilla, ve el coche fúnebre y varios vehículos aparcados a lo largo de la pista. Un chófer abre la puerta de uno de los coches y Danny ve salir a Abe Stern. Sale despacio, tambaleándose, y dos de sus nietos le acompañan hacia el ataúd.

La policía ha dictaminado que era un suicidio, claro.

Pero Danny sabe que no.

Josh amaba demasiado la vida, jamás se habría suicidado.

Lo que pasó fue que la gente de Licata entró, le puso una pistola en la cabeza y le hizo tragar el vodka y las pastillas. Hicieron que pareciera un suicidio para que la prensa no hablara de un «asesinato mafioso» en Las Vegas.

Danny también sabe por qué.

Josh podía traer a todo un ejército, así que Licata pensó que, si se deshacía de él, se desharía también del ejército.

Y tenía razón.

Malditos sean Kevin y Sean, piensa, por desobedecer su orden directa y atacar la guarida de la banda de Licata. Sabe lo que pensaban: que le estaban haciendo un favor.

Pero la paz estaba tan cerca, piensa Danny.

Estábamos tan cerca de dejar todo eso atrás.

Y tuvieron que actuar por su cuenta y echarlo todo a perder.

Pero no merecían morir así. Atados, quemados, decapitados, y con la cabeza clavada en un palo como advertencia.

Qué espanto.

¿Y Josh?

Él tampoco se merecía lo que le ha pasado. Y es culpa mía, se dice Danny. Yo he hecho que lo mataran. Un joven bueno de verdad, decente y honrado a carta cabal, ha muerto porque se puso de mi parte y porque yo no he sabido manejar mis asuntos.

Todo el mundo paga por mis pecados, menos yo.

Sale del avión.

Abe no le ve, sigue avanzando hacia el ataúd de Josh, arrastrando los pies. Se queda allí parado un segundo y luego se desploma sobre el féretro, llorando y lamentándose. Los nietos intentan levantarle, pero se abraza al ataúd y no lo suelta.

Danny se acerca y le incorpora con cuidado. Le han caído los años encima de golpe. Tiene las mejillas hundidas, sus ojos son apenas dos rendijas y está sin afeitar. Mira a Danny y dice:

—Te culpo por esto.

Con toda razón, piensa Danny.

—Prometiste que cuidarías de él —dice Abe.

—Lo sé.

—No lo has hecho.

—Lo sé.

Abe da media vuelta y, ayudado por sus nietos, camina junto al ataúd mientras lo llevan al coche fúnebre y lo meten dentro.

Yitgadal veyitkadash shemé rabá,
be'alma di berá jir'utej,
veyamlij maljutéh...

En casa de los Stern, Danny se sienta y escucha recitar el *kadish,* la oración judía de duelo.

No estaba seguro de ser bienvenido, pero ha ido de todos modos después del entierro, para presentar sus respetos. La madre de Josh le ha abierto la puerta y le ha dejado pasar. Solo le ha dicho «Por favor, quítese los zapatos», porque está prohibido llevar zapatos de cuero durante la *shivá.* Le ha dado una kipá para que se cubriera la cabeza y ha vuelto a su asiento.

Ahora Danny está sentado en uno de los taburetes bajos tradicionales de la *shivá* y escucha las antiquísimas palabras hebreas sin entender su significado.

Yejé shemeh rabá mebaraj
le'alam ul'almá 'almayá.
Yitbaraj, veyishtabaj, veyitpaar, veyitromam,
Veyitnasé, veyithadar, veyit'alé, veyithalal...

Mira a Abe desde el otro lado de la habitación iluminada por una vela. Tiene peor aspecto que antes. Sigue sin afeitarse —como manda la tradición, no se afeitará ni se cortará el pelo durante treinta días— y parece agotado mientras se balancea adelante y atrás.

Acaba la plegaria y Abe le ve. Se levanta, le hace un gesto con la cabeza para que le siga y entra en su despacho.

Ninguno de los dos se sienta.

Abe se queda callado un momento y luego dice:

—Vernon Winegard.

—No creo que tuviera nada que ver con el asesinato de Josh.

—Él invitó al monstruo a entrar. La responsabilidad es suya. Quiero destruirle. Matarle no, destruirle.

Transcurridos los treinta días de luto, le dice Abe, la Compañía Stern adquirirá las acciones de Winegard. Se hará con su empresa, le echará y le impedirá hacer negocios allá donde vaya.

Danny asiente.

—Allie Licata —dice Abe—. A ese lo quiero muerto.

—Lo haré yo mismo.

—Una cosa más. Vas a renunciar a Tara. Venderás tus acciones y te marcharás. Construiremos tu hotel, tu Sueño, pero no tendrás nada que ver con él. No volveré a verte ni a hablar contigo. Ahora, por favor, déjanos con nuestro luto.

Danny se va.

Lo entiende.

Hay que pagar un precio.

75

Marie se planta delante del jurado y hace su alegato final.

—Han escuchado las declaraciones de los testigos —dice—. Han visto las pruebas materiales, las fotografías, las salpicaduras de sangre, los gráficos. Todo coincide. Está claro más allá de toda duda razonable que Peter Moretti hijo fue esa noche a aquella casa con intención de matar a Vincent Calfo y Celia Moretti, y eso es exactamente lo que hizo.

»Señoras y señores, la prueba clásica en estos casos es preguntarse si el acusado tenía motivos, medios y oportunidad. La respuesta a esos tres interrogantes es claramente un sí. ¿Oportunidad? Sí, estaba en el lugar de los hechos, él no lo niega. Hubo dos personas, solamente dos, que tuvieron oportunidad de cometer los asesinatos: Timothy Shea y el acusado. Mintiera o no el señor Shea acerca de si entró o no en la casa, los testimonios dejan claro que no subió en ningún momento al piso de arriba. Solo subió el acusado. Solo el acusado tuvo oportunidad de matar a Celia Moretti.

»¿Medios? Han oído a Timothy Shea afirmar que proporcionó al acusado una escopeta del calibre doce y han oído a los peritos forenses declarar que las víctimas fueron asesinadas con una escopeta de ese mismo calibre. La defensa tampoco lo discute. Hay cierta controversia respecto a quién propuso destruir el arma homicida. Pero ¿qué importa eso? En cualquier caso, el acusado disponía de los medios necesarios para cometer los asesinatos.

»Hablemos ahora del móvil. ¿Tenía el acusado motivos para matar a Vincent Calfo y Celia Moretti? De nuevo, la respuesta es un sí rotundo. Han escuchado ustedes el testimonio del señor Shea, según el cual fueron en coche a la casa con el propósito expreso de vengarse por el presunto papel que desempeñaron las víctimas en el asesinato de Peter Moretti, el padre del acusado. Han oído que fueron directamente allí desde la casa de Pasquale Ferri después de que el acusado y el señor Ferri mantuvieran una conversación acerca del asesinato del padre del acusado y de que el acusado le preguntara al señor Ferri qué debía hacer al respecto. Supongo que la respuesta a esa pregunta está ya clara.

»Que Vincent Calfo y Celia Moretti tuvieran o no algo que ver con ese asesinato es irrelevante. La única cuestión es si el acusado creía que así era, y le han oído ustedes declarar que así se lo comunicó su hermana, que afirmó haberlo sabido por boca de su propia madre. El acusado lo creyó.

Marie hace una pausa, bebe un sorbo de agua.

Luego continúa:

—Peter Moretti se crio con cierto código moral. Ese código moral le enseñó que no debía buscar justicia a través del sistema judicial o recurriendo a la policía, sino que tenía el derecho (no, el deber) de tomarse la venganza por su mano, aunque para ello tuviera que asesinar a su propia madre.

»Ese código moral perverso lleva demasiado tiempo corrompiendo este estado, toda esta nación, y ustedes tienen la oportunidad, la responsabilidad, de dejar claro con total rotundidad que ninguna persona, ningún grupo, ninguna cultura está por encima de la ley.

»Han visto pruebas del asesinato brutal y espeluznante de dos seres humanos. Las evidencias son abrumadoras. El acusado mató con premeditación a Vincent Calfo y acto seguido asesinó a Celia Moretti, su madre. Su madre.

»Les pido que declaren al acusado culpable de todos los cargos.

»Gracias.

Se sienta.

Bruce se pasea delante del jurado.

—Mi cliente, Peter Moretti hijo, estaba presente en el lugar de los hechos. La señora Bouchard tiene razón en eso, no lo negamos. Una escopeta del calibre doce, propiedad de Timothy Shea, fue el arma homicida. En eso también tiene razón.

»Pero, aparte de eso, nada de lo que les ha dicho está más allá de toda duda razonable. Y ese es el criterio que impera aquí, señoras y señores. Para que manden ustedes a ese joven a prisión para el resto de su vida, deben creer que no hay ni una sola duda razonable respecto a la historia que la fiscalía ha tejido ante ustedes.

»Y yo les digo que no hay una sola duda razonable, sino muchas.

»¿Oportunidad? Peter Moretti tuvo la oportunidad de cometer el asesinato de Celia Moretti, su madre. Pero no fue el único que la tuvo. Para creer que lo cometió, tienen ustedes que aceptar la palabra de un delincuente convicto, Timothy Shea, que ha aceptado un acuerdo con la fiscalía, una tarjeta para salir de la cárcel. Permítanme hacerles una pregunta: ¿no tienen ninguna duda razonable de que no fuera Shea quien apretó el gatillo y mató a Celia? Solo cuentan con su palabra. Llevó literalmente a mi cliente a la escena del crimen. ¿Cómo sabemos que no fue él también quien cometió los hechos? No lo sabemos. Eso es una duda razonable.

»Medios. Mi cliente tenía los medios, estamos de acuerdo en que disponía de una escopeta —la escopeta del señor Shea—, pero no era el único. De nuevo, solo contamos con la versión del señor Shea. De Timothy Shea, un mentiroso y perjuro confeso. Eso también es una duda razonable.

»Motivos. Aquí sentados, hemos oído un cuento acerca de que mi cliente se vio impelido al asesinato por un rumor acerca de la muerte de su padre. Pero nadie, aparte del señor Shea, ha testificado que Peter tuviera intención de matar. Su hermana no lo ha dicho; el señor Ferri, tampoco. Los únicos que lo han afirmado son el mentiroso de Timothy Shea y la fiscal, la señora Bouchard. Y debo recordarles que el alegato final de la señora Bouchard no es un testimonio ni es una prueba, solamente es su opinión. ¿Basada en qué? No en las evidencias materiales ni en los testimonios, sino en su creencia de que existe un «código moral» imaginario sobre el que no se ha aportado ninguna prueba.

»Nadie en este sala, a excepción de Timothy Shea, ha declarado expresamente que Peter Moretti fuera a la casa esa noche con intención de matar. Pudo ir solamente a hablar; pudo ir, sí, para enfrentarse a su padrastro y a su madre y pedirles explicaciones sobre lo que había oído. Pudo llevar un arma —y la llevaba, de hecho—, porque tenía miedo de Vincent Calfo, que era un miembro peligroso del crimen organizado, como mi cliente sin duda sabía, puesto que creció en ese ambiente.

»Y eso es una duda razonable.

»En cuanto al móvil, existe también, claramente, una duda razonable.

»Sí, a Vincent Calfo le dispararon por la espalda. Pero les he mostrado múltiples casos en los que se ha dictaminado que el hecho de que un policía disparara a una persona por la espalda estaba justificado por tratarse de defensa propia. Son cosas que ocurren. Han escuchado ustedes el testimonio de los investigadores de la policía, según el cual en la casa había numerosas armas de fuego. De hecho, había una pistola en un armario situado a menos de metro y medio del señor Calfo en el momento en que le dispararon.

»¿Duda razonable? Yo creo que sí.

»Ahora hablemos de Celia.

»Es espantoso, estoy de acuerdo. Las fotografías que les han mostrado son profundamente perturbadoras.

»Pero ¿fue un asesinato? ¿Un asesinato premeditado?

»Celia iba a coger un arma. El cajón que contenía la pistola estaba abierto. Hubo un forcejeo de algún tipo. Pero quien disparó a Celia Moretti —y no estamos admitiendo que fuera el acusado— muy bien pudo actuar en defensa propia. ¿Podría ocurrir dos veces en la misma casa y en la misma ocasión? ¡En una casa llena de armas de fuego, sí! ¡Ya lo creo! ¿Puede afirmarse en puridad que no fue así? ¿Puede afirmarse en puridad que no hay ninguna duda razonable?

»Lo cierto es que no sabemos qué pasó en ese dormitorio. No sabemos quién le hizo qué a quién. El ministerio fiscal no ha probado su versión de los hechos más allá de toda duda razonable.

»Sabemos, en cambio, que fue Timothy Shea, no Peter, quien dijo que tenían que salir de allí. Sabemos que fue Timothy Shea, no Peter, quien dijo que tenían que destruir el arma homicida. Lo sabemos porque lo ha admitido él mismo, cuando se le ha presionado para que dijera por fin la verdad. O, al menos, parte de la verdad. Primeramente mintió acerca de esos hechos. ¿Sobre qué más ha mentido?

»No lo sabemos. Y eso es una duda razonable. Cuando no sabemos algo, forzosamente hay una duda razonable.

»No sabemos si Peter fue a la casa con intención de matar. No sabemos si sintió miedo estando allí. No sabemos si fue él quien efectuó el disparo que mató a Vincent Calfo. No sabemos si fue él quien efectuó los disparos que acabaron con la vida de Celia Moretti. Y, si fue él, no sabemos por qué.

»No lo sabemos, no lo sabemos, no lo sabemos, no lo sabemos, no lo sabemos. Duda razonable, duda razonable, duda razonable, duda razonable, duda razonable.

»Dos cuestiones más y paro.

»Aquí no se está juzgando a la mafia. Se está juzgando a Peter Moretti hijo. La señora Bouchard ha intentado hacerle responsable de toda una historia del crimen organizado, lo que es ridículo, por supuesto. Solo ha de responder de los cargos concretos que se le imputan. La señora Bouchard les ha indicado que, al condenarle, estarán ustedes poniendo fin al crimen organizado. Peter, al margen de la familia de la que provenga, no es responsable de nada de eso. Nunca ha sido miembro del crimen organizado. No tiene antecedentes penales. De hecho, es un marine condecorado, un veterano de guerra.

»El juez les advertirá en sus instrucciones de que no deben extraer conclusiones negativas del hecho de que Peter no haya declarado en su propia defensa. Les dirá que está en su derecho conforme a la Constitución y que no deben tenerlo en cuenta al tomar una decisión.

»Conozco a los jurados, tengo experiencia en estas lides. Sé lo que están pensando, sé que se preguntan por qué no ha declarado, que sienten que, de haber estado en su caso, ustedes habrían querido subir al estrado, prestar juramento y proclamar su inocencia a los cuatro vientos. Lo sé y lo entiendo.

»Pero Peter Moretti no es capaz de hacer eso. Es mi opinión, no la de él. He sido yo quien lo ha decidido. Peter sufre trastorno de estrés postraumático y tiene antecedentes de drogodependencia, a lo que hay que sumar la carga psíquica que supone el hecho de que su hermana se suicidara y mataran a su padre. Sencillamente, no es capaz de soportar uno de esos interrogatorios despiadados que han visto ustedes perpetrar a la señora Bouchard en el transcurso de este juicio.

»Deben ustedes hacer caso de la advertencia del juez. Es la ley, es su deber.

»Cuando consideren todas estas cuestiones, cuando sopesen las pruebas y los testimonios, sé que cumplirán con su deber y declararán a mi cliente no culpable.

»Gracias.

Bruce se sienta.

76

Ha estado bien, piensa Marie.

Lo ha bordado.

Bruce le ha asestado varios golpes.

Pero ella puede ganarse aún al jurado en su refutación.

—Con todos mis respetos —dice—, el señor Bascombe es un maestro del despiste. «¡Miren esto! ¡Miren aquello!». Miren cualquier cosa menos lo que tienen delante de sus narices, lo que todos pueden ver.

»Así que, en cuanto a sus maniobras de despiste…

»¿Hicimos un trato con Timothy Shea a cambio de que testificase? Por supuesto que sí. ¿Shea fue siempre sincero? Al parecer, no, pero ¿saben qué, señoras y señores?, en este tipo de causas rara vez llamamos a declarar a un santo.

»El señor Bascombe ha dado a entender que pudo ser Shea quien cometió los asesinatos. No hay ninguna prueba de ello. Absolutamente ninguna. Y yo les pregunto, ¿qué motivos podía tener? Ni siquiera conocía a Peter Moretti padre. Ni tampoco a Cassandra Murphy. Nunca los había visto. La defensa, sin embargo, quiere que corran ustedes detrás de ese señuelo.

»¿Defensa propia? Por favor…

»A Vincent Calfo le dispararon por la espalda. Mientras huía.

»¿Y Celia Moretti? ¿Intentaba coger un arma? Tal vez. Pero he aquí lo que echa por tierra el argumento de que fue en defensa propia: el acusado no le disparó una sola vez, le disparó dos veces.

»¡BUM! El primer disparo de la escopeta le da en el abdomen, a bocajarro, y la destripa. Ya han visto las fotografías. Ella se apoya en la cómoda y se desliza hacia el suelo, han visto ustedes las manchas de sangre. Se sienta con los intestinos fuera y entonces…

Hace una pausa para conseguir el máximo efecto dramático, dejando que el jurado intuya lo que viene a continuación.

—¡BUM! Le dispara de nuevo. Lo siento, señoras y señores, pero el acusado le voló la cara a su madre. Eso no fue en defensa propia, fue pura rabia.

Hay rabias estruendosas: descargas vociferantes, gritos salpicados de saliva. Hay rabias sosegadas: susurros amenazadores, invectivas apenas masculladas. Y hay rabias silenciosas: sin sonido alguno, una furia que se traga y se hunde en las entrañas.

Esa es la rabia asesina.

No hay nada que decir, solo queda una cosa por hacer y es matar.

Esa es la rabia que siente Danny ahora.

Va a matar a Allie Licata. No va a encargárselo a nadie, no va a dejar que otros lo hagan por él. Quiere hacerlo él mismo, lo necesita.

Una furia silenciosa y asesina.

Jimmy intenta disuadirle.

—Ni siquiera sabemos dónde está Licata. Seguramente ya habrá vuelto a Detroit.

—No —contesta—. Está aquí.

Tiene un asunto pendiente.

Matarme.

—Entonces, está aquí con dos equipos —dice Jimmy—. Y nosotros somos tú, yo y Ned.

—No necesito un equipo.

—Danny...

—Mataron a ese chico —dice—. No tenían por qué hacerlo. Prometí que cuidaría de él. Y no lo he hecho.

—¿Y hacer que te maten va a compensarlo?

Tal vez, piensa Danny.

En todo caso, Jimmy tiene razón en una cosa: no sabemos dónde está Licata. Y no puedes matar a quien no encuentras.

Allie Licata tiene el mismo problema.

No consigue dar con Danny Ryan.

Sabe que estuvo en Reno para el entierro del nieto de Stern, pero desde entonces se ha esfumado.

Sabe, de todas formas, a quién sí puede encontrar.

—Va a venir esta noche —le dice Jake a su padre.

—¿Giglione? —pregunta Chris—. ¿A casa?

—Sí.

Qué huevos tiene, piensa Chris. No solo va a follarse a mi mujer, además tiene que ser en mi casa.

Pero vale, vale.

—¿A qué hora? —pregunta.

—A las diez y media.

—Eso es que viene a tirársela —dice Chris.

—Estamos hablando de mi madre —contesta Jake.

—Perdona. Muy bien, quiero que hagas lo siguiente.

Se lo explica al chico. Bueno, le explica todo lo que necesita saber.

Y luego confía en que lo haga.

La espera ha sido lo peor.

Esperar a que volviera el jurado.

Para Bruce Bascombe no ha sido para tanto. Como reza la vieja fábula, para hacer una tortilla de jamón y queso, la gallina se implica y el cerdo se compromete. Bruce es la gallina en este caso: no quiere perder, le preocupa su cliente, pero, sea cual sea el veredicto, saldrá del tribunal y seguirá con su vida.

Para Marie Bouchard debería haber sido igual. Ella también va a marcharse en cualquier caso, pero no está segura de que pueda seguir con su vida como si tal cosa si Peter Junior sigue con la suya.

Ha invertido demasiado en este asunto: demasiado tiempo, demasiado esfuerzo, demasiadas energías. Demasiada fe en la justicia. Cree de veras que ella es la voz de Celia Moretti en este mundo, su última oportunidad de que la escuchen. O sea, que para ella la espera ha sido terrible.

Para Peter Junior ha sido insoportable.

Él es el jamón de la tortilla. Si le declaran culpable, no saldrá caminado libremente del juzgado. Le llevarán esposado a una sala en la parte de atrás y luego le meterán en un furgón y le llevarán a la cárcel, puede que para toda la vida.

Para varias décadas, por lo menos.

Así que la espera ha sido horrible.

Pasó un día y luego otro.

Bruce le dijo que era buena señal, porque cuando el jurado se decide rápidamente el veredicto suele ser de culpabilidad.

A Marie le preocupaba lo mismo.

En la mayoría de sus juicios, el veredicto ha sido rápido. Básicamente, los miembros del jurado esperan para comer gratis y luego vuelven con la condena.

Esta vez, no.

Tres días, cuatro.

Peter Junior sentía que iba a derrumbarse.

A quebrarse.

Y ahora, cinco días después, el ujier los avisa de que el jurado ha alcanzado un veredicto.

Se sientan en la sala y ven entrar en fila al jurado.

Marie mira al presidente tratando de deducir alguna pista, pero él, con cara de póquer, no le devuelve la mirada.

Marie casi no puede respirar.

Entra el juez Faella y se ponen en pie.

Bruce le apoya la mano en el hombro a Peter Junior.

El chico parece a punto de echarse a llorar.

El secretario lee el formulario del veredicto.

—¿Ha alcanzado el jurado un veredicto respecto al cargo de asesinato en primer grado de Vincent Calfo?

—Sí —contesta el presidente.

—¿Cómo declaran al acusado?

Marie traga saliva.

Peter Junior se agarra al borde de la mesa de la defensa.

El presidente dice:

—Declaramos al acusado no culpable.

Marie siente que le da un vuelco el corazón.

Escucha la retahíla de cargos: asesinato en segundo grado, homicidio voluntario, homicidio involuntario... No culpable, no culpable, no culpable. De modo que o bien se han tragado el argumento de que fue en defensa propia o bien han pensado que Peter tenía motivos justificados para matar a Calfo, y al diablo con las instrucciones del juez.

Peter Junior se echa a llorar.

Le tiemblan los hombros, llora de alivio.

Sí, bueno, espera, chaval, piensa Marie. Puede que al jurado no le haya parecido bien que mataras a tu madre.

—¿Ha alcanzado el jurado un veredicto respecto al cargo de asesinato en primer grado de Celia Moretti?

Vamos allá, piensa Marie.

El presidente dice:

—No.

¿Qué?

—Señoría —dice el presidente—, no conseguimos llegar a un veredicto.

Marie está estupefacta.

Y más aún cuando Peter Junior pierde los papeles y se derrumba.

Empieza a sollozar, levanta la cabeza y mira al jurado.

—Lo hice yo —dice—. Yo la maté.

Bruce le agarra.

—Peter, tú no...

Él se zafa de un tirón.

—¡Fui yo! ¡Yo la maté! ¡Quería matarla! ¡Lo siento! ¡Lo siento muchísimo!

La sala abarrotada enloquece.

Los periodistas salen abriéndose paso a empujones para llamar a sus editores.

Faella golpea con la maza pidiendo orden.

Bruce mira a Marie y se encoge de hombros.

¿Y ahora qué?

Marie hace lo mismo. Sí, ¿y ahora qué?

Faella se quita la toga, la cuelga del respaldo de su silla y se sienta.

—Por Dios, Bruce, ¿no podías controlar un poco a tu cliente?

—Lo siento, señoría.

—Esto es territorio desconocido —añade Faella—. Es la primera vez que me encuentro en esta tesitura.

—Nosotros también —dice Bruce.

Menudo lío, piensa Marie. El veredicto sobre el asesinato de Calfo es el caso más evidente que ha visto de desobediencia a las instrucciones del juez, y así lo dice.

—Se ha dictado veredicto —dice Faella—. Se acabó.

—Pero es evidente que han desoído sus instrucciones, señoría.

—Y yo voy a dejarlo pasar —responde Faella—. El problema que nos ocupa es el veredicto del caso de Celia Moretti. Tenemos un jurado en desacuerdo.

—El acusado ha confesado en audiencia pública —dice Marie.

— Pero no había prestado juramento —alega Bruce—. Técnicamente, es un testimonio de oídas. Desde luego, no es una prueba testimonial. Yo pediría la nulidad, pero de hecho no hay nada que anular.

—Tiene razón, Marie —dice Faella.

Ella lo sabe. Pero también sabe que Faella está en una posición difícil. Esa misma noche, a la hora del telediario, y sin duda mañana cuando salgan los periódicos, todo el mundo en Rhode Island sabrá que Peter Moretti Junior ha confesado que mató a su madre. Así pues, ¿qué se supone que tiene que hacer el juez? ¿Dejar libre al chico? Pero, si manda al jurado otra vez a deliberar, volverá al cabo de diez minutos con un veredicto de culpabilidad basado en una «prueba» que sus miembros no deberían haber oído.

Como de costumbre, Bruce se adelanta.

—No puedes enviar al jurado otra vez a deliberar. Han oído lo que han oído, esa campana ya ha sonado y no se puede evitar.

—Esa «campana» ha sido una confesión en toda regla —arguye Marie, aunque sabe que no tiene razón—. No ha sido resultado de la coacción ni de la manipulación, ha sido una confesión voluntaria.

—Hecha por un imputado que evidentemente no estaba en pleno usos de sus facultades —responde Bruce—. Cinco minutos más y ese chiflado habría confesado hasta el asesinato de Lincoln. La única opción aquí es declarar nulo el juicio.

—¿Solicitas la nulidad? —pregunta Faella.

—Solicito la nulidad del juicio, señoría.

—Por el amor de Dios —dice Marie.

—Marie...

—Pero ¿de verdad vamos a repetir todo esto?

—Eso depende de ti, Marie —contesta Bruce—. Puedes optar por no volver a procesarle.

—¿Qué? ¿Se supone que tenemos que hacer como que no pasa nada porque destripara y decapitara a su propia madre solo porque nos parece mucha molestia repetir el juicio? ¿Eso vamos a hacer?

—Vuelvo a decirte lo mismo —contesta Bruce, mirándola.

—Muy bien, te propongo una cosa —dice ella—. Peter repite su confesión por escrito y yo le ofrezco un acuerdo de conformidad por un homicidio en segundo grado. ¿Te parece bien, Bruce?

—No permitiré que vuelva a dar ese espectáculo.

—Ah, vaya, conque ahora sí controlas a tu cliente —dice Marie.

—Es una solución razonable, Bruce —interviene Faella.

—A no ser que seas Peter Moretti —responde Bruce—. A nosotros nos viene estupendamente, claro, solventa este embrollo. Pero no puedo, en conciencia, recomendárselo a mi cliente porque le conviene más que se repita el juicio.

—Vamos, Bruce... —Marie está asqueada porque sabe cuál va a ser su siguiente jugada—. Y entonces argumentarás que no puede tener un juicio justo porque todos los posibles jurados habrán oído su confesión inadmisible.

Bruce se encoge de hombros: pues sí.

—Señoría —dice Marie—, si aceptamos esa premisa, cualquier imputado podría presentarse ante el tribunal, soltar que sí, que es culpable, ¡y luego argumentar que no puede tener un juicio justo basado en su propia confesión! ¡Y esto sería el país de Jauja!

Faella suspira.

—No tengo más remedio que declarar nulo el juicio. Marie, si quieres volver a iniciar el proceso, es cosa tuya. Sospecho que un nuevo juicio saldría adelante porque seguramente podrás encontrar a doce personas que no vean la televisión ni lean los periódicos. Buena suerte con ellos, de todos modos. Pero será con otro juez, porque yo estaré en Delray Beach intentando olvidarme de este caso y de que os conozco a los dos.

—Quiero que se sondee al jurado, señoría —dice Marie. Le convendría saber hasta qué punto han estado cerca de llegar a un veredicto, así tendría más fundamentos para decidir si vuelve a iniciar el proceso.

—Eres un fastidio, Marie —dice Faella.

—No es que el jurado esté en desacuerdo, es que el juicio es nulo —dice Bruce—. No hay obligación de sondear al jurado.

—Gracias por aclararme la ley —responde Faella—. No habrá sondeo. Ahora, vamos a decirle al simpático jurado que ya puede irse a casa.

Se levanta.

Bruce sonríe a Marie.

—La pelota está en tu tejado.

Ella entiende al instante lo que quiere decir.

Juega tú solita.

81

—Va a venir John Giglione —dice Cathy.

—¿Cuándo? —pregunta Jake.

—Dentro de unos minutos. Y no me mires así.

—¿Cómo? No te estoy mirando de ningún modo.

—Con esa cara de asco, como si estuvieras pensando que tu madre es una puta —contesta Cathy—. ¿Qué quieres que haga, Jake? ¿Pasarme la vida esperando a tu padre?

Los secretos se interponen entre ellos como un muro. Él no le dice que su padre ha vuelto ni ella a él que ya lo sabe.

—Has esperado todo este tiempo —dice Jake.

—Y ha sido más que suficiente.

Jake está a puntito, a puntito de decírselo. Cathy conoce a su hijo, nota cuánto le cuesta contenerse.

—Así que quieres que me vaya —dice Jake.

—¿Qué pasa? ¿Es que quieres estar aquí para saludarle?

—Joder, no.

—Entonces más vale que te vayas.

—Salgo por detrás —dice Jake levantándose—. No quiero encontrarme con él.

Cruza la cocina y sale por la puerta trasera.

La deja abierta.

Danny llama al timbre de Eden.
Nadie acude a abrir la puerta.
Vuelve a llamar, espera y por fin abre con su llave.
—¡¿Eden?!
Nada. No hay respuesta.
Entonces ve la nota en la mesa.

¿LA QUIERES? PUES LA TENEMOS.

Hay una dirección.

83

John Giglione tiene ya una erección en la que podría colgarse un abrigo.

¿Cuál es la palabra?, piensa.

Expectación.

Lleva años —¡años!— con ganas de pasarse por la piedra a esta tía, y esta noche ella por fin va a ceder. La muy puta debe de creerse que tiene el coño de oro, o de platino, o lo que sea. Ni que fuera la llave del reino.

¿Que hace años que no está con un tío? Pues estará empapadita.

Expectación.

Se para delante de la casa de Cathy Palumbo.

Morisi ya estaba aparcado en la calle, allí cerca. Baja la ventanilla del coche.

—El chico acaba de irse. Hace unos minutos. Está sola.

—¿Seguro?

—No ha entrado ni salido nadie más.

—Sigue vigilando —dice Giglione.

Se acerca y llama al timbre.

Cathy ha subido a cambiarse, «para ponerse algo más cómodo», como dicen en las películas, no un picardías ni nada muy provocativo, sino una bata de seda verde que resalta el color de sus ojos. Se ha puesto un poco de perfume en el cuello y en la tripa, para que John no tenga ninguna duda de lo que va a pasar.

—Estás guapísima —le dice él cuando abre la puerta.

—¿Verdad que sí? —contesta ella—. Pasa. —Se acerca al pequeño bar del salón—. ¿Quieres tomar algo? ¿Un vino?

—¿Tú qué vas a tomar?

—Una copa de vino.

—Pues ponme otra a mí, entonces.

—¿Tinto o blanco?

—Tinto.

—Vale, tinto. —Sirve una copa para ella y otra para él y se la da al sentarse a su lado en el sofá—. Esto tenía que haber pasado hace mucho tiempo.

—¿Y por qué ha tardado tanto?

—Porque estaba esperando —contesta Cathy—. Quería ver...

—¿Qué?

—Cuál de vosotros tomaba las riendas. Y parece que vas a ser tú.

—Así que ¿se trata de eso? —pregunta John—. ¿Te vas a acostar conmigo porque voy a ser el jefe?

—Dime a qué mujer no la atrae el poder. Es un afrodisíaco.

Imagina que esa es una de las pocas palabras polisílabas que conoce Giglione.

Y es verdad que la conoce.

—Como ese bicho que llaman mosca española.

—Exacto.

—O como las ostras.

—Mejor aún —dice Cathy—. Así que vamos a terminarnos el vino y a subir a la habitación.

A acabar con esto de una vez.

Entonces entra Chris.

85

Es un almacén en la parte este de la ciudad.

Danny para el coche y sale. Sabe que no van a dispararle en el acto: Licata querrá algo más. No van a matarle allí mismo, van a llevarle con Licata, a algún sitio donde el mafioso pueda despacharle a sus anchas. Luego, desaparecerá. *Danny Ryan desaparece de nuevo.*

Está bien así.

No importa. Lo único que importa es Eden.

Un tipo se baja de una furgoneta.

Le saluda con la cabeza y luego levanta la barbilla señalando la furgoneta.

Como diciendo: «Está ahí dentro».

—Si le hacéis algún daño —dice Danny—, os mato a todos.

El tipo sonríe.

—Qué va, vas a estar muerto.

—Mi gente irá a por vosotros. No parará nunca.

—Relájate, jefe —dice el tipo—. Ella está bien, solo un poco asustada.

—Suéltala.

—Es muy sencillo. Entras tú y ella sale. Voy a cachearte. Ya sabes que no estoy solo. Si intentas algo, primero le vuelan la cara a ella y luego a ti. ¿Entendido?

Danny levanta los brazos.

El tipo se acerca, le cachea y coge su Heckler & Koch P30.

—Bonita pieza.

Le escolta hasta la furgoneta y abre la puerta corredera.

Danny entra.

Eden tiene las manos atadas a la espalda, los ojos vendados y una mordaza en la boca.

Hay un tipo sentado a su lado y otro delante, detrás del volante.

—Todo va a salir bien —le dice Danny—. No va a pasarte nada.

Ha estado llorando, se le ha corrido el rímel por las mejillas, pero no parece herida, no parece que le hayan pegado.

—Quítale la mordaza —dice Danny.

—Se pondrá a gritar.

—No, no se pondrá a gritar.

El tipo se acerca y le quita la mordaza.

Danny dice:

—Te van a soltar. Luego, yo me voy a ir con ellos. Necesito que te olvides de que esto ha pasado. No vayas a la policía, no intentes hacer nada, sigue con tu vida. ¿Lo entiendes?

Eden asiente. Está aterrorizada.

—Te quiero —dice Danny. La coge por el codo, la ayuda a bajar de la furgoneta y le desata las manos.

—Vas a contar hasta cien —dice el tipo—, como en el escondite. Luego puedes quitarte la venda. Si te la quitas antes, lo último que oirás será un bang. ¿De acuerdo?

414

Eden asiente.

El tipo cierra la puerta, da la vuelta y se sienta en el asiento del copiloto.

La furgoneta arranca.

Danny mira a Eden, allí de pie.

El tipo le apunta a la cabeza.

—Túmbate en el suelo.

Él obedece.

El tipo pregunta:

—Vas a ponérnoslo fácil, ¿verdad?

Sí, piensa Danny.

Chris ha entrado por la cocina, por la puerta sin cerrar.

Apunta a Giglione a la cabeza con la 38 silenciada y dice:

—Deja la copa, John. Pon las manos donde pueda verlas.

—Estás cometiendo un error —contesta Giglione—. Tengo a un hombre fuera.

—Tienes a un hombre muerto fuera. Le he pegado dos tiros en la cabeza a ese lelo. Cathy, tienes que irte.

—Estoy en bata.

—Márchate. Sal por detrás. Vete a algún sitio y quédate en el coche.

Ella se levanta y sale.

Chris oye cerrarse la puerta de la cocina.

—¿Me hundes los negocios y encima ibas a follarte a mi mujer? —pregunta.

—Chris…

—Chris, nada.

—No lo hagas —dice Giglione—. Los demás irán a por ti.

—¿Quién, Vacca? Está muerto. ¿Y La Favre? Muerto también.

Iofrate, muerto. Marraganza, muerto. Y Jacky Marco estará muerto por la mañana.

—Entonces, Pasco…

—Pasco es quien ha dado la orden —responde Chris—. ¿Creías que las grandes familias y él iban a dejar que siguierais montando este circo? ¿De verdad pensabas que iban a permitir que un cretino de tres al cuarto como tú fuera jefe?

Las grandes familias han mandado varios equipos.

Asesinos de verdad.

Ya está todo acabado.

Pero esto Chris quería hacerlo personalmente.

87

Danny yace en el suelo de la parte de atrás de la furgoneta, con una pistola apuntándole a la cabeza. No se han molestado en vendarle los ojos, así que sabe que no va a volver. No les preocupa que testifique.

—Sea como sea, voy a matar a tu jefe —dice.

—Ya, ¿y cómo vas a hacerlo? —pregunta el tipo—. ¿Desde la tumba?

—Si es necesario, sí.

El tipo se ríe.

—Oye, así ascenderás —le dice Danny.

—No, el siguiente en la fila es Chucky.

—Él también va a morir.

Chris señala con el arma.

—Arriba —dice—. Ahí es donde ibas, ¿no? Con mi mujer. Venga, tráete el vino.

Encañona a Giglione mientras suben al dormitorio y luego entran en el cuarto de baño.

—Métete en la ducha.

—¿Qué?

—Que te metas en la ducha. ¿Crees que voy a ponerle perdida esa alfombra tan bonita a Cathy, con lo limpia que la tiene? Es una maniática de la limpieza, tío.

Gig se mete en la ducha.

—Chris, por favor. Tengo dinero, te lo doy todo, todo, pero por favor…

—Echa un trago, John. Así te calmarás.

—Te lo suplico…

—Echa un trago.

John levanta la copa. Necesita las dos manos para acercársela a la boca, y aun así se le vierte el vino. Consigue beber un trago antes de que Chris le pegue un tiro en la garganta.

La furgoneta se para.

Danny oye el chirrido de una verja al abrirse, la furgoneta avanza y vuelve a detenerse.

—Ya hemos llegado —dice el tipo.

Danny se incorpora un poco y mira afuera.

Es un desguace en Rulon Earl.

Un solar de cemento y grava rodeado por una valla rematada con alambre de espino. Una docena de coches desvencijados frente a un edificio de chapa, que es donde —imagina Danny— espera Licata para torturarle.

Seguramente estará mirando por la ventana rota, detrás de la reja.

Le sacan de la furgoneta y le llevan a rastras hacia la puerta, la abren y le empujan dentro.

Parece un taller mecánico.

Un par de coches sobre elevadores hidráulicos, otro apoyado en un gato, sopletes de acetileno, sierras y lijadoras para metal.

Herramientas de sobra para Licata, piensa Danny.

—Danny Ryan —dice Licata—. Yo haría esto rapidito,

pero unos amigos nuestros de Providence quieren que sufras. John Giglione te manda recuerdos. Me pidió que te hiciera mucho daño.

Chucky suelta una risita. No una risa: una puñetera risita como de niña pequeña. Un sonido extraño viniendo de un hombre tan grande.

Licata observa reacción de Danny.

Pero Danny no se inmuta.

Chris sale al trastero y coge una fregona, un cubo, un par de guantes de goma y una sierra.

Vuelve arriba y descuartiza a Giglione. Mete los trozos en varias bolsas de basura de plástico negro, friega la ducha y la restriega con Lysol. Luego se marcha en el coche y tira a Giglione por toda la bahía de Narragansett.

Llama a Jake para que se reúna con él en casa.

Cuando llega, el chico parece alterado.

—¿Giglione está…?

—Nunca ha estado aquí.

Jake se pone blanco.

—¿Yo he…?

—Tú no has hecho nada malo —contesta Chris—. Lo has hecho muy bien. Eres un buen hijo, Jake. Eres mejor hijo que yo padre.

—¿Y ahora qué…?

—Ahora soy el jefe. Algún día lo serás tú, si quieres. Aunque espero que no. Porque tiene su precio.

—Lo entiendo.

—Creo que sí, que lo entiendes —dice Chris.

Licata señala con la barbilla un poste de acero.

—Encadenadlo. Vamos a empezar.

Los dos tipos que han traído a Danny salen corriendo hacia la puerta.

A Licata se le agrandan los ojos.

—Pero ¿qué…?

Danny saca la pistola y le apunta a la cabeza.

—¿Sabes lo que me dijo una vez alguien de ti? Que hasta los psicópatas te consideran un tarado. Tu propia gente te quiere muerto.

Licata no pestañea.

—¿Te crees que soy tonto? ¿Que no tomo precauciones? Te he copiado la jugada, Danny Ryan. Tengo a gente junto a tu casa. Si no salgo de aquí, si no hago una llamada, tu hijo…, Ian, ¿verdad?…, acabará como Bryce Winegard.

Danny baja el arma.

Los Sox van por delante en el marcador, para variar.

Ganan a los Angels por dos carreras.

Al final de la séptima entrada.

Pero no va a durar, se dice Ian, porque van a salir los relevistas con las pilas cargadas a tope. Y no llevan tanta ventaja.

—¿Quieres más palomitas? —pregunta Ned—. ¿Otro refresco?

—Me apetece una Coca-Cola —dice Ian—. ¿Tú quieres una cerveza?

—¿Cuándo he dicho yo que no a una cerveza?

Ian se levanta y va a la nevera. Coge una Coca-Cola para él y una Sammy para el tío Ned. Su abuela le mataría si supiera lo que ha cenado: hamburguesas con beicon, patatas fritas y helado. Y ahora palomitas, *pretzels* y varias Coca-Colas.

Pero Madeleine está de viaje, volverá tarde y ojos que no ven…

Le pasa la cerveza al tío Ned.

—¿Dos carreras serán suficientes?

—¿Con seis *outs* y a estas alturas del partido? —dice Ned—. Ni veinte serían suficientes.

Efectivamente, dos lanzamientos después una bola curva se desvía y pasa por encima del Monstruo Verde.*

—Mierda —dice Ian.

—Esa lengua —le reprende Ned.

—Perdón.

—No puedo ver esto otra vez —dice Ned—. Voy a salir a fumarme un cigarro.

—Puedes fumar aquí.

—Se lo prometí a tu abuela.

Ned se levanta y sale.

---

* Así se conoce popularmente al muro izquierdo de Fenway Park, el estadio de los Red Sox de Boston. *(N. de la T.)*

Licata levanta el arma.

Danny es más joven y rápido. Es un acto reflejo: levanta la mano y aprieta el gatillo.

Chucky salta delante de su padre. El disparo le da en el pecho y lo tumba.

Licata se tira al suelo y dispara mientras retrocede a rastras.

Danny se gira y se esconde detrás del poste. Las balas rebotan dentro del edificio metálico.

Chucky jadea intentando respirar.

—¡Chucky! ¡Chucky! —grita Licata.

Danny se asoma y mira hacia el lugar de donde viene su voz.

Licata dispara de nuevo. Las balas pasan silbando junto a la nariz de Danny, que se agacha detrás del poste.

Silencio ahora, salvo por la respiración rasposa de Chucky.

Danny se gira hacia el otro lado del poste y vuelve a mirar.

Licata está detrás de un coche apoyado en un gato.

Danny dispara.

Licata se agacha.

Chucky se arrastra hacia el coche dejando un rastro de sangre.

—Papá… Papá… Papi, por favor. Ayúdame.

Licata no sale de detrás del coche. Se mete debajo y le tiende la mano a su hijo.

—Chucky…

Danny sale corriendo de su escondite.

Licata dispara otra vez, pero no tiene buen ángulo.

Danny se acerca a un lado del coche y…

… suelta el gato.

El coche cae sobre las piernas de Licata.

Grita, forcejea, se retuerce.

Pero está atrapado.

De la boca de Chucky salen burbujas de sangre.

Ha muerto.

Licata lo ve.

Se acerca el arma a la cabeza.

Danny se la quita de la mano de un puntapié.

Licata levanta la vista hacia él.

—Da por muerto a tu hijo.

El tirador de Licata, un sicario de Detroit llamado Dave Meegan, mira su reloj.

Las diez en punto.

Las órdenes de Licata eran firmes: si a las diez no había llamado, Meegan tenía que entrar. Pero, por Dios, ¿matar a un niño? Ese nunca ha sido su estilo.

A las familias no se las toca.

A Meegan no le gusta ni un pelo. Pero sí le gusta respirar, y si no hace lo que dice Licata...

Licata grita.

—¡Ahhh, Dios, cómo duele! ¡Me duele! ¡Quítamelo de encima! ¡Quítamelo! ¡¡¡Me duele!!!

Danny se agacha a su lado.

—Por favor... Por favor... ¡Dios! ¡Mamá!

Licata aúlla, y luego gime y gruñe.

Se le vacía la vejiga y luego los intestinos.

Suspira.

Se le abre la boca.

Danny busca un trapo y lo mete en el depósito de gasolina.

Le prende fuego y se va.

Tiene que volver con Ian.

Solo entonces siente que le corre sangre por la pierna y se da cuenta de que está herido.

Da igual.

Tiene que salvar a su hijo.

Dios, por favor, piensa, que esté vivo.

El brazo aprieta el cuello de Meegan como un tornillo de carpintero.

Meegan intenta girar la cabeza para aliviar la presión, pero no puede. Luego intenta alcanzar el arma que lleva en la cadera, pero tampoco puede.

Ned se limita a aguantar: tiene los antebrazos fuertes, mucho más fuertes que el tipo que se retuerce intentando zafarse y que luego patalea espasmódicamente.

Entonces Ned nota el olor a mierda.

Aguanta un segundo más, suelta y el sicario de marras se desliza hasta el suelo. Ned lo agarra por los pies y lo arrastra hasta la parte de atrás de la casa, junto a los cubos de basura.

Es mucho esfuerzo.

Le cuesta respirar cuando vuelve a entrar en la casa.

—¿Cómo va el marcador?

—Perdemos por una carrera —contesta Ian.

—Lo que yo me suponía. Tengo que hacer una llamada.

Entra en el dormitorio y marca a Jimmy Mac.

—¿Has visto a Danny?

—No. Se ha ido a ver a esa mujer. ¿Por qué?

—Vente para acá. Necesito que saques la basura.

Cuelga.

Y luego se desploma.

Ian oye el golpe.

Entra corriendo en la habitación y ve al tío Ned en el suelo.

—¡Tío Ned! ¡Tío Ned!

Aunque está asustado, agarra el teléfono y marca el número de emergencias.

Luego se arrodilla junto al tío Ned y trata de recordar lo que aprendió sobre cómo tomar el pulso.

97

Están de pie en el dormitorio.

—Esta habitación, ahora que la veo… —dice Chris—. Estoy pensando que la cama debería estar en la otra pared, para que te dé el sol en la cara cuando te despiertes.

—Ah, ¿eso piensas? —pregunta Cathy.

—Por eso lo he dicho, sí.

—¿Qué pasó con Giglione? —pregunta Cathy.

—¿Con John? Nada, que no volverá a molestarte.

—Hay otros.

La mira fijamente.

—No, no los hay.

Ella lo entiende.

—Entonces, ¿qué te parece lo de la cama? —pregunta Chris.

—¿Crees que va a ser así de fácil? —replica Cathy—. Apareces de repente, te comportas prácticamente como si fueras mi chulo ¿y ahora se supone que tengo que meterme en la cama contigo?

—Sí, más o menos.

—Hemos perdido años, Chris —dice ella.

—Lo sé. Y lo siento.

—Algunos de nuestros mejores años.

—Pues no deberíamos perder más. Vamos, ayúdame con la cama.

Mueven la cama.

Luego la usan.

Una y otra vez.

Cuando el sol sale ante los ojos de Chris, le calienta la cara.

Danny abraza a Ian.

Con fuerza.

—Gracias a Dios, gracias a Dios.

—Estás herido —dice su hijo.

—Estoy bien.

Pero le ha costado un mundo meterse en la furgoneta y conducir hasta casa. Y se ha cagado de miedo al ver las sirenas y luego la ambulancia.

Se le ha parado el corazón.

Pero entonces ha visto a Ian fuera, con Madeleine. Ha salido de un salto de la furgoneta y ha agarrado a su hijo.

—Gracias a Dios, gracias a Dios.

—Es Ned —dice Madeleine—. Un ataque al corazón.

—Yo estaba con él —añade Ian—. No sabía qué hacer. Llamé a emergencias.

—Lo has hecho muy bien.

—Estás sangrando —dice Madeleine—. Hay que curarte eso.

—¿Qué te ha pasado? —pregunta Ian.

—Que he hecho una tontería —dice Danny mientras le ayudan a entrar en la casa—. Me quedé dormido al volante y me salí de la carretera.

—¿De quién es esa furgoneta?

—De unos amigos. Colega, hazme un favor. ¿Puedes hacer café? ¿Sabes cómo se hace?

—Claro.

—Estupendo.

Madeleine le lleva a un cuarto de baño de abajo. Le baja los pantalones y le mira la pierna.

—Te han pegado un tiro —dice.

—Creo que la bala me atravesó la pierna. ¿Tienes un Tampax?

—Esos tiempos ya pasaron.

—Vendas, entonces.

Su madre abre el armario de las medicinas y saca dos vendas de compresión grandes.

—Pero tienes que ir al hospital.

—No —dice Danny—. Luego iré a que me vea uno de nuestros médicos, pero ahora mismo tengo que ir a ver a Winegard.

—Danny, ¿por qué?

—Para arreglar las cosas. —Se levanta con dificultad y se sube los pantalones—. ¿Y Ned?

—Ha muerto. Me lo han dicho los de la ambulancia.

—¿Se lo dices tú a Ian?

—Claro, aunque creo que ya lo sabe. ¿Qué vas a hacer con Winegard?

—No lo sé.

Jimmy está esperando en el salón.

—¿Estás bien?

—Sí.

435

—¿Y Detroit?

—Eso se acabó.

Jimmy asiente.

—Ned dejó un paquete detrás de su casa. Ya me he deshecho de él.

Dios mío, piensa Danny. Era cierto que Licata tenía a un asesino allí. Para matar a Ian. Ned le ha salvado la vida a mi hijo.

Ha protegido a tres generaciones de la familia Ryan.

Dios le bendiga.

—Voy a ver a Winegard —dice.

—Te llevo.

—No. Lo que vas a hacer es volver a San Diego, a ocuparte de tu negocio y a estar con tu familia. Adiós, Jimmy.

—Adiós, Danny.

Se abrazan rápidamente.

Danny se aparta cuando Ian entra con una taza de café.

—Gracias, hombre —dice Danny—. Me hacía falta.

—Papá, ¿Ned está…?

—Sí, Ian. Lo siento.

Ian trata de contener las lágrimas, pero se le saltan y le corren por la cara.

—Era un buen tipo —dice Danny.

Ian asiente.

Danny le pone las manos en los hombros.

—Ian, tengo que ir a hacer una cosa…

—¡Pero si estás herido!

—Estoy bien. Volveré dentro de un rato. Vamos a empezar a planear otro viaje en bici, ¿vale?

—Vale.

—Te quiero, hijo —dice Danny—. Lo sabes, ¿verdad?

—Sí, lo sé —contesta Ian—. Yo también a ti.

—Qué suerte tengo. Ahora vete a la cama, a dormir. Cuando te despiertes, estaré en casa.

99

Se reúnen en el desierto.

Lejos de miradas y oídos, en un camino de tierra al este de la ciudad, junto a un barranco empinado. Se han sentado en la tierra, al borde del barranco, y miran la luna llena sobre el desierto.

—Dios mío, Vern —dice Danny—, ¿cómo hemos dejado que pasara esto?

—No lo sé. Licata…

—Está muerto.

Vern apenas reacciona. Luego dice:

—Bien. Eso es bueno.

—¿Le mandaste tú a por mí, Vern?

—Pensaba que tu gente venía a por mí.

—Los dos la hemos cagado. Si hubiéramos hablado…

—Esa mañana… Bryce…

—Lo sé. —Danny contempla el desierto: una lámina de plata bajo la luna llena—. Quiero que lo sepas: Stern va a destruirte.

—No me importa —dice Vern—. Cuando pierdes a un hijo, lo demás…

—Yo también estoy acabado, por si sirve de algo —dice Danny.

—Tú todavía tienes a tu hijo.

Vern se saca lentamente una pistola de la cinturilla.

Apunta a Danny.

—Vern...

—Camina —dice—. Levántate y camina.

—No querrás...

—Levántate y anda, Ryan, o te juro por Dios que te pego un tiro en la puta cara.

Danny se levanta con esfuerzo. Le duele la pierna, la nota débil, pero consigue echar a andar.

Vern dice:

—Tú tienes a tu hijo.

Danny oye el chasquido del percutor.

—Aférrate a eso —dice Vern.

El disparo retumba en el cañón.

100

Eden abre la puerta.

Ve a Danny.

Está pálido.

Blanco.

Le agarra del brazo.

—Entra.

—No —dice Danny—, solo vengo a decirte que lo siento. A despedirme. Sé que no puedes estar conmigo.

—No puedo, Danny. Te quiero, pero no puedo.

—No debes.

—Esa gente…

—No tienes que preocuparte más por ellos. No volverán a molestarte. Nadie volverá a molestarte.

—¿Qué has hecho? —pregunta—. No, no importa, no quiero saberlo. —Eden baja la mirada, ve su pierna—. Estás sangrando. Más vale que entres y te sientes.

—No quiero mancharte de sangre los muebles.

—Qué más da eso. —Le hace entrar, le lleva al sofá y le sienta—. Dan, voy a llamar a…

Él está inconsciente.

101

Repetir o no repetir el juicio, piensa Marie.

Esa es la cuestión.

Naturalmente, Bruce no permitió que Peter Junior repitiera su confesión, y mucho menos por escrito, y Peter siguió el consejo de su abogado. La conciencia del joven fluctúa entre la culpa, la responsabilidad y el deseo natural de no pasar el resto de su vida en la cárcel. Marie eso lo entiende.

Peter es un caso perdido. Según las informaciones que llegan de la cárcel, oscila entre un mutismo casi catatónico y arrebatos demenciales, entre los arranques de llanto y los soliloquios sin sentido, y tan pronto proclama su culpabilidad como su inocencia, y maldice al mundo, a sí mismo y a Dios.

Marie ha examinado todas las cuestiones técnicas: el coste para el Estado, la posibilidad de encontrar jurados imparciales, la disponibilidad de testigos, las probabilidades de que se dicte un veredicto de culpabilidad.

Todo ello la impulsa a repetir el juicio: sencillamente, no puede permitir que un hombre que asesinó a su madre salga impune.

Pero una cosa son las cuestiones prácticas y otra las morales.

Y ahora está atascada en una duda elemental, tanto más difícil por su sencillez.

¿Qué es lo correcto?

Por un lado, lo correcto es hacer todo lo que esté en su mano para que se le haga justicia a Celia Moretti. Es mi deber, lo que he jurado, se dice, además de mi inclinación natural.

Celia Moretti merece justicia.

Pero ¿en qué consiste esa justicia?, se pregunta.

¿En mandar a su hijo a prisión para toda la vida?

¿Habría querido eso Celia?

Da igual lo que hubiera querido, se dice.

Es la ley.

Pero ¿puede la ley ser misericordiosa?

(¿Fue misericordioso Peter con su madre?, se pregunta Marie).

Recuerda su formación anterior, su educación bíblica. A saber, Santiago 2, 13: *Porque juicio sin misericordia se hará con aquel que no hiciere misericordia; y la misericordia triunfa sobre el juicio.*

Coge el teléfono.

Marca el número de Bruce.

—Marie —contesta él—, ¿me llamas para decirme que vamos a enfrentarnos de nuevo? Me muero de ganas.

—Voy a aceptar la inimputabilidad por trastorno mental —dice Marie.

Un largo silencio.

Luego Bruce dice:

—¿Puedo preguntarte por qué has cambiado de parecer?

—Porque es lo correcto —responde Marie—. No estoy segura de que tu cliente sea mentalmente capaz de entender los cargos que se le imputan ni de que tenga la capacidad de participar de manera significativa en su propia defensa.

—Estoy de acuerdo.

—Y quizá así pueda conseguir la ayuda que necesita.

—Marie, pero si tienes corazón… Qué agradable sorpresa.

—Pero tiene que ser en un centro cerrado —añade ella—. Y debemos acordar privadamente que estará diez años allí, como mínimo.

—¿Y si dejamos que eso lo decidan los psiquiatras?

—No, de eso nada. Esa es mi oferta, Bruce. Tú sabes que es buena. Acéptala o iremos a juicio y quizá Peter acabe condenado a cadena perpetua. Háblalo con tu cliente.

—Hablaré con Heather, mejor.

—¿Con Heather? ¿Por qué?

—Porque he conseguido que un juzgado la nombre curadora de su hermano. Como sabrás, Peter no tiene más familia.

—¿Heather aceptará el trato?

—Yo me encargaré de que lo acepte —contesta Bruce—. Porque es cierto que es lo correcto. Gracias, Marie.

Marie cuelga.

«La misericordia triunfa sobre el juicio», piensa.

La misericordia por encima del juicio.

102

Danny Ryan observa cómo se derrumba el edificio.

Parece estremecerse como un animal alcanzado por un disparo, luego se queda perfectamente inmóvil un instante, como si fuera incapaz de reconocer su muerte, y acto seguido se desploma sobre sí mismo. Donde antes se alzaba el viejo casino queda solo una columna de polvo que se alza en el aire como el truco hortera de un mago de salón, a escala gigantesca.

«Implosión», lo llaman, piensa Danny.

Derrumbe desde dentro.

¿Y acaso no lo son todos?

O al menos la mayoría.

El cáncer que mató a su mujer, la depresión que aniquiló a su amor, la podredumbre moral que se adueñó de su alma.

Implosiones, todas ellas; todas desde dentro.

Se apoya en el bastón porque sigue teniendo la pierna débil, rígida aún, dolorida todavía como un eco de…

Del derrumbe.

Observa cómo se levanta el polvo: una nube en forma de

hongo, de un marrón grisáceo sucio que contrasta con el azul límpido del cielo del desierto.

Se disipa poco a poco y desaparece.

Hasta que ya no queda nada.

Cómo luché, piensa, lo que di por esta…

Por esta nada.

Por este polvo.

Se vuelve y avanza cojeando por su ciudad.

Su ciudad en ruinas.

Hogar

Rhode Island
2023

¿Qué queda al final?

Virgilio,
Eneida, Canto VII

Ian camina por la playa.

Está desierta esta mañana de noviembre, salvo por su presencia y la del pequeño equipo de rodaje. El viento sopla del noreste, el océano es del color verde botella de finales de otoño.

—Aquí es donde empezó todo —dice el entrevistador, Jeff Gold.

Está haciendo un reportaje para la CBS sobre Ian Ryan, el nuevo magnate del juego, que ha levantado un imperio, y este lugar es un escenario importante del documental.

—Eso me han contado —contesta Ian—. Yo aún no había nacido, pero, sí, tengo entendido que la guerra entre los irlandeses y los italianos empezó justo aquí, después de una barbacoa en la playa.

Jeff señala una casa situada unos metros por encima de la línea de pleamar. El operador gira la cámara hacia donde indica.

—Esa era la casa de Pasco Ferri.

—Sí —dice Ian.

—Y ahora la has comprado tú.

La cámara gira de nuevo para grabar un primer plano de la cara de Ian.

—Sí. —Señala las dos casas situadas más al este—. Y también esa y esa.

Le ha costado ocho millones y pico comprar las tres modestas casitas de la playa, pero merecía la pena.

A su mujer, Amy, esto le gusta más que la finca de Las Vegas, más que el chalet de esquí en Park City, incluso más que la casa de campo de Aix-en-Provence. Le gusta su sencillez, su tranquilidad, que los niños puedan pasar el verano en la playa jugando con la tabla en las olas, nadando, haciendo castillos o escarbando en la arena.

Ian tiene tres hijos: Theresa, de diez años, y los gemelos James y Ned, de siete. Los mira ahora, totalmente absortos en la construcción de un gran castillo de arena, una auténtica ciudadela con torreones, murallas y hasta puentes hechos con trocitos de madera arrojados por el mar. Está demasiado cerca de la línea de pleamar, pero Ian no dice nada. Es una lección que tendrán que aprender: los castillos de arena no duran.

Compró las casas por ellos, pero también por la familia de Amy: sus padres, sus hermanos y primos. Imagina un recinto para la familia al completo, donde puedan ir a pasar el verano, o una semana, o unos pocos días para escapar del calor brutal de Las Vegas.

Y estar juntos.

Eso es importante para Ian. Su familia nuclear era pequeña: su padre, su abuela y él, básicamente, y ahora le encanta tener un montón de parientes alrededor. Sabe que se está adelantando mucho a los acontecimientos al fantasear con que sus hijos traigan a sus hijos aquí a estar con los abuelos.

Los de la agencia inmobiliaria intentaron persuadirle para que comprara algo en las zonas más elegantes de Narragansett y Watch Hill, con sus mansiones costeras, pero él prefería esto. Este era el hogar de su viejo, el sitio que más le gustaba del mundo, una tierra de la que estaba exiliado.

Y ahora yo lo traigo a casa, piensa Ian.

Se siente un poco culpable por mezclar su última obligación filial con un publirreportaje, pero su padre lo entendería. El nuevo gran hotel de la empresa, el Neptuno, se inaugura en Nochevieja, y la aparición de la entrevista en el popular programa de televisión de los domingos por la mañana le dará un gran impulso.

—¿Por qué? —pregunta Jeff—. ¿Por qué has comprado tres casas y por qué aquí?

Conoce la respuesta, solo quiere darle pie para hablar. Lanzarle suavemente la pelota.

—A mi padre le encantaba esto —contesta Ian—. Para él significaba mucho. Quiero que mis hijos pasen tiempo en un lugar con tanto significado.

—Hay una historia que cuenta que tu padre… Bueno, que huyó de aquí contigo cuando eras un bebé, llevándote en el asiento trasero de un coche.

—Es cierto.

—Así que para ti también es como volver a tus orígenes.

—Sí, así es.

—¿Tal vez incluso una pequeña revancha? —pregunta Jeff—. Lo digo porque has comprado un lugar del que, en resumidas cuentas, os echaron.

Ian siente que la cámara le enfoca y procura mirar a Jeff a los ojos.

—Yo diría que, más que una revancha, es una especie de redención.

—Esto habría hecho feliz a tu padre.

—Me gusta pensar que sí —contesta—. Era un buen tipo, mi padre. Tenía un pasado del que no estaba orgulloso, pero hizo todo lo posible por vivir decentemente en un mundo indecente. Era un padre estupendo.

—Y ahora tú eres el niño prodigio de la industria del juego.

Ian se ríe.

—¿Eso soy?

—Bueno —dice Jeff—, fusionaste el Grupo Tara y la Compañía Stern y has levantado un imperio, el mayor conglomerado del mundo dentro del sector del juego. Casinos y hoteles en los cinco continentes. Y tienes treinta y seis años. ¿Cómo calificarías tú eso?

—De afortunado —dice Ian.

—Vamos, no es solo eso.

—Sí que lo es. Mi padre me enseñó a tratar bien a los demás, con justicia y honradez. En eso consiste en gran parte nuestro éxito.

—Debe de ser muy gratificante para ti que tu padre viviera para verlo —dice Jeff.

—Claro.

Su padre dejó el negocio de repente, después de sus problemas con Winegard. Ian no lo entendió entonces y ahora tampoco lo entiende del todo. En aquella época tuvo la sensación de que su padre se había visto obligado a retirarse, quizá no del todo contra su voluntad. Desde entonces pasó mucho más tiempo en casa, con él, montando en bici, yendo a partidos de fútbol, jugando al tenis, viendo películas…

Ian le recuerda un poco triste y un poco solo, pero no deprimido, ni mucho menos. Era relativamente joven, aún tenía muchas energías y las dedicaba principalmente a su hijo.

Ian recuerda una conversación acerca de su riqueza.

Él tenía dieciséis años, era el típico adolescente, y su padre le hizo sentarse junto a la piscina y le preguntó:

—¿Tienes alguna idea de qué quieres hacer con tu vida?

—No lo sé —contestó—. Pero, bueno, somos ricos.

—Yo soy rico —dijo su padre—. Tú eres pobre.

Ian recuerda que se quedó pasmado.

—Voy a darte dinero suficiente para que hagas algo —añadió su padre—, pero no el suficiente para que no hagas nada. Así que, ¿qué te apetece hacer?

—Quiero dedicarme al negocio familiar.

—No tienes por qué hacerlo —dijo Danny—. Puedes dedicarte a lo que quieras, ser lo que quieras.

—Eso es lo que quiero.

—De acuerdo. Siempre puedes cambiar de opinión, pero eso significa que tendrás que ir a la universidad, a la escuela de negocios… Mientras tanto, vas a empezar como lavaplatos en uno de nuestros restaurantes.

Ian fue a contarle a su abuela lo que le había dicho su padre.

—Muy bien —dijo Madeleine—. En el mundo ya hay demasiados cretinos que se creen con derecho a todo.

Ian sigue echando de menos a su abuela.

A todos los efectos, era su madre. Cuidaba de él cuando su padre estaba por ahí haciendo… lo que hiciese. Ian se alegra mucho de que Madeleine hubiera llegado a conocer a Amy, de que le gustara y estuviera en su boda. Cuando su abuela falleció, lloró como un niño.

Y le reprochó a su padre que no vertiera ni una lágrima en el entierro.

—Tu abuela y yo teníamos una relación complicada —le dijo Danny.

—¿La querías? —preguntó él.

—Con el tiempo, sí. Sí, la quería.

El caso es que fue Madeleine quien le aconsejó que hiciera lo que le decía su padre, que aprendiera el negocio desde abajo.

Así lo hizo él.

Trabajó como un desgraciado lavando platos.

Lo odiaba y le encantaba. Le encantaban la camaradería, la sensación de estar cumpliendo, la satisfacción de trabajar de firme. A base de trabajar, llegó a ayudante de camarero y, al cabo de un tiempo, a camarero.

Estudió la carrera en la ciudad y trabajó de limpiador, de botones y aparcacoches a tiempo parcial y en verano. Le daba clase de psicología una profesora que le miraba con cierta intensidad, y más tarde se enteró de que había sido pareja de su padre.

Un día que iban andando por el Strip se encontraron con la doctora Landau, y se llevó una sorpresa al ver que saludaba primero a su padre.

—Dan —dijo—, qué alegría verte.

Ian se sorprendió más aún cuando le dio un beso en la mejilla.

—Eden. —Danny la agarró de las manos, de las dos. Se miraron un par de segundos, largamente, y él sintió que estaba interfiriendo en algo muy íntimo.

Danny sonrió.

—¿Estás bien?

Ella asintió con la cabeza.

—Sí. ¿Y tú?

—Este es mi hijo, Ian.

—Conozco a Ian —dijo Eden—. Va a una de mis clases.

—Ah.

—Bueno…

—Sí, hace… calor aquí fuera.

Entonces Ian vio que su padre se llevaba sus manos a los labios y se las besaba suavemente. Luego la soltó.

—Me alegro mucho de verte.

—Es fantástico haberte visto.

Y eso fue todo. Se fueron cada uno por su lado. Ian quería preguntarle por ella, pero la tristeza que vio en los ojos de su padre se lo impidió.

Cuando llegó el momento de hacer el posgrado, conocía el negocio hotelero de abajo arriba, desde la cocina hasta la recepción pasando por el cuarto de calderas, y llegó a Wharton con un conocimiento práctico del que carecían la mayoría de sus compañeros de clase. Entre semestre y semestre, volvía a casa y trabajaba como barman y más adelante como crupier de *blackjack*, y después en seguridad y en la sala de recuento.

Hizo su máster en administración de empresas y llevaba tres años trabajando en la sede de la compañía cuando su padre volvió a pedirle que se sentaran a hablar.

—¿Sigue apeteciéndote dedicarte a este negocio?

—Muchísimo.

—Muy bien —dijo Danny—. Estos últimos años te he estado transfiriendo acciones de Tara, a un fideicomiso gestionado por Stern. Dentro de dos años, el fideicomiso pasará a ti.

Ian se quedó pasmado otra vez.

—¿Cuántas acciones?

—Dentro dos años, serás dueño del cincuenta y uno por ciento de Tara. Haz algo con ello.

Ian obedeció.

Controlar el Strip estaba bien, pero tanto él como la generación más joven de la familia Stern —los primos de Joshua— coincidían en que había más mundo que Las Vegas y que para seguir creciendo había que internacionalizar el negocio. Durante los años siguientes compraron o construyeron hoteles en Río, Dubái, Macao y Ciudad de México.

Y fue Ian quien llegó a un acuerdo de fusión con Barry Levine, creando así el mayor conglomerado de la industria del juego jamás visto.

Pero siempre, siempre, siguió dando prioridad al servicio al cliente, a generar y mantener la lealtad de su clientela.

Ian sabía que su padre estaba orgulloso.

Igual que estaba orgulloso, y feliz, porque se hubiera casado con Amy. Cuando nació Theresa y llegó al hospital, al enterarse de cómo iban a llamarla, fue la primera y la única vez que Ian le vio al borde de las lágrimas.

—Tu madre estaría…

—Lo sé.

Cuando nacieron los gemelos, Danny se puso loco de contento y se convirtió en el abuelo por antonomasia. Jugaba al escondite y a las tacitas con Theresa. Un año, en Pascua, colgó ristras de piruletas de los árboles, escondió huevos y dirigió una búsqueda solo para niños.

Le encantaba estar con sus nietos.

Pero no dispuso de mucho tiempo con ellos.

Comenzó de manera aparentemente inocua, en una barbacoa familiar el Día de los Caídos. Ese día, a Danny empezó a trabársele la lengua. Ian lo achacó a que había tomado alguna cerveza de más, pero unos días después empezaron a olvidársele por completo algunas palabras. Después se mareó y se cayó. El escáner cerebral que Ian le obligó a hacerse reveló que tenía un tumor.

Maligno, hostil, agresivo.

Inoperable.

Los médicos —los mejores que podían pagarse con mil millones de dólares— querían que se sometiera a radio y quimioterapia y a terapia láser para ganar algún tiempo. Danny cooperó unas semanas y luego, en resumen, los mandó a la mierda.

—Te pusiste en plan Marty con ellos —le dijo Ian, refiriéndose a su abuelo.

—Marty no era malo del todo —dijo Danny—. Solo casi del todo.

Su muerte no fue fácil, rápida o noble. Estaba casi siempre ido por la morfina.

No tuvo unas últimas palabras coherentes.

Ian estuvo con él al final, en septiembre siguiente. Tenía su mano agarrada cuando dejó de respirar.

Cuando se acabó, se acabó sin más.

Ahora Jeff le mira con curiosidad.

—¿En qué pensabas?

—En el pasado, supongo —contesta Ian.

—En tu padre.

Ian asiente.

—Este lugar es evocador.

—Sí, lo es —dice Ian.

Ve a Amy viniendo desde la casa.

La observa, nunca se cansa de observarla. Ese rostro fuerte y bello, el pelo largo y rubio despeinado por el viento ondeando sobre su jersey negro de ochos. Bajo el brazo izquierdo lleva una urna metálica.

Se acerca y le besa en la mejilla.

—¿Quieres hacerlo ya?

457

—Sí.

Amy le entrega la urna.

Su padre dejó muy claros sus deseos: ni funeral ni entierro, ni ceremonia de homenaje ni «celebración de la vida». Lo único que quería, lo único, era que arrojaran sus cenizas al océano, aquí.

Amy le agarra del codo y se acercan juntos a la orilla, donde los niños siguen jugando.

El rocío del mar baila sobre la cresta de las olas.

Ian es consciente de que hay cámaras detrás de él, pero se olvida de ellas al darse cuenta de que tiene las mejillas mojadas por las lágrimas.

Amy le aprieta el brazo.

—Era un buen tipo.

—Es curioso —dice Ian—. A veces puede ser difícil de explicar, incluso ante mí mismo, teniendo en cuenta su historia, las historias que he oído contar sobre él, que no sé hasta qué punto son ciertas. Pero cuidaba de sus amigos, cuidaba de su familia y creo que sí, que eso le hacía un buen tipo.

Abre la urna.

La vuelca y echa las cenizas al mar.

Una ola fuerte se acerca y rompe en agua blanca, se precipita sobre la playa y alcanza el castillo de arena, arrasándolo.

Los niños se quejan y luego se echan a reír.

Construirán otro mañana.

O pasado mañana.

La ola se retira llevándose consigo las cenizas.

Danny Ryan está en casa.

Agradecimientos

En fin, ¿cómo?

¿Cómo, después de una carrera larga y venturosa, puedo siquiera empezar a dar las gracias a todas las personas que han contribuido a esa vida de escritor y sin las cuales, de hecho, esa vida no habría sido posible?

Es imposible y aun así he de intentarlo.

Empecemos por mis padres, Don y Ottis Winslow, bibliófilos ambos, que siempre procuraron que hubiera libros en casa y nos permitían a mí y a mi hermana —Kristine Rolofson, también novelista con una estupenda carrera propia— leer todo lo que quisiéramos a cualquier edad.

Luego están los maestros y los bibliotecarios, esos héroes y heroínas olvidados, mal pagados y a menudo maltratados que me enseñaron a leer y escribir y que le procuraron un mundo lleno de maravillas e imaginación a un niño de pueblo. Les doy las gracias a todos ellos, pero en especial a los difuntos Winthrop Richardson y Josephine Gernsheimer y a mi querido amigo Bill McEneaney, que me enseñó, entre otras muchas cosas, a amar y apreciar el *jazz*.

Después están los profesores de la Universidad de Nebraska. De nuevo, gracias a todos ellos, pero en particular a James

Neal, que en su clase de «fundamentos de redacción» me enseñó a escribir una oración enunciativa elemental; Leslie C. Duly, que me acercó a la historia de África; Martin Q. Peterson, por creer en mí; Roberto Esquenazi-Mayo, por todo su apoyo; y, especialmente, al gran historiador militar Peter Maslowski, que me enseñó a trabajar, enseñar, investigar y muchas cosas más, y que es desde hace más de cuarenta años un amigo entrañable.

Más tarde llegaría el profesor James G. Basker, que me introdujo en la literatura picaresca (antecesora de mi amada novela negra) y me llevó a Oxford para dirigir durante varios años esas producciones de Shakespeare que tanto influyeron en mi carrera. Sigue siendo, él también, un amigo muy querido.

Luego está mi gran mentor, el legendario Sonny Mehta, ya fallecido. Uno de los momentos culminantes de mi vida fue sentarme con él en la mesa de su cocina para leer sus cuidadosas notas al margen, escritas a mano, en el manuscrito de *El poder del perro*. Era con cosas así con las que yo soñaba cuando aspiraba a ser escritor, y viví muchos momentos parecidos con Sonny. Le echo de menos y aún lloro su muerte.

He tenido, además, la suerte de contar con magníficas editoras, desde Reagan Arthur (mi primer libro fue también el suyo) hasta mi maravillosa editora actual, Jennifer Brehl, cuyo trabajo cuidadoso y atento ha hecho que esta trilogía sea mucho mejor de lo que habría sido si no.

Y a mis pobres y sufridos correctores, quiero tanto pedirles disculpas por todos mis errores como darles las gracias por haberlos enmendado.

He tenido también mucha suerte con las editoriales, y quiero expresar mi profunda gratitud a Liate Stehlik, de William

Morrow, por su confianza y entusiasmo, y a Brian Murray por todo su apoyo.

Hay mucha gente en William Morrow a la que debo dar las gracias: Andy LeCount, Julianna Wojcik, Kaitlin Harri, Danielle Bartlett, Jennifer Hart, Christine Edwards, Andrea Molitor, Ben Steinberg, Chantal Restivo-Alessi, Frank Albanese, Nate Lanman y Juliette Shapland. Gracias por todo el esfuerzo que habéis hecho por mí.

A todo el personal de marketing y publicidad de Harper-Collins/William Morrow, sé que tenéis un trabajo duro y exigente, y os agradezco mucho que lo hagáis tan bien.

Y gracias mil a mi abogado, Richard Heller.

A mis seguidores en las redes sociales, @donwinslow en Twitter, el #DonWinslowBookClub y las tropas de #Winslow-DigitalArmy, no puedo expresar cuánto agradezco vuestro apoyo. La lucha continúa. Gracias por marchar a mi lado.

¿Cómo dar las gracias a The Story Factory (de la que hablaré más adelante)? A Deb Randall y Ryan Coleman, muchísimas gracias por todo lo que hacéis por mí y por muchos otros autores. Soy muy afortunado por contar con vosotros.

He tenido, además, la enorme suerte de contar con el apoyo y la amistad de numerosos autores a lo largo de los años, compañeros y héroes personales míos que han sido sumamente generosos conmigo: Michael Connelly, Robert Parker, Elmore Leonard, Lawrence Block, James Ellroy, T. Jefferson Parker, Adrian McKinty, Steve Hamilton, Lee Child, Lou Berney, Anthony Bourdain, Ian Rankin, John Katzenbach, John Sandford, Joseph Wambaugh, Gregg Hurwitz, David Corbett, TJ Newman, Mark Rubenstein, Jon Land, Richard Ford, Pico Iyer, Meg Gardiner, Dervla McTiernan, Reed Farrel Coleman, Ken Bruen,

Jake Tapper, John Grisham, David Baldacci y tantos otros. La comunidad de la novela negra es una auténtica familia, y para mí ha sido un gran honor formar parte de ella.

Gracias en especial, por supuesto, al gran Stephen King. Qué amable, gentil y generoso has sido conmigo.

A los periodistas, críticos y presentadores de radio, televisión y pódcast que han hecho tanto por dar a conocer mi obra, les agradezco de verdad todo su esfuerzo y apoyo.

Y a los libreros de todo el mundo: sin vosotros no habría tenido esta carrera. Me habéis apoyado muchísimo, habéis sido muy amables y hospitalarios y me habéis acompañado en momentos buenos y no tan buenos. Os debo mucho a todos, pero quiero dar las gracias en especial a Barbara Peters, de la emblemática librería Poisoned Pen, donde en mi primera firma de libros vendí exactamente un ejemplar, y porque lo compró Barbara.

A mis lectores —de nuevo, de todo el mundo—, ¿cómo puedo empezar a daros las gracias? ¿Cómo puedo expresar lo mucho que significáis para mí? Os debo todas las cosas materiales que tengo en la vida, pero, por encima de todo, quiero daros las gracias por el apoyo, el aprecio y el cariño que me habéis demostrado en lecturas públicas y otros eventos. Ha sido una maravilla. He intentado hacerlo lo mejor posible por vosotros, y espero de todo corazón no haberos defraudado.

A menudo he dicho que conocerás a tus verdaderos amigos en dos ocasiones, cuando tengas un gran éxito y un gran fracaso, porque serán los mismos. Tengo una suerte inmensa por contar con tantos amigos: David Nedwidek y Katy Allen, Pete y Linda Maslowski, Jim Basker y Angela Vallot, Teressa Palozzi, Drew Goodwin, Tony y Kathy Sousa, John y Theresa Culver, Scott y Jan Svoboda, Jim y Melinda Fuller, Ted Tarbet, Thom Walla,

Mark Clodfelter, Roger Barbee, Donna Sutton, Virginia y Bob Hilton, Bill y Ruth McEneaney, Andrew Walsh, Nehru King, Wayne Worcester, Jeff y Rita Parker, Bruce Riordan, Jeff y Michelle Weber, Don Young, Mark Rubinsky, Cameron Pierce Hughes, Rob Jones, David y Tammy Tanner, Ty y Dani Jones, Deron y Becky Bisset, la «prima» Pam Matteson, David Schniepp... y muchos más. Son un tesoro para mí.

Y cómo dar las gracias a Shane Salerno, mi agente y queridísimo amigo. Te hiciste cargo de mi carrera cuando estaba en la cuneta, le diste la vuelta y la llevaste a la cima, donde nunca habría llegado sin ti. Has sido incansable, valiente, creativo y feroz en mi defensa. De verdad que no sé cómo agradecértelo, como no sea habiendo intentado darte el mejor trabajo que podía hacer. Gracias, hermano.

A mi hijo, Thomas, y a su novia, Brenna: cuánta alegría y cuántos motivos de orgullo me habéis dado a lo largo de estos años. Sé, Thomas, que ser tu padre ha sido mi mejor trabajo y el más feliz.

A mi mujer, Jean. ¿Qué puedo decir? ¿Cómo puedo darte las gracias? Has dado literalmente sangre, sudor y lágrimas, me has acompañado sin perder la alegría durante años muy apurados, siempre paciente, cariñosa, comprensiva, entusiasta y enérgica, has sido una madre y una compañera maravillosa mientras luchábamos por edificar una vida. He disfrutado de cada momento porque ha sido contigo. Te quiero con locura.

Las despedidas son duras.

Después de una carrera larga y maravillosa —mucho más larga y maravillosa de lo que jamás soñé—, solo puedo deciros a todos un simple y sincero «gracias».

Muchas, muchísimas gracias.